DIANA

Das Buch

Die neuen Bewässerungsanlagen, die die Briten in Ägypten errichtet haben, sind beinahe fertig. Zum Abschluss soll Kairo noch mit einer modernen Kanalisation ausgestattet werden. Das macht die jahrtausendealte Bewässerungsmethode, bei der jüdische und muslimische Totengräber im jährlichen Wechsel die Dämme an einem festgelegten Tag durchbrechen, damit die dahinterliegenden Kanäle volllaufen, überflüssig.
Doch bevor es so weit ist, hat der Mamur Zapt Gareth Owen, Chef der britischen Geheimpolizei, die Aufgabe, für einen reibungslosen Ablauf des letzten zeremoniellen Dammdurchstichs zu sorgen. Zu ersten Differenzen kommt es, als die jüdischen Totengräber eine üppige Feiertagszulage fordern, da der Durchstich auf einen Sabbat fällt. Die Muslimen sind strikt gegen diese Regelung.
Als dann in der Nähe der vorgesehenen Durchstichstelle die Leiche eines jungen Mädchens gefunden wird, verbreitet sich das Gerücht, Juden hätten an ihr einen Ritualmord verübt. Und waren es womöglich auch Juden, die den Anschlag auf den Nil-Regulator nördlich von Kairo verübten? Im Dickicht der unterschiedlichsten Interessen muss der Mamur Zapt schnell handeln, um die explosive Situation zu entschärfen. Ein Wettlauf mit der Zeit beginnt …

Der Autor

Michael Pearce wuchs im damals von England und Ägypten besetzten Sudan auf und hat die politischen Spannungen, auf denen seine *Mamur Zapt*-Romane beruhen, hautnah miterlebt. Er kehrte später im Rahmen seiner akademischen Laufbahn als Lehrer dorthin zurück. Der Autor lebt heute in London. Im Diana Verlag erscheinen auch: *Verschwörung am Nil* (62/109) und *Die Schätze des Pharao* (62/127).

Michael Pearce
Die Braut des Nil

Roman

Aus dem Englischen
von Peter Pfaffinger

DIANA VERLAG
München Zürich

Diana Taschenbuch Nr. 62/0159

Die Originalausgabe
»The last Cut«
erschien 1998 bei HarperCollins*Publishers*, England

Deutsche Erstausgabe 2/2001

Der Diana Verlag ist ein Unternehmen der
Heyne Verlagsgruppe München
Printed in Germany 2001

Umschlaggestaltung: Nele Schütz Design, München,
auf der Grundlage der Gesamtkonzeption
von Hauptmann & Kampa Werbeagentur, CH-Zug
Satz: Schaber Satz- und Datentechnik, Wels
Druck und Bindung: Elsnerdruck, Berlin
Gedruckt auf chlor- und säurefreiem Papier

ISBN: 3-453-17721-5

http://www.heyne.de

1

Das wird das letzte Mal sein«, erklärte Garvin, der Polizeikommandant.

»Irgendwie schade«, meinte der Vertreter des Kadi. »Nach immerhin tausend Jahren.«

»Mehr als das«, schaltete sich McPhee ein, ein Stellvertreter des Kommandanten. »Diese Rituale stammen mit größter Wahrscheinlichkeit aus der Zeit vor der arabischen Invasion. Die alten Ägypter ...«

»Ja, gut, danke«, unterbrach ihn Garvin. »Ist das alles?«

»Da wäre noch die Frage der Totengräber«, gab der junge Mann vom Konsulat zu bedenken.

»Totengräber?«

»Ja. Die Leute, die den Durchstich vornehmen. Das sind abwechselnd Muslime und Juden. Dieses Jahr sind die Juden an der Reihe.«

»Gut, dann ...«

»Ja, allerdings fällt der fragliche Tag diesmal auf einen Sabbath.«

»Schön, dann sollen es eben die Muslime erledigen.«

»Das wird ihnen aber nicht recht sein.«

»Den Muslimen?«

»Nein, den Juden. Sie sind dran.«

»Ja, aber haben Sie nicht gesagt, dass sie an einem Sabbath nicht dazu bereit wären?«

»Nun ja, sie machen es schon, wenn man es ihnen befiehlt. Und wenn sie eine Zulage bekommen.«

Eine kleine Pause trat ein.

»Ich denke, ich könnte dem Alten einflüstern, dass er mal mit der Finanzabteilung redet.«

»Und ich könnte den Kadi dazu bringen, dem Khedive einzuflüstern, dass er ihnen den Befehl erteilt.»

»Ist dann alles geregelt?«, fragte Garvin. »Sonst gibt es nichts mehr? Schön, Mamur Zapt, der Rest liegt in Ihren Händen.«

Als sie sich vom Tisch erhoben, meinte McPhee: »Früher haben sie immer eine Jungfrau geopfert, wissen Sie.«

»Unsinn!«, rief der Vertreter des Kadi. »Das ist doch nur eine Legende. Abgesehen davon waren das die Christen …«

»Auch das ist eine Legende!«, redete der Abgesandte der Kopten hastig dazwischen. »Uns können Sie das nicht in die Schuhe schieben. Der Kanal wurde ja erst gebaut, als die Araber schon da waren.«

»Das Ritual ist älter«, sagte McPhee. »Es geht mit größter Wahrscheinlichkeit auf die Zeit der Pharaonen zurück.«

»Dann lassen Sie uns einfach denen die Schuld geben«, schlug der junge Mann vom Konsulat vor und sammelte seine Unterlagen ein. »Die können uns wenigstens nicht mehr widersprechen.«

»Das gehört doch ohnehin alles der Vergangenheit an«, brummte Garvin. »Heutzutage beschäftigen uns ganz andere Dinge.«

»Was für andere Dinge?«, fragte Owen. Er meldete sich zum ersten Mal zu Wort.

»Ach, das allgemeine Durcheinander. Die Leute benutzen das als Vorwand, um …«

»Das tun sie ganz gewiss«, sagte McPhee, dessen Gesicht eine rötliche Färbung annahm.

»Um was zu tun?«

»Na ja ...«

»Die Frauen gehen zum Beispiel ohne Schleier, so was eben«, erklärte der Vertreter des Kadi.

»Schlimmer noch!«, entrüstete sich McPhee.

»Wirklich?«, fragte Owen. »Was genau ...?«

»Das finden Sie selbst heraus«, beschied ihn Garvin. »Wie auch immer, es ist ja das letzte Mal.«

»Achten Sie auf die Jungfrau, Owen«, riet der junge Mann vom Konsulat, während sie gemeinsam den Raum verließen.

Sie fanden sie natürlich schon am nächsten Tag.

Das Kanalbett, das des Wassers harrte, war inzwischen fast auf seiner gesamten unersprießlichen Länge ausgetrocknet. Es führte durch das Herz des alten Kairo zu den neuen Baracken von Abbasiya und war ein bequemer Abladeplatz für Unrat aller Art, von Exkrementen, Zwiebelschalen, eingebrochenen Bastbetten bis hin zu Leichen von Hunden und natürlich Leichen von Menschen. In letzterem Fall war es so, dass diese kurz vor dem Durchstich meist derart verwest waren, dass selbst Aasfresser, abgesehen von den niedersten, davon Abstand nahmen, sich damit zu beschäftigen. Die Jungfrau wäre also unter normalen Umständen unentdeckt geblieben, hätte nicht der zeremonielle Durchstich des Damms die Aufschichtung eines Erdhügels erfordert – dabei waren die Arbeiter auf die Leiche gestoßen.

Leichen verwesen bei Hitze sehr schnell; und dass es sich bei dieser tatsächlich um die einer Jungfrau handelte, verstand sich keineswegs von selbst, doch für die Arbeiter gab es keinen Zweifel. Leider auch nicht für den Rest der Kairoer Bevölkerung.

»Verdammt!«, stöhnte Garvin. »Sie werden das auf die Abschaffung des Durchstichs zurückführen.«

Wenn der Pegel des Nils zu steigen begann, wurde jedes Jahr aufs Neue die Mündung des Khalig-Kanals unmittelbar gegenüber der Insel Roda mit einem provisorischen Damm versiegelt. Sobald der auf der Insel gebaute Nilometer das Erreichen des höchsten Standes anzeigte, durchbrach man diesen Damm, so dass sich das Wasser ungehindert in den Kanal ergießen konnte. Dieser Tag bedeutete traditionell die Freigabe des Wassers im ganzen Land. Danach wurden überall die Dämme und Schleusen geöffnet und die Kanäle und sämtliche Bewässerungsanlagen geflutet.

Nach diesem Jahr würde das Wasser zwar weiterhin fließen, doch den Durchstich sollte es nicht mehr geben. Der Kanal sollte aufgeschüttet werden, damit dort eine Straßenbahn fahren konnte.

Alle Behörden waren zufrieden: die Stadtreinigung, weil der Kanal ein berüchtigter Krankheitsherd war; das Verkehrsamt, weil ihm eine neue Straßenbahn beschert wurde; die Stadtkämmerei, weil sie die Bahn praktisch geschenkt bekam; das Amt für Bewässerung, weil dieses verdammte Ding ohnehin völlig nutzlos war; die Regierung ganz allgemein, weil man das Ganze als Modernisierungsmaßnahme präsentieren konnte.

Der gewöhnliche Kairoer indes, der seit jeher eine besondere Vorliebe für die mit dem Durchstich verbundenen Feierlichkeiten hegte, war davon weitaus weniger erbaut.

»Die Briten nehmen uns jeden Spaß«, murrten die Leute.

In den meisten Ländern hätte man auf die Regierung

geschimpft. In Ägypten schimpfte man auf die Briten. Berechtigterweise, denn die Briten regierten das Land. Nachdem ein ehemaliger Khedive sie geholt hatte, damit sie ihm dabei halfen, die Staatsfinanzen zu bereinigen, hatten sie sich dazu entschieden, ihm auch noch bei der Bereinigung einiger anderer Dinge zur Seite zu stehen, und das taten sie auch jetzt noch, dreißig Jahre danach.

»Typisch britisch – keinen Spaß dulden!«, wetterte die volksnahe, arabische Presse. »Erst verbieten sie die Hoseini-Feiern …«

»Aber doch nur, weil sich die Leute gegenseitig verstümmelt haben!«, protestierte Owen. Zu diesem Fest hatte auch der Brauch gehört, dass Derwische einander mit Schwertklingen aufschlitzten, sich mit kantigen Ketten geißelten und sich – und ihre Nachbarn – auf Fleischerhaken aufspießten. »Sie verteidigen doch sicher nicht [illegible]«, fuhr er an seinen Freund Mahmoud gewandt fort.

Mahmoud, ein junger Staatsanwalt beim Justizministerium, war der Letzte, der solche Praktiken verteidigte. Er betrachtete sie als ein Relikt aus der Vergangenheit, und die Vergangenheit war genau das, womit er aufräumen wollte. Wie so viele Juristen in den Ministerien war er Mitglied der Nationalistischen Partei und setzte sich vehement für eine Modernisierung ein. Aus diesem Grund war er auch nicht unbedingt ein Freund des Kanals.

»Das ist eine offene Kloake«, erklärte er.

Trotzdem tat es ihm um das Ende des Durchstichs leid.

Wenn die Abschaffung dieser Tradition sogar ihn, den Erzmodernisierer, betrübte, konnte sich Owen lebhaft vorstellen, was die gewöhnlichen Bürger empfanden. Der Durchstich gehörte zur gelebten Geschichte. Beraubte man die Bevölkerung dieses Rituals, konnte man jedem von ihnen genauso gut einen Teil seiner selbst wegnehmen, einen Zahn zum Beispiel, richtig, einen Weisheitszahn, der, so nutzlos er war, schmerzte, wenn man ihn zog. Und nicht nur das: Manche Leute glaubten an die Weisheit. Bei ihnen war Widerstand nicht auszuschließen.

Deshalb hatte man diesmal Owen eingeschaltet. Die Einhaltung der Ordnung bei diesem Fest war normalerweise eine Frage einfacher Überwachung, und Owen zog es vor, einfache Überwachungsaufgaben der gewöhnlichen Polizei zu überlassen. Dem Mamur Zapt, dem Leiter desjenigen Bereichs, der früher als Geheimpolizei des Khedive bekannt gewesen war und heute durchaus zu Recht – nach englischem Sprachgebrauch – als Politische Abteilung galt, oblag schließlich die heiklere Aufgabe, Recht und Ordnung zu wahren. Der Khedive bezeichnete den Mamur Zapt gern als die verborgene Hand, die die Stadt zusammenhielt. Wohl etwas zu oft fasste er die Hand als Faust auf, wohingegen Owen sie lieber nicht so deutlich ballte.

Was ihm in dieser Situation Sorgen bereitete, war der Umstand, dass die Abschaffung des Durchstichs, die in jeder normalen Stadt allenfalls zu unwilligem Gemurmel geführt hätte, in der explosiven Mischung aus Rassen und Religionen, die Kairo ausmachte, sehr schnell und allzu leicht einen gewalttätigen Aufstand auslösen konnte. Es bedurfte nur noch eines Funkens, und den konnte die Jungfrau liefern.

Die Jungfrau als Jungfrau war Owen als Mamur Zapt herzlich egal. Gewöhnlicher Mord fiel nicht in sein Aufgabengebiet. Doch die Jungfrau als möglicher politischer Brandherd war ihm alles andere als gleichgültig. Selbst wenn sie nur eine Legende war.

Aus diesem Grund beschloss er, sich der Sache anzunehmen. Als erstes rief er beim *Parquet* an und erkundigte sich, wer dort dafür zuständig wäre.

»El Zaki«, wurde ihm gesagt.

Das war ein Glück, denn El Zaki war Owens Freund Mahmoud.

»Wo ist er?«, fragte er.

»In der Leichenhalle.«

Auch das war ein Glück, denn die Leichenhalle war der einzige kühle Ort in ganz Kairo. Er begab sich in aller Eile dorthin – nun, zumindest benutzte er eine *Arabeah,* eine von einem Pferd gezogene Droschke, die in Kairo als Taxi diente. So war es kein Wunder – es war schließlich August, der Monat, in dem die Köpfe von Menschen, Blumen und Pferden gleichermaßen schlaff herunterhingen –, dass bei seinem Eintreffen Mahmoud gerade ins Freie trat.

»Gibt es da drin Kaffee?«

»Ja, aber er schmeckt nach Formaldehyd.«

Sie gingen in ein Café um die Ecke. Es war ein arabisches Etablissement und, wie in den meisten arabischen Cafés, lag die Gästestube unter der Erde und bot schattige Zuflucht vor der Sonne.

»Sie haben also Sie darauf angesetzt.«

»Ja«, bestätigte Mahmoud niedergeschlagen. »Man kann eben nicht immer gewinnen.«

»Ich könnte mich darum kümmern.«

»Sonst tut das hier keiner«, bemerkte Mahmoud säuerlich. »Jedenfalls nicht beim *Parquet.*«

Das *Parquet*, dem Mahmoud angehörte, unterstand dem Justizministerium und war für die Strafverfolgung zuständig. In Ägypten lag die Verantwortung für Ermittlungen bei Straftaten nicht bei der Polizei; die hatte lediglich die Aufgabe, das *Parquet* in Kenntnis zu setzen, dass ein Verbrechen begangen worden war. Sobald sie das getan hatte, übernahm im ägyptischen System, das auf dem französischen beruhte, der vom *Parquet* beauftragte Staatsanwalt den Fall.

»Hoffentlich bleibt's auch dabei.«

Owen erzählte Mahmoud von seinen Befürchtungen. Sein Freund tat sie ab.

»Die Leiche hätte man doch überall abladen können«, brummte Mahmoud.

»Sicher. Ich weiß. Aber die Leute stellen nun mal einen Zusammenhang mit dem Durchstich her.«

»Aberglaube und Unsinn! Wir leben nicht mehr im Mittelalter, ist doch klar.«

Owen befürchtete, dass manche Ägypter, und zwar diejenigen, deretwegen er sich Sorgen machte, ihm trotzdem Knüppel zwischen die Beine werfen würden. Er war jedoch klug genug, seinem Freund nicht zu widersprechen. Mahmoud war schnell eingeschnappt, wenn Bemerkungen fielen, die er als Wertungen über Ägypten empfand. »Was hat die Autopsie ergeben?«, fragte er.

»Der Befund ist noch nicht fertig. Wegen des Zustands der Leiche dauert es länger. Allerdings weisen einige Spuren auf Verwesung im Wasser hin. Wenn das bestätigt wird, könnte es uns helfen zu bestimmen, wann man die Tote in den Kanal geworfen hat. Es müsste noch Wasser im Kanalbett gewesen sein. Und das würde März oder April bedeuten.«

»Oder später«, gab Owen zu bedenken. »Selbst wenn der Kanal größtenteils ausgetrocknet ist, bleiben hier und dort Lachen übrig. Haben Sie schon die Todesursache festgestellt?«

»Im Moment lässt sich noch nichts sagen. Einige Spuren weisen auf Verletzungen im Unterleibsbereich hin. Aber das könnten genauso gut auch Hunde gewesen sein.«

»Keine Hinweise auf ... na ja ... Verwundungen ritueller Natur?«

»Ich weiß nicht, was das sein sollte«, entgegnete Mahmoud kalt. »Es gibt in Kairo keine rituellen Tötungen. Gut, wenn wir irgendein obskurer Stamm oben im Sudan wären ...«

»Schon gut, schon gut. Ich weiß ja auch nicht, was es gewesen sein könnte. Aber wenn wir in der Lage wären, das vor der Öffentlichkeit auszuschließen, ließe sich damit die Legende widerlegen, dass ...«

»Nach unserem bisherigen Wissensstand hätte sie ebenso gut an Altersschwäche sterben können«, unterbrach ihn Mahmoud. »Und es ist höchste Zeit, dass das endlich auch mit der Legende von der Jungfrau passiert.«

Owen war so klug, dieses Thema auf sich beruhen zu lassen.

»Versagt?«, rief der Ingenieur vom Amt für Bewässerung. »Unsere Regler versagen nicht!«

»Regler?«, fragte Owen. »Was ist ein Regler?«

»Sie wissen nicht, was ein Regler ist? Das ist ein ... äh ...«

»Das ist eine Art Tor«, erklärte der Staatssekretär, in dessen Büro man Owen mit allen Anzeichen der Verzweiflung bestellt hatte. »Ein Tor in einem Staudamm. Er regelt den Wasserfluss durch den Damm.«

»Und er hat versagt? Hm, das tut mir leid. Aber verstehen Sie, das hört sich in meinen Ohren sehr technisch an. Mir ist nicht ganz klar, warum man mich deswegen …«

»Er hat *nicht* versagt!«, schrie der Ingenieur entnervt. »Das versuche ich Ihnen doch die ganze Zeit zu erklären! Er ist sabotiert worden!«

Der Regler für den Manufiyah-Kanal war Bestandteil in einer gewaltigen Serie von Stauwerken, die das Delta-Wehr ausmachten. Das Wehr war etwa fünfzehn Meilen nördlich von Kairo quer über den gesamten Nil errichtet worden, wo sich der Strom in zwei mächtige Arme teilte, die von da aus ihren Weg unabhängig voneinander fortsetzten, um bei Rosetta und Damietta ins Mittelmeer zu münden. Diese Sperre regelte die Wasserversorgung ganz Unterägyptens, insbesondere aber des sehr fruchtbaren Gebiets zwischen den zwei Flussarmen. Sie speiste eine Vielzahl von Kanälen, deren Wasserstand jeweils durch einen eigenen Reglerverschluss kontrolliert wurde. Der für den Manufiyah-Kanal war einer der wichtigsten davon.

»Wichtig?«, rief der Staatssekretär, der mit ihnen im Boot des Amtes für Bewässerung hinausgefahren war. »Das würden Sie bestimmt so sehen, wenn Sie Bauer im Mittleren Delta wären!«

Owen konnte das Wehr nun erkennen, das sich vor ihnen erhob. Es kam ihm vor wie eine lange, mit Zinnen bewehrte Mauer mit Minaretten in der Mitte und je einem Campanile an den Enden. Als sie näher kamen, konnte er die Bögen ausmachen. Es waren insgesamt hundertdreißig, wie er vom Ingenieur erfuhr. Er suchte das Bauwerk nach Schäden ab.

»Nein, nein!«, rief der Ingenieur ungeduldig. »Nicht dort! Dahinter! Der Regler. Am Kanal. Sehen Sie ihn?«

Genau das vermochte Owen nicht zu sehen. Was ihm dagegen plötzlich ins Auge stach, war ein Bild von Palmen und Wasser: Palmen, die aus dem Wasser ragten, als wüchsen sie auf winzigen Inseln in einem Meer; Menschen, die zwischen den Inseln scheinbar übers Wasser, tatsächlich aber auf kleinen Erdwällen liefen; Büffel, die zufrieden durch die Untiefen zuckelten, hin und wieder plötzlich völlig perplex versanken und, die breiten Nüstern aus dem Wasser reckend, schwimmen mussten; flache, Stechkähnen ähnliche Boote, die ein Mann stakend vorwärts bewegte und in deren Heck oft ein kleiner Junge saß, der, genauso wie in den antiken Fresken dargestellt, ein Tier, ein Kalb oder eine Ziege an den Vorderhufen festhielt, während der restliche Körper im Hintergrund verschwamm.

Das Bild flimmerte und Owen war bereits klar, dass das Gesuchte nicht unbedingt dort zu finden war, oder vielmehr, dass es nicht dort, sondern woanders war, nicht in der Wüste, in die er schaute, sondern flussabwärts, wo sich das Wasser bereits über die Felder ergossen hatte.

Er drehte sich zum Ingenieur um. »Sie haben es also schon abfließen lassen?«

»Einen Teil davon. Wir hielten das für das Klügste, wo doch einer der Regler kaputt ist. Aber wir hätten so oder so geflutet.«

»Ohne auf den Durchstich zu warten?«

»Durchstich …? Was ist das? Ach, ich weiß schon, der Khalig-Kanal und das ganze Trara. Nein, das gehört zur

Vergangenheit. Darauf warten wir heutzutage nicht mehr. Mit uns hat das alles nichts zu tun.«

Der Eindruck vom Wehr als einer einzigen langen Mauer war eigentlich trügerisch. Tatsächlich gab es zwei voneinander getrennte Wehre, eins über den Damietta-Arm des Nils, das andere über den Rosetta-Arm. Jedes war etwa fünfhundert Meter lang; als Verbindungsglied diente eine Mauer, die über die tausend Meter breite Landzunge zwischen den beiden Flussarmen führte. Auf diesem Dreieck hatte man eine spektakuläre Gartenlandschaft angelegt, die an den Wochenenden und bei Feiern die Stadtbevölkerung anzog.

Heute herrschte natürlich ein noch viel größerer Andrang als sonst. Die Gärten auf der Seite des Rosetta-Armes verschwanden regelrecht unter einer dichten Menschenmasse. Polizisten mussten sich mit Gewalt durchwühlen, um dem Minister und seiner Entourage einen Weg zu bahnen.

Daneben versuchten sie – wenn auch eher weniger erfolgreich –, einer langen Prozession von hoch mit Bauschutt beladenen Karren, die sich inzwischen von einem Ende der Gärten zum anderen hinzog, die Durchfahrt freizuhalten. Sobald ein Karren den beschädigten Regler erreichte, wurde er gewendet und dann rückwärts zum Uferdamm hinaufgeschoben, von wo eine schmale Versorgungsstraße über sämtliche Schleusentore führte. Auf ihr wurde er langsam und vorsichtig bis zu der Lücke bugsiert, wo sein Inhalt abgeladen wurde und die Steine unter gewaltigem Poltern ins hoch aufspritzende Wasser prasselten.

Das große Problem war das Wenden der Karren. Die Leute waren mittlerweile so fest ineinander verkeilt, dass die Karren nicht quer über den Weg gestellt werden konnten. Die Kutscher verloren die Geduld und teilten mit ihren Peitschen Hiebe aus, die Polizisten mit ihren Knüppeln. Die Menge rührte sich nicht, konnte das auch gar nicht.

»Schafft diese verdammte Meute aus dem Weg!«, brüllte eine wütende Stimme irgendwo am Fuß des Wehrs.

Polizisten, Karren, Arbeiter und einsichtige Zuschauer rückten gegen die Menge vor. Tatsächlich wich sie ein, zwei Meter zurück. Ein paar kleine Jungen fielen in den Fluss. Andere Schaulustige wurden auf die Blumenbeete gedrängt.

»Meine Beete! Meine Beete!«, schrie eine Stimme gequält.

Ein stämmiger kleiner Mann mit bis zu den Knien hochgezogenem Galabeya-Umhang und schief auf dem Kopf sitzenden Käppchen kam verzweifelt herbeigestürzt.

»Habt ihr keinen Verstand? Habt ihr keine Augen im Kopf? Habt ihr kein Gefühl?« Er hämmerte mit den Fäusten gegen einen Karren.

Der Kutscher schaute mit schweißtriefendem Gesicht zu ihm hinunter. »Abdullah, im Augenblick gibt es Wichtigeres als Blumen.«

Er versetzte seinem Pferd einen gewaltigen Peitschenhieb, so dass es einen Sprung nach vorne machte und über ein Rosenbeet mitten in eine Gruppe Stechapfelsträucher hineinpreschte, zwischen denen es stecken blieb. Die schweren weißen Blüten schlossen sich wie Zierkränze um seine Flanken.

»Ich bring das Vieh um!«, brüllte der Gärtner außer sich vor Zorn und packte einen Spaten.

Besorgte Zuschauer packten *ihn*.

»Aber, Abdullah«, hielt ihm einer vor. »Das Wasser ist doch wichtig ...«

Der Gärtner beruhigte sich. »Wasser?«, fragte er. »Meinst du, du musst mich über Wasser aufklären? Mich? Wie, glaubst du, wächst das alles hier? Was, glaubst du, tue ich ...?«

Owen entfernte sich. Wenn es etwas gab, auf das jeder Ägypter ein garantiertes Anrecht hatte, dann war es Wasser.

Was es umso ungewöhnlicher erscheinen ließ, dass ...

Die Gesellschaft des Ministers hatte zu guter Letzt den Reglerverschluss erreicht. An seinem Fuß wurde wie besessen gearbeitet. Ein Teil der Männer stand im Wasser, ein Teil im Trockenen. Unter ihnen befand sich ein Europäer mit Helm. Er sah nach oben und kletterte eilig den Damm hinauf, um die Delegation zu begrüßen.

»Hallo, Minister! Schön, Sie zu sehen!«

»Wie kommen Sie voran?«

Der mit dem Helm zuckte die Schultern. »Im Moment versuchen wir nur, die Lage unter Kontrolle zu bringen.«

»Schon eine Vorstellung vom Ausmaß des Schadens?«

»Eins der Tore ist kaputt.« Der Ingenieur deutete auf einen Regelschieber. Man hat die Tore aufgesprengt. Eins war völlig verbogen. »Es hat die ganze Wucht der Explosion abgekriegt.«

»Es war eindeutig eine Explosion, oder?«, fragte Owen.

Der Mann musterte ihn. »Owen, nicht wahr? Der Mamur Zapt? Hab Sie im Club gesehen, aber nie angesprochen. Freut mich, Sie kennen zu lernen.« Sie schüttelten sich die Hände. »O ja, es war eindeutig eine Explosion. Ich kann's Ihnen zeigen. Nur geht das im Moment nicht. Es gibt noch einiges, was ich …« Er warf einen Blick zurück auf den Regler.

»Das geht schon in Ordnung. Verstehen Sie, ich will Sie nicht aufhalten. Aber könnten Sie mich an jemand anderen verweisen? Hat irgendjemand was gesehen? Vermutlich waren Sie selbst nicht …«

»Ich war im Bett. Es war zwei Uhr morgens.«

»Jemand hat Sie angerufen. Wer war das?«

»Der Nachtwächter. Ahmed.«

»Könnte ich ihn sprechen? Wo würde ich ihn antreffen?«

Der Ingenieur deutete auf die Hauptmauer des Wehrs. »Er ist dort oben«, sagte er. »Rufen Sie nach Ahmed.«

In der Hütte des Wachmanns traf Owen lediglich eine Frau mit einem Säugling und einem kleinen Jungen an. Als er sich nach Ahmed erkundigte, nickte sie und schickte den Jungen los, ihn zu holen. Unterdessen trat Owen aufs Wehr hinaus.

Stromaufwärts kreuzten kleine Feluken anmutig im Wind, und etwas näher wurde gerade ein Segelboot abgetakelt, das prachtvoll mit dunkelroten Wimpeln geschmückt war, wie sie für Hochzeiten und die Heimkehr von Mekkapilgern verwendet wurden. Seine Passagiere strömten an Land, die ersten von ihnen setzten sich – vorbei an einer langen Reihe von Erdnuss-, Zuckerwerk- und Souvenirständen – bereits in Bewegung auf die Gärten zu. In den Gärten selbst warteten, eingepfercht zwischen Bambusdickichte und Feigenkakteen, zwischen Stechapfelsträucher und üppig sprießende farbenfrohe Bougainvilleen, noch mehr Buden.

Und überall gab es Wasserverkäufer. An diesem heißen Tag waren ihre Dienste sehr begehrt, so sehr, dass sie eine unaufhörliche Kette bis zum Fluss hin bildeten, zu dem sie immer wieder zurückkehrten, um ihre Schläuche aufzufüllen. Beim Segelboot unten konnte Owen ihre schwarzen Beutel auf dem Wasser treiben sehen.

Der Junge kehrte mit einem grauhaarigen alten Mann zurück; nun ja, sehr alt konnte er nicht sein, denn offensichtlich waren der Junge und der Säugling seine Kinder.

»Bitte verzeihen Sie meine Langsamkeit, Effendi.«

»Selbst der Khedive sollte auf das Alter warten«, erwiderte Owen höflich.

»Ach, am Alter liegt es nicht«, entgegnete der Mann und klopfte sich gegen das Bein. »Das hier ist schuld. Ich habe es mir beim Bau des Assuanstaudamms gebrochen. Es ist schlecht zusammengewachsen, und sie haben mir gesagt, dass ich nicht mehr arbeiten kann. Aber als Macrae Effendi hierher kam, hat er nach mir geschickt und mich zum Wachmann gemacht.«

»Und Sie hatten auch gestern Nacht Dienst?«

»So ist es.«

»Was haben Sie gesehen?«

Der Mann zögerte.

»Na ja, Effendi, gesehen habe ich eigentlich nichts. Es war … ich stand auf der Brücke oben. Da hat auf einmal die Luft gezischt, und gleich danach hat es einen gewaltigen Knall gegeben, wie ein Donnerschlag. Da habe ich mir gesagt: ›Das kann nicht mit rechten Dingen zugehen, denn niemand verrichtet mitten in der Nacht solche Arbeit.‹ Ich wusste schon, was das war, weil ich schließlich selbst am Assuanstaudamm mitgearbeitet habe. Und dann konnte ich auch schon das hinunterstürzende Wasser hören und das Weiß in der Dunkelheit sehen, und mir war klar, dass der Damm geborsten war. Dann bin ich schnell zurück und habe Alarm geschlagen und Macrae Effendi angerufen.«

»Sie haben richtig gehandelt.«

»Anschließend ging ich wieder auf die Brücke. Ich weiß, dass ich zu der Bresche hätte laufen sollen. Aber damit ...« – er deutete auf sein Bein – »... was hätte ich damit schon ausrichten können? Und außerdem sagt Macrae Effendi immer: ›Jeder soll die ihm zugewiesene Aufgabe erfüllen. Wenn jeder seine Pflicht tut, dann wird alles gut.‹ Und meine Aufgabe, Effendi, war es nun mal, auf der Brücke zu stehen.«

»Ganz recht. Sie befanden sich also wieder auf der Brücke und hielten Wache, wie es Ihre Aufgabe war. Was haben Sie sonst noch gesehen?«

»Nichts, Effendi. Die Nacht war dunkel. Aber bald danach habe ich Rufe gehört, und da wusste ich, dass die Arbeiter da waren. Und dann kam auch schon Macrae Effendi.«

»Gesehen haben Sie also nichts? Keinen Mann zum Beispiel, der davonrannte?«

»Es war ja dunkel, Effendi. Und außerdem dürfte er durch die Gärten gekommen sein, weil dort Bäume und Büsche stehen.«

»Gibt es noch mehr Wächter?«

»Wenn der Fluss steigt, stehen auf allen Dämmen Wächter. Aber, Effendi, sie hätten dann auf die Dämme und die Ufer geachtet.«

»Sie wären also zum Schutz der Menschen vor dem Fluss da gewesen und nicht umgekehrt.«

»Das ist richtig. Welche Notwendigkeit besteht denn schon, auf Menschen zu achten? Den Fluss gefährden, heißt doch sich selbst gefährden.«

»Und dennoch hat jemand gestern Nacht genau das getan.«

»Was kann nur in einen solchen Menschen gefahren sein, Effendi?«, fragte der Wachmann kopfschüttelnd. »Wer kann nur so etwas tun?«

»Irgendein Übergeschnappter«, stieß Macrae bitter hervor. Er hatte inzwischen seinen Helm abgenommen und sich erschöpft auf einen Bürostuhl sinken lassen. Vor ihnen stand Kaffee auf dem Tisch. Er nahm eine der Tassen in die Hand.

»Unerklärlich!«, rief der Minister. »Es sei denn …« Er sah Owen an. »Sagen Sie bloß, dass es einer dieser lächerlichen Nationalisten war …?«

»Politik, meinen Sie?«, fragte Macrae. »Tja, da könnten Sie Recht haben. Jeder, der sich auf die Politik einlässt, muss verrückt sein. Vor allem in Ägypten. Oh, Verzeihung, Minister!«

»Ziehen wir keine übereilten Schlussfolgerungen!«, warnte Owen. »Vielleicht war es ja nur ein Einzelner, der gegen irgendwen einen Groll hegte.«

»Hm, hoffen wir, dass Sie ihn erwischen, bevor er noch mehr Schaden anrichtet,« brummte Macrae.

»Werden Sie das bald reparieren können?«, wollte der Minister wissen.

»Kommt darauf an, was Sie meinen. Bis heute Abend sollten wir die Lage mehr oder weniger unter Kontrolle haben. Andererseits werden wir neue Tore brauchen.«

»Neue Tore?«

»Und wir werden sie installieren müssen«, schaltete sich ein anderer Ingenieur ein. Es war derjenige, den Owen bei der Führung für den Minister kennen gelernt hatte; sein Name war Ferguson. »Das heißt, dass wir im Grunde über einen völlig neuen Regler sprechen.«

»Aber das wird Millionen kosten!«, stöhnte der Minister.

Macrae nickte. »Aye.«

»Und wir müssen den Kanal ableiten«, ergänzte Ferguson.

»Den Kanal ableiten!«

»Aye«, bestätigte Macrae.

»Aber … aber, das …«

»Kostet noch mehr Millionen«, vollendete Ferguson.

»Wir können den Wasserdurchfluss nicht stoppen, verstehen Sie«, erklärte Macrae. »Aber solange das Wasser durchfließt, kann man nichts reparieren. Man muss es woanders hin leiten.« Er sah zum Fenster hinaus. »In die Gärten, würde ich sagen. Und dann muss das Wasser in den neuen Kanal fließen.«

Der Minister, der zwar diesen Titel führen durfte, aber tatsächlich nur ein Staatssekretär war, gab sich einen Ruck. »Ich werde sie von meinem Entschluss in Kenntnis setzen. Das … das kann aber noch etwas dauern.«

»Das darf es aber nicht«, warnte Macrae, und Ferguson nickte zustimmend. »Wenn sie die Geschichte mit dem Hochwasser im nächsten Jahr erledigt haben wollen – und das wollen Sie –, müssen wir nächsten Monat anfangen.«

»Ich werde sie auch darüber in Kenntnis setzen«, erwiderte der Minister niedergeschlagen.

»Allerdings ist das noch nicht das Wichtigste«, schob Macrae nach.

»Nein?«, fragte der Minister.

»Nein?«, fragte Ferguson verdattert.

»Nein. Das Wichtigste ist, den Wahnsinnigen zu schnappen, der das getan hat. Bevor er wieder zuschlägt. Owen?«

2

Die Welt aus Wasser, in der sich Owen bisher nur am Rande aufgehalten hatte, unterschied sich eindeutig von allen anderen, die er bisher kennen gelernt hatte. Zum einen schien sie vorwiegend von Schotten bewohnt zu sein. Das führte Owen auf den Umstand zurück, dass sie technischer Natur war. Er hatte schon vor langem festgestellt, dass alle Ingenieure – in der Levantine jedenfalls – Schotten waren. Es musste ihnen irgendwie im Blut liegen, lautete sein Schluss; womit vielleicht auch erklärt war, warum er selbst von Technik überhaupt keine Ahnung hatte. Er verstand jedoch genug davon, um zu merken, wenn jemand von Technikern über den Tisch gezogen wurde. Wie hier, vermutete er.

Nachdem der Minister wie vom Schlag getroffen abgezogen war, stellte Macrae eine Flasche Whiskey und drei Gläser auf den Tisch. »Möchten Sie ihn mit oder ohne Wasser?«

Owen zögerte.

»Aye«, sagte Macrae, »Sie haben Recht: das ist eine wichtige Frage. Ich selbst nehme ihn mit einem ganz kleinen Spritzer. Dann entfalten sich die Geschmacksstoffe besser.«

»Aye, aber Sie sprechen von Schottland«, wandte Ferguson ein. »Hier draußen, wo es wärmer ist, entfalten sie sich so oder so.«

»Jedenfalls wird er nicht mit Eis getrunken«, erklärte Macrae und schenkte großzügig ein. »Das ist die Hauptsache.«

»Im Club vielleicht. Mit Soda. Aber das ist ein anderer Whiskey.«

»Ganz meine Meinung«, bestätigte Macrae. Er nippte bedächtig und stellte das Glas mit einem anerkennenden Nicken ab. »Nun«, sagte er dann, »Sie werden ein paar Fragen an uns haben, könnte ich mir vorstellen.«

»Zuerst die grundlegenden Fakten«, bat Owen.

»Aye. Ich mag Fakten.«

»Erstens: Zeit?«

»Zwei, drei Minuten vor oder nach zwei Uhr. Ahmed hat mich um fünf nach angerufen. Ich war um zwanzig nach draußen.«

»Gut.«

»Als nächstes: Ort. Darüber werden Sie auch Bescheid wissen wollen. Tja ...« – er sah Ferguson Bestätigung heischend an – »ich würde sagen untere rechte Ecke der Tore, wenn man vor dem Hauptwehr steht. Etwa an der Stelle, wo der Kanal beginnt.«

Ferguson nickte. »Aye. Wir werden es Ihnen später genauer sagen können.«

»Was wurde benutzt?«, fragte Owen.

»Dynamit, denke ich«, antwortete Macrae. »Wo Dämme sind, gibt es auch Dynamit.« Er wandte sich an Ferguson. »Haben Sie schon das Lager überprüft?«

»Noch nicht, aber das mache ich noch.«

»Sie werden durch die Gärten gekommen sein«, meinte Owen. »Ich schaue sie mir nachher an.«

»Sie werden nichts finden«, warnte ihn Ferguson. »Das ist ein einziges Labyrinth.«

»Trotzdem will ich sie mir ansehen. Aber jetzt möchte ich sie über die Arbeiter befragen.«

»Die Arbeiter?«, rief Macrae überrascht. »Warum das?«

»Einer von ihnen könnte es gewesen sein.«

Macrae und Ferguson schüttelten beide den Kopf. »Keiner von den unseren«, sagten sie wie aus einem Mund.

»Warum nicht?«

»Nun ja …« Macrae lehnte sich zurück und hielt nachdenklich inne. »Wir kennen sie seit Jahren«, sagte er schließlich. »Ein paar von ihnen haben schon unten in Assuan für mich gearbeitet.«

»Auch die, die nur zur Flutung kommen«, ergänzte Ferguson. »Wir kennen sie wirklich schon lange. Jedes Jahr sind sie wieder da. Eigentlich sind es zu viele. Ich müsste sie wegschicken; an anderer Stelle werden sie weit nötiger gebraucht. Aber wir kennen sie, und sie kennen uns.«

»Gute Männer«, sagte Macrae.

»Was? Alle?«, fragte Owen.

»Hören Sie«, sagte Macrae. »Ich weiß, wie über die ägyptischen Arbeiter geredet wird. Aber die unseren sind nicht so.«

»Wirklich alle?« Owen schüttelte skeptisch den Kopf. »Ich suche einen Verbrecher, darauf kommt es hier an.«

»Wir hätten sie rausgeworfen, wenn sie nicht sauber gewesen wären.«

»Nun, auch darauf könnte es ankommen.«

»Was soll das heißen?«

»Das sind nur Fragen, keine Feststellungen. Ich frage, aus welchem Grund ein Mensch so etwas tun könnte. Und eine mögliche Antwort lautet: Er hegt einen Groll.«

»Einen Groll?«, fragte Ferguson. »Gegen wen?«

»Die Verwaltung. Sie.«

»Nicht unsere Arbeiter!«, erklärte Ferguson entschieden. »Warum sollte einer von ihnen einen Groll hegen?«

»Weil sich jemand einbildet, ihm sei Unrecht zugefügt worden. Versuchen wir es mal damit. Hat es in letzter Zeit Unfälle gegeben?«

»Nichts Ernsthaftes. Hier wird ja nichts gebaut. Das ist nicht Assuan. Und wenn sich einer verletzt, kümmern wir uns um ihn.«

»Aber es gibt Verletzungen?«

»Sicher, aber …«

»Ich bräuchte die Namen. Weiter: Entlassungen?«

»Gibt es bei uns nicht.«

»Sie haben doch selbst gesagt, dass Sie Leute feuern, wenn sie nicht verlässlich sind.«

»Ja, aber hören Sie – dass wir zuletzt jemanden rauswerfen mussten, das ist …«

»Jahre her«, sprang Ferguson ein.

»Wie steht es um Probleme mit der Disziplin? Und sagen Sie mir bloß nicht, Sie hätten hier keine!«

»Wenn sie auftreten, wissen wir damit umzugehen.«

»Aber genau das ist der springende Punkt: *Wie* gehen Sie damit um?«

»Hören Sie …«

»Es hat Auseinandersetzungen gegeben«, räumte Ferguson ein. »Das bestreite ich gar nicht. Aber nichts Ernstes.«

»Schläge?«

»Ich glaube nicht an die Peitsche«, sagte Macrae. »Wer ohne Peitsche nicht zurechtkommt, kommt nie zurecht.«

»Schön«, seufzte Owen. »Aber die Namen können Sie mir doch geben, oder?«

»Die Aufzeichnungen hat die Verwaltung«, sagte Ferguson.

»Wie auch immer«, brummte Macrae, »bellen Sie da nicht den falschen Baum an? Wenn jemand einen Groll gegen uns hegt, würde er ihn dann nicht eher an uns auslassen? Doch nicht an einem Damm, von dem sein Lebensunterhalt abhängt! Der Einzige, dem er damit schaden würde, wäre er selbst!«

Beim beschädigten Tor des Wehrs ließ das Gedränge allmählich nach, was den Karren das Wenden erleichterte. Diese trafen weiterhin ein. Und nach wie vor bildeten sie eine lange Kette durch die Gärten. Es war ein augenfälliger Beweis der Handlungsfähigkeit der Ingenieure, dass es ihnen gelungen war, binnen so kurzer Zeit derart viele Fuhren zu organisieren.

Die Ladungen bestanden zwangsläufig aus einer bunten Mischung. Es gab Mauerwerk, Schutt, Steine, Holz, Matratzen – sogar alte Stühle und Tische. Eigentlich waren sie gar nicht so alt. Ein Teil davon schien sogar ziemlich neu.

»Mr. Macrae hat gesagt, alles wäre recht«, erklärte der überhitzte junge Mann, der die Fuhren organisierte. Seine rosige Gesichtsfarbe verriet, dass er frisch aus England gekommen war. »Er hat gemeint, ich könnte zur Not auch Sachen aus den Häusern beschlagnahmen. Teilweise stehen sie sowieso leer, wissen Sie.«

Ein Karren, hoch beladen mit Ballen edler Samtvorhänge, zuckelte vorbei. Und zuoberst schaukelte ein herrliches altes Schreibpult.

»Moment mal …«, bat Owen.

»Wo haben Sie das her?«, fragte Ferguson.

»Ach, aus so einer Art Villa dort drüben.« Der junge Mann deutete auf ein Haus weiter unten am Flussufer.

»Aber ...«, ächzte Ferguson.

»Stimmt was nicht?«, fragte der junge Mann besorgt.

»Das ist das Sommerchalet des Khedive«, stöhnte Owen.

»Mörder!«, schimpfte der Gärtner, während er sich damit abmühte, ein Rosenbeet wieder in Ordnung zu bringen.

»Kopf hoch, Mann«, riet ihm Owen, der neben ihm stand. »Die Leute werden verschwinden, die Gärten bleiben.«

»Aber wie sehen sie dann aus?«, rief der Gärtner.

»Mit der Zeit wieder wie neu.«

»Ach ja, aber wann? Ein Garten wie dieser wird nicht an einem Tag angelegt, wissen Sie.«

»Das dauert eben seine Zeit«, sagte Owen beschwichtigend.

»Und die Arbeit! Ein Garten wird mit einem krummen Rücken gebaut.«

»Aber aus den Schweißtropfen eines Menschen geht etwas Schönes hervor.«

»Na ja ...«

»Das hier ist wahrhaftig eins der Wunder Ägyptens«, sagte Owen und sah sich um.

»Na ja ...«, wehrte der Gärtner bescheiden ab.

»Ägyptens? Nein, der Welt!«

»Die Anlage ist ganz hübsch, räumte der Gärtner ein. »Auch wenn ich selbst das sage.«

»Wer könnte es besser beurteilen?«

»Und diese dummen Hurensöhne ...«

»Ja, ja«, erwiderte Owen hastig. »Aber sagen Sie, Abdullah, Sie kennen diese Gärten doch sicher besser als jeder andere?«

»Wie meine eigenen Hände.«

»Eben. Und deshalb werden Sie auf meine Frage eine Antwort wissen: Wenn man in der Nacht zum Wehr des Manufiyah-Kanal schleicht und nicht gesehen werden will, welchen Weg würde man dann nehmen?«

Der Gärtner warf ihm einen listigen Blick zu.

»Würde der Betreffende etwas mit sich tragen, Effendi?«

»Schon möglich. Durchaus möglich.«

»Dann gäbe es nur einen Weg. Denn auf jedem anderen müsste man Kanäle überqueren. Und dann würde die Last, die man dabei hätte, nass werden, und das würde man doch nicht wollen, nicht wahr, Effendi?«

»Nicht unbedingt. Welchen Weg würde man also nehmen?«

»Soll ich es Ihnen zeigen, Effendi?«

Owen war nicht gerade ein Kenner, was Gärten betraf. Im Gegenteil, er nahm ihre Existenz nur selten wahr. Doch selbst er konnte sehen, da er jetzt genauer hinschauen musste, dass die Gärten beim Wehr etwas Besonderes an sich hatten. Sie waren ein Wunder an Farben. An allen Ecken und Enden prangten große Kleckse aus Bougainvilleen und blühenden Stechapfelsträuchern, mit Rosen bewachsene Ufer oder riesige Grasnelkenbeete. Zwischen den Bäumen, von denen viele sehr selten waren und nicht aus Ägypten stammten, rankten blühende Kriechpflanzen und Lianen. Die Teiche – und es gab sehr viele – waren übersät mit den alten Wahrzeichen von Ober- und Unterägypten, mit Papyrus und Lotus.

Die Gärten erstreckten sich über das Land zwischen

dem Rosetta- und dem Damietta-Arm des Nils, das völlig flach war. Beim Durchwandern erhielt man jedoch einen ganz anderen Eindruck. Jede Steigung, jede Abschüssigkeit war irgendwie betont worden, so dass man ständig, was für Ägypten höchst ungewöhnlich war, bewaldete Hügel und Täler vor Augen zu haben glaubte.

Durch eins dieser Täler führte Abdullah nun Owen. In seiner Mitte floss ein Bach und an seinem anderen Ende stand eine baufällige, mit farbenprächtigen Kletterpflanzen geschmückte Mauer, die von einer ehemaligen französischen Festungsanlage übrig geblieben war. Über das ganze Tal waren kleine Wäldchen aus Bambus und Feigenkakteen verteilt, die, wie Owen dachte, demjenigen, der darauf aus war, zu willkommener Deckung verhalfen.

Auf einmal merkte er, dass sie sich dem Rand der Gärten näherten. Die ganze Zeit waren sie vom Wehr aus nicht zu sehen gewesen – und damit, schoss es ihm plötzlich durch den Kopf, auch außer Sicht für jeden dort postierten Wachmann.

Es sei denn …

»Hallo, Ibrahim«, sagte der Gärtner.

Der Mann lag unter einem Affenbrotbaum auf dem Rücken; neben ihm lehnte eine alte Muskete.

»Er schläft tagsüber«, erklärte der Gärtner grinsend, »weil er in der Nacht arbeitet. Zumindest behauptet er das.«

»Demnach ist er …?«

»Der Ghaffir, der Nachtwächter.«

Er setzte sich jetzt auf und spritzte sich aus einem Kanal unmittelbar neben ihm Wasser ins Gesicht.

»Ich zeige diesem Effendi, wie man zum Regler für

den Manufiyah-Auslauf gelangen kann, ohne gesehen zu werden«, sagte der Gärtner.

»Dann zeigst du ihm den falschen Weg«, erwiderte der Ghaffir. »Wenn hier wirklich jemand vorbeigekommen wäre, hätte ich ihn bemerkt.«

»Nicht in der Nacht, Ibrahim. Denn da wärst du in den Gärten umhergelaufen.«

»Trotzdem wäre er mir aufgefallen, wenn er diesen Weg genommen hätte. Schließlich gehe ich selbst immer hier entlang, wenn ich zum Lager laufe, um dort nach dem Rechten zu sehen.«

»Haben Sie denn letzte Nacht jemanden beobachtet?«, wollte Owen wissen. »Oder ist Ihnen etwas aufgefallen?«

Der Ghaffir unterdrückte ein Lachen. »Ich habe niemanden gesehen, Effendi. Andererseits ist mir in der Tat etwas aufgefallen.«

»Was war das?«

»Na ja, ich habe es nicht wirklich gesehen, Effendi. Leider. Aber gehört habe ich es.«

»Was haben Sie gehört?«

»Ein Kichern, Effendi.«

»Ein Kichern?«

»Und noch andere Geräusche, Effendi.« Er zwinkerte ihm zu. »Wie von einem Liebespärchen.«

»Und du hast sie beobachtet, Ibrahim?«, rief der Gärtner schockiert.

»Wie gesagt, gesehen habe ich sie ja nicht. Sie waren im Gebüsch.«

»Aber Sie waren sich bei den Geräuschen sicher?«, fragte Owen. »Ich meine, dass es ein …«

»Effendi, sie waren wie zwei Schakale!«

»Ibrahim!«, rief der Gärtner in entzücktem Entsetzen.

»Ja, genau so!« Der Ghaffir stieß einen Schrei aus, als genösse er gerade die höchsten Wonnen.

»Schon gut, schon gut«, mahnte Owen. »Und wo hat das Ganze stattgefunden?«

»Dort drüben.« Der Ghaffir zeigte die Richtung. »Ich war gerade auf dem Rückweg vom Lager, als ich gehört habe, wie …«

»Ibrahim!«

»Ja, ja. Und sonst haben Sie nichts gesehen oder gehört?«

»Nein, Effendi. Aber das war doch immerhin etwas, oder?«

»Jede Wette, dass er sie beobachtet hat«, brummte der Gärtner, als sie zum Wehr zurückkehrten. Dort machten die Arbeiter gerade Pause. Sie lagen alle müde am Ufer.

»Schwere Arbeit!«, rief Owen verständnisvoll.

»Dafür werden wir ja bezahlt«, entgegnete einer.

»Aber wenn es den ganzen Tag so weitergeht«, beklagte sich sein Nachbar, »zahlen sie uns zu wenig.«

»Du wärst wohl lieber daheim, was, Musa?«, fragte ein anderer scheinbar in aller Unschuld.

Die Runde brach in Lachen aus.

»Ich weiß nicht, was ihr meint«, beteuerte Musa.

»Es ist wegen seiner Frau«, wandte sich einer an Owen. »Sie hält ihn auf Trab.«

»Dann nütze die Zeit hier aus, solange du kannst, Musa«, riet ihm wieder ein anderer. »Du kommst früh genug heim.«

»Wenn diese Sache mit dem Tor nur nicht zu Verzögerungen führt«, brummte Musa.

Ernüchterung machte sich breit.

»Das können wir nicht wollen«, sagte jemand. »Zu Hause gibt es doch Arbeit zu erledigen.«

»Sie sind nur wegen der Flutungen hier?«, erkundigte sich Owen.

»Richtig. Normalerweise klappt das auch hervorragend. Im Moment gibt es zu Hause nicht viel zu tun. In dieser Jahreszeit muss man nämlich auf das Wasser warten. Und wenn es dann kommt, muss man abwarten, bis es im Boden versickert ist, ehe man die Saat einsetzen kann. Bis dahin sind wir wieder daheim.«

»Sie bearbeiten ihr eigenes Land?«

Bitteres Lachen war die Antwort.

»Es ist jetzt hauptsächlich Al-Sayyid Hannams Land. Aber ja, wir bearbeiten es.«

»Das sind Fellachen«, erklärte Ferguson, der hinzugetreten war. »Sie arbeiten auf den Feldern. Und zwar ohne Ausnahme. Wenn es jemanden gibt, der die Bedeutung des Wassers beurteilen kann, dann ist es der ägyptische Fellache. Darum kann ich mir nicht vorstellen, dass es einer von ihnen gewesen sein könnte. Unmöglich!«

Die Arbeiter kehrten nach und nach zur Baustelle zurück. Macrae war schon dort; er erkannte Owen und winkte ihm zu. Plötzlich ging Owen auf, dass dieser Mann seit zwei Uhr in der Nacht ununterbrochen vor Ort war. Er fragte sich, ob das auch für die Fellachen galt. Zumindest nahmen sie ihre Arbeit durchaus willig wieder auf.

Ferguson blinzelte in die Sonne. »Ich zünde besser schon mal ein paar Fackeln an«, meinte er.

Die Sonne begann bereits unterzugehen. Die ägyptische Dämmerung war sehr kurz; schon lag ein roter Schimmer über dem Wasser.

Die Gärten leerten sich jetzt sehr schnell.

»Sie sollten auch zurückgehen«, riet Ferguson.

Owen schloss sich der auf der anderen Seite des Hauptwehrs zurück zum Fluss strömenden Menge an. Die Boote am Ufer füllten sich zügig. Das große Segelboot war bereits abgefahren und auf dem Fluss schon nicht mehr zu sehen. Owen fand eine Feluke, die noch nicht überfüllt war, und ging an Bord.

Als sich die Feluke in Bulaq ans Ufer heranschob, war die Sonne bereits versunken, und auf den Straßen gingen die Lichter an. Owen nahm eine Arabeah zur Bebel-Khalk, dem Polizeihauptquartier, wo er sein Büro hatte. Dort brannten nirgendwo Lichter. Wie sämtliche Regierungsbehörden schloss es um zwei Uhr nachmittags seine Pforten. Immerhin öffnete es sie um sieben.

Owen trieb noch einen Laufburschen auf, der eine Lampe hervorholte und ihn zu seinem Büro führte. Er hatte nicht vor, dort länger zu bleiben, sondern wollte nur die eingegangenen Mitteilungen überprüfen. Es war eine von Mahmoud dabei, in der er ihm ein Treffen vorschlug. Die ersten Befunde der Autopsie lagen vor.

Owen kannte Mahmouds Gewohnheiten. Es waren auch die seinen und die der meisten Kairoer. Nach der Erstarrung des Nachmittags erwachte die Stadt am Abend zu neuem Leben und brach zu den Cafés auf. Owen versuchte es mit ein, zwei von Mahmouds Stammlokalen, um schließlich in einem dritten fündig zu werden. Mahmoud saß auf der Terrasse an einem Tisch und schlürfte Kaffee, während er sich auf seinen Auftritt vor Gericht am nächsten Tag vorbereitete.

»Ich habe versucht, Sie zu erreichen«, sagte er.

»Ich war am Wehr draußen.«

»Am Regler?«

»Ja.« Da er schon wusste, was Mahmoud als Nächstes fragen würde, fügte er hinzu: »Sieht nach Sabotage aus.«

»Sabotage?«, rief Mahmoud verblüfft. »Wer auf der ganzen Welt würde denn …?«

»Eben«, gab ihm Owen Recht, um sich dann nach der Autopsie zu erkundigen.

»Das sind nur vorläufige Befunde«, erklärte Mahmoud. »Aber ich dachte mir, dass sie von Interesse für Sie wären.«

Die Jungfrau, so hatte es den Anschein, war gar nicht ermordet worden, ob rituell oder sonstwie, sondern unter natürlichen Umständen gestorben.

»Wenn man das so bezeichnen kann«, schränkte Mahmoud ein.

»Warum sollte man es nicht so bezeichnen?«

»Sie starb wahrscheinlich an den Folgen einer Beschneidung.«

»Ist dabei etwas schief gegangen?«

»Möglich. Oder es war eine Infektion.«

Wie es in der Regel der Fall war. Bei der Beschneidung von Frauen handelte es sich um eine weit verbreitete Praxis, vor allem in den älteren, ärmeren und traditionsbewussteren Stadtvierteln. Verteidigt wurde sie mit angeblichen hygienischen Erfordernissen, doch die Operation selbst fand unter Bedingungen statt, die alles andere als hygienisch waren. Sie wurde meist in einem schmutzigen Zimmer von einer alten Frau durchgeführt und zeitigte allzu oft die gleichen Folgen wie im Falle der Jungfrau.

Owen blieb einen Moment lang stumm, schließlich meinte er achselzuckend: »Tja, in gewisser Weise ist das für mich jedenfalls hilfreich. Gibt es vielleicht Aussicht auf Veröffentlichung des Befundes?«

»Warum nicht?«

»Mir würde es weiterhelfen, denn dann wäre es wenigstens mit dem Gefasel über die ›Legende von der Jungfrau‹ vorbei. Zumal der Durchstich so kurz bevorsteht ...«

»Ich sehe nichts, was dagegen spräche«, sagte Mahmoud. »Natürlich müsste ich dann betonen, dass die Befunde nur vorläufig sind.«

»Es besteht doch kaum eine Gefahr, dass sich noch etwas daran ändert, oder?«

»Das glaube ich eigentlich nicht. Nur wenn etwas völlig Neues auftauchen würde. Oder wenn die Leichenbeschauer auf etwas Ungewöhnliches stoßen. Andererseits ...« – Mahmoud hielt einen Moment lang inne – »... *hat* sich etwas Ungewöhnliches ergeben. Gelinde gesagt. Ihr Alter. Die Beschneidung wird normalerweise an Dreizehnjährigen oder noch Jüngeren vorgenommen. Dieses Mädchen war etwa zwanzig.«

»Aber das ändert doch nicht viel, oder?«

»Nein, ich finde es nur erstaunlich, das ist alles.«

»Eine späte Hochzeit vielleicht?«

»Vielleicht. Jedenfalls dürfte uns das die Identifizierung erleichtern.«

»Wollen Sie deswegen tätig werden?«, fragte Owen. »Wenn Sie wissen, wer sie war?«

»Wahrscheinlich nicht. Das ist ja kein Gesetzesverstoß.«

»Das stimmt, aber ...«

»Ja. Ich weiß.«

Es war eine Problematik, vor der sich das *Parquet* in der Regel drückte. Die eine oder andere Anklage hätte wohl erhoben werden können, aber sie wäre wahrscheinlich beim Islamischen Gerichtshof gelandet, der sie mit einiger Sicherheit verworfen hätte. Die islamischen Gerichte waren die traditionellsten aller Rechtsbehörden und zeigten die geringste Neigung, die Praxis der Beschneidung an sich infrage zu stellen. Was die Folgen betraf, so waren sie zwar durchaus unerwünscht und bedauerlich, doch eben auch sozusagen unabänderlicher Teil des natürlichen Laufs der Dinge. Diese Praxis war so tief im gesellschaftlichen Brauchtum verwurzelt, dass sie so etwas wie ein politisches heißes Eisen darstellte. Selbst die Nationalisten mieden das Thema.

»Es ist kein Gesetzesverstoß«, wiederholte Mahmoud.

Das war für ihn normalerweise der springende Punkt. Er war nach dem französischen Rechtsverständnis ausgebildetet worden und hatte eine durch und durch französische Denkweise entwickelt. Etwas war entweder legal oder eben nicht. Wenn es legal war, ging es die Juristen nichts an. Wenn es illegal war, mussten sie es ausloten.

Trotzdem konnte Owen sehen, dass Mahmoud nicht zufrieden war.

Die Veröffentlichung des Befundes zeitigte die erwünschte Wirkung. Das öffentliche Interesse an der Jungfrau ebbte völlig ab. Niemanden kümmerte schließlich der Tod irgendeiner Frau. Jedenfalls nicht als Folge natürlicher Ursachen.

Am nächsten Morgen fand sich Owen im Amt für Bewässerung ein. Als der Sekretär erfuhr, was Owen wünschte, warf er theatralisch die Arme hoch. »Effendi!«, stöhnte er. »Hier bin doch nur ich!«

Owen sah sich im Büro um. »Das ist nicht richtig. Yussef und Ali sind da und Selim und Abdul. Ganz zu schweigen von dem Mann, der soeben rausgegangen ist, um Tee zu machen.«

»Aber, Effendi …«

»Außerdem die Leute im Büro nebenan. Und die in dem daneben. Und was ist mit …?«

»Effendi, wir sind wie Goldkörner in der Wüste!«

»Das sind Sie ganz gewiss. Aber wie sind Sie vorangekommen mit …?«

»Will der Effendi *alle* Namen?«, fragte der Sekretär niedergeschlagen.

»Gewiss.«

»Aber doch sicher nur die der tapferen Männer, die zur Stammbelegschaft gehören.«

»Ich will die Namen derjenigen, die derzeit am Wehr arbeiten.«

»Aber, Effendi, ihre Zahl ist Legion!«

»Wie viel Legion?«

Der Sekretär sah in seinem Hauptbuch nach. »Um diese Zeit im Jahr …« – er warf sich in Pose – »sechzehntausend!«

»Aber nicht am Wehr, auf gar keinen Fall. Momentan arbeiten dort etwa zweihundert, würde ich sagen.«

»Effendi, das sind doch zum größten Teil nutzlose Gesellen, Bauern, die zur Flutung herkommen, ein paar Wochen lang arbeiten und dann in das schreckliche Nest, aus dem sie stammen, zurückkehren!«

»Das sind diejenigen, die mich besonders interessieren. Als erstes bräuchte ich die Fälle, in denen Disziplinarmaßnahmen …«

»Aber, Effendi, das sind alles aufsässige Kerle, die reinsten Wilden ...«

»Dann die Verletzungen.«

»Aber, Effendi, was hat das schon zu bedeuten, wenn sich ein paar Leute verletzen? Wenn es um das allgemeine Wohl geht? Wenn dabei eine Handvoll in den Straßengraben oder in den Fluss fällt?«

»Und die Entlassungen.«

»Effendi, am Ende der Flutung werden sie *alle* entlassen. Und das ist auch gut so ...«

»Diejenigen, die vorzeitig entlassen wurden.«

»Aber, Effendi, warum sollen wir uns mit denen abgeben, die es nicht anders verdient haben und für die Macrae Effendi und Ferguson Effendi in ihrer Klugheit den Entlassungszeitpunkt vorgezogen haben?«

»Sorgen Sie einfach dafür, dass ich die Namen bis morgen habe«, sagte Owen.

Als Owen am nächsten Tag in sein Büro kam, legte ihm Nikos, sein Sekretär, die Namenliste vor. Owen verblüffte dieser bemerkenswerte Fall von Arbeitswut – bis er den Grund dafür erkannte. Die Liste enthielt lediglich fünf Namen.

»Keine Entlassungen, zwei Verletzungen geringfügiger Natur und, was den Rest betrifft, Lohnkürzungen wegen Verspätung«, erklärte Nikos. »Ist es das, worum es Ihnen ging?«

Owen runzelte die Stirn. »Als erstes will ich wissen, ob das auch wirklich stimmt.«

Nikos nickte. »Ich werde es überprüfen«, versprach er.

»Und wenn Sie schon dabei sind, könnten Sie auch den Blick schweifen lassen.«

»In welche Richtung?«

»Mögliche Gründe für Wut. Ich suche ein Motiv.«

Nikos sah sich die Liste genauer an. »Das sind alles *Corvée*-Arbeiter«, stellte er fest. »Das erkennt man an der Nummer auf der Gehaltsabrechnung.«

»Um diese Zeit ist das ja auch zu erwarten. Der Fluss führt Hochwasser.«

»Ich überlege gerade, ob dieser Fall vielleicht damit zu tun hat.«

Corvée war die Bezeichnung für das gesamte System, nach dem die Regierung traditionell jedes Jahr Landarbeiter zur Erhaltung und Beaufsichtigung der Dämme einzog, sobald der Nil anschwoll. In der Vergangenheit hatte es in diesem System unzählige Fälle von schamlosem Missbrauch gegeben. So gut wie jeder diensttaugliche Mann zwischen fünfzehn und fünfzig war eingezogen und zwangsverpflichtet worden, einen beträchtlichen Teil des Jahres fern von seinem eigenen Land ohne Entgelt zu arbeiten. Schlimmer noch, die großen Paschas oder die Adeligen hatten oft Wege gefunden, diese Leute auf ihren eigenen Ländereien einzusetzen; wenn sie sich weigerten, wurden sie ausgepeitscht. Damals hätte jeder einen Groll gegen dieses System hegen können.

Aber jetzt nicht mehr. Als die Briten ins Land gekommen waren, hatten sie die *Corvée* abgeschafft, zumindest in ihrer alten Form. Seitdem war die Arbeit freiwillig, sie wurde bezahlt und war nicht mehr von so langer Dauer. Und die Ausbeutung durch die Paschas lag nun zwanzig Jahre zurück. So lange, sagte sich Owen, konnte doch bestimmt niemand Rachegefühle hegen. Selbst in Ägypten nicht, wo der Gedanke an Rache bisweilen über Generationen hinweg am Leben erhalten wurde.

Beim Betreten der Gärten erlebte Owen einen leichten Schock. Alles stand unter Wasser. Einen Moment lang dachte er, am Regler müsse etwas geschehen sein und der Kanal wäre über die Ufer getreten. Doch dann dämmerte es ihm: Es war Donnerstag, der Tag, an dem in der ganzen Stadt Flutungen durchgeführt wurden.

Jeden Donnerstag wurde Wasser aus dem Fluss gepumpt und durch Rohre in Parks und öffentliche Gärten geleitet, wo man es jeweils in ein Netz von Erdgräben, in sogenannte Gadwals, abzweigte.

Das war auch heute der Fall. Die Gärten sahen aus wie ein riesiger seichter See, aus dem die Bäume und Sträucher völlig asymmetrisch herausragten. Im Wasser dazwischen tummelten sich Hunderte von Vögeln. Palmtauben hockten gurrend auf dem überschwemmten Boden; Wiedehopfe zierten sich ängstlich wie Badende an einer englischen Küste; Finken und Sperlinge zeigten sich keineswegs so zimperlich, sondern spritzten sich in wilder Begeisterung Wasser über den Rücken. Farbenprächtige Bienenfresser, die kein Halten mehr kannten, kreisten und tauchten. Reiher mit braungelbem Rücken stolzierten herum und hackten mit den Schnäbeln. Es gab sogar mehrere Langschwanzpapageien, die man bewusst aus dem Zoo von Gizeh hier ausgesetzt hatte, um zu sehen, ob sie brüten würden.

Owen zögerte kurz und überlegte, wie er den Regler trockenen Fußes erreichen könnte; dann entdeckte er den Gärtner bis zu den Knöcheln im Wasser über einen Gadwal gebeugt stehen und machte eine ratsuchende Geste, sobald dieser aufsah. Der Gärtner deutete auf einen Weg, der in ein Wäldchen führte. Er verlief auf einer leichten Anhöhe über dem Tal, durch das er gestern gegangen war, und brachte ihn fast direkt zum Regler.

Am Wehr ging es heute ruhiger zu. Ein einzelner Karren stand vor der Bresche, und von seiner Ladefläche aus wurden Sandsäcke mit einem Flaschenzug genau zu der schadhaften Stelle hinabgelassen. Ferguson starrte, am Ufer auf dem Bauch liegend, hinunter und erteilte seine Anweisungen. Als Owen sich näherte, stand er auf.

»Wir haben was für Sie«, sagte er. Er rief dem weiter unten postierten Macrae etwas zu, worauf dieser zu ihnen nach oben kam. Zu dritt gingen sie dann den Kanal entlang zu einer Stelle, wo offenbar etwas, das wie ein kaputtes Rohr aussah, aus dem Wasser gehoben worden war.

»Was ist das?«

»Das ist ein Teil der Wasserleitung«, erklärte Macrae. »War direkt unterhalb des Reglers montiert. Die Explosion hat es weggesprengt und bis hierher geschleudert. Die Sache ist nur die … Sehen Sie das hier? Das sind Brandspuren. Das heißt, dass die Sprengladung hier angebracht wurde. Ist einfach innen reingestopft worden, würde ich sagen.«

»Aye«, sagte Ferguson. »Das dürfte gereicht haben. Es kommt auf die Stelle an, verstehen Sie. Damit konnte der Betonmantel, der das Reglertor im Scharnier hielt, geknackt worden sein. Den Rest hat das Wasser übernommen. Wer immer das getan hat, wusste genau, was er wollte.«

»Und Sie bleiben immer noch dabei«, fragte Owen, »dass es keiner Ihrer Arbeiter war?«

3

Der Gärtner kam angerannt. »Effendi! Oh, Effendi!« Er blieb keuchend vor ihnen stehen. »Oh, Effendi! Schon wieder eine!«

»Schon wieder eine was?«

»Eine Bombe! Oh, Effendi, kommen Sie schnell!«

»Schon wieder! Mein Gott! Wo?«

Der Gärtner wies über die Anlage.

»Am Rosetta? Mein Gott!«

Sie jagten quer über die überschwemmten Gärten, dass das Wasser nur so spritzte. Vögel flatterten davon. Reiher erhoben sich mit einem Flügelknattern so scharf wie eine Serie von Schüssen. Die Palmentauben stiegen als Schwarm auf. Die Wiedehopfe zierten sich nicht länger und retteten sich in die Bäume.

Der Gärtner rannte mit durchs Wasser platschenden nackten Füßen voraus. Seiner Führung folgend liefen sie quer über die Rasenflächen und dann zu der Anhöhe hinauf, über die Owen eben erst gekommen war. Es ging weiter, hinunter zu den Bambuswäldchen im Tal und nach links den Bach entlang, fast bis zu der Stelle, an der der Ghaffir sein Nickerchen gehalten hatte. Dort, praktisch direkt unter dem Affenbrotbaum, blieb der Gärtner stehen.

»Aber …?«, begann Macrae.

»Da, Effendi, da!« Der Gärtner wies mit zitterndem Finger die Richtung.

Er deutete auf einen Gadwal.

»Überlassen Sie das mir!«, rief Macrae und stieß Owen mit der Schulter beiseite.

»Aye«, sagte Ferguson. »Wir kennen uns mit so was aus.«

Er schob Owen hinter einen Baum und stellte sich neben seinen Kollegen.

»Verdammte Scheiße!«, stöhnten beide wie aus einem Mund.

Owen, der vor seiner Versetzung nach Ägypten bei der Armee in Indien gedient hatte und sich ebenfalls mit solchen Dingen auszukennen glaubte, trat hinter dem Baum hervor und bewegte sich vorsichtig auf sie zu.

Sie starrten in den Gadwal hinunter. Auf seinem Boden lagen zwei Zündkapseln.

»Hier wird deutlich, Abdullah«, bemerkte der Ghaffir von oben herab, »dass du von Dynamit nichts verstehst.«

»Wie hätte ich das erkennen sollen?«, verteidigte sich der Gärtner. »In meinen Augen hat es wie eine Bombe ausgesehen!«

»Wie haben Sie das gefunden?«, fragte Owen.

»Ich war dabei, den Gadwal zu säubern. Das muss man, damit das Wasser durchfließen kann. Sie ahnen nicht, was da alles drin ist. Laub, Zweige, so was eben. Und dann die ganzen Vögel! Und die Leute erst! Sie werfen Müll rein, obwohl man eigentlich glauben sollte, das sie es besser wüssten. Also, bevor ich das Wasser durchleite, sehe ich ihn mir noch mal an und vergewissere mich, dass es keine Verstopfungen geben kann. Ich meine, man will doch nicht, dass Wasser übers Ufer tritt, wenn man noch gar nicht dafür bereit ist, oder? Welchen Sinn hätte das denn sonst? Man mag vielleicht glauben, ich würde mich nicht mit Dynamit auskennen«, fügte er mit einem Seitenblick auf den Ghaffir hinzu, »aber ich kenne mich mit Gadwals aus. Funktioniert einer nicht, ist die ganze Anlage hin!«

»Gadwals!«, höhnte der Ghaffir. »Was redest du von Gadwals, wenn die Effendis viel Wichtigeres im Kopf haben!«

»Überlassen Sie das uns!«, bellte Macrae. Er beugte sich über den Gadwal. »Ersatzteile, was meinen Sie?«

»Aye«, bestätigte Ferguson. »Wurden danach nicht mehr gebraucht.«

Macrae nahm sie in die Hand. »Wissen Sie auch, woher sie stammen?«

»Aye«, sagte Ferguson.

Die Vorräte wurden in einem Schuppen in der Nähe des Wehrs aufbewahrt. Die Tür war mit einem schweren Vorhängeschloss gesichert.

»Ich bezweifle, dass der Kerl hier reingekommen ist«, brummte Macrae.

Er führte sie zur Rückseite. Der untere Teil der hinteren Wand war verborgen hinter einer verschwenderischen Fülle von nelkenähnlichen malvenfarbenen Blumen, die überall in diesen Gärten blühten. Macrae schob sie auseinander. Knapp über der Erde war säuberlich ein Loch ins Holz gesägt worden, das gerade groß genug für einen Mann war.

Ferguson ging wieder um den Schuppen herum, sperrte das Schloss auf und trat gefolgt von den anderen ein. Der Schuppen war voller ordentlich auf Regalen aufgereihter Werkzeuge. Sie sahen Spaten, Pickel, Handbohrer, Drahtrollen, Nägel, Schrauben, Kisten, gefüllt mit allem Möglichen. An einer Stelle waren Holzkörbe gestapelt, wie sie immer noch an den Flussufern des ganzen Landes für den Transport von Erde verwendet wurden. Daneben lagen aufeinander geschichtete traditionelle Schaufeln aus Holz.

Macrae ging zu einer Wand hinüber und schob den Stapel, der sie verstellte, zur Seite. Zum Vorschein kam eine robuste Holzkiste mit schweren Eisenbeschlägen und einem Schloss, das noch massiver war als das vor der Tür. Macrae sperrte es auf und spähte hinein.

»Aye«, sagte er.

»Zünder?«, fragte Owen.

»Vier fehlen.«

»Das dürfte reichen. Dynamit?«

»Und ob!« erwiderte Macrae säuerlich. »Ein bisschen ist noch drin.«

»Ein Vorhängeschloss reicht offenbar nicht«, erklärte Ferguson. »Wir müssen einen anderen Aufbewahrungsort dafür finden.«

»Haben Sie einen Aufseher für das Lager?«, wollte Owen wissen.

»Der ist in Ordnung«, beteuerte Macrae. »Für ihn lege ich meine Hand ins Feuer.« Er bemerkte Owens skeptischen Blick und fügte hinzu: »Aye, ich weiß, was Sie jetzt denken. Aber er ist in Ordnung. Ich kenne ihn seit Jahren. Er war mit mir schon in Assuan. Ist dort bei einem Sturz verletzt worden, drum habe ich ihm die Aufsicht für das Lager anvertraut. Das ist jetzt sechs Jahre her, und wir hatten nie Anlass zur Beschwerde.«

»Nie!« bekräftigte Ferguson.

»Hat er Schlüssel?«

Ferguson schüttelte den Kopf. »Nein. Ich selbst sperre jeden Tag auf und zu.

»Und wir sind auch die Einzigen, die einen Schlüssel für die Truhe haben. Wir tragen jeweils einen am Bund für den Fall bei uns, dass plötzlich was gebraucht wird und einer von uns gerade nicht zu finden ist. Aber sonst hat niemand einen Schlüssel.«

Owen nahm das Vorhängeschloss in Augenschein. Es war nichts Außergewöhnliches daran zu erkennen. Selbst wenn der Wärter verlässlich war, hatten andere den ganzen Tag lang Zutritt; jemand hätte durchaus das Schloss begutachten, ja vielleicht sogar einen Abdruck davon nehmen können, wenn der Wärter gerade irgendwie abgelenkt war.

Das Loch in der Wand war hinter Säcken verborgen worden.

»Aye«, sagte Macrae. »Aber es muss vor kurzem geschehen sein, sonst hätten wir es gemerkt.«

»In derselben Nacht?«

»Es dürfte eine Weile dauern, so ein Loch zu sägen«, meinte Ferguson. »Vielleicht in der Nacht davor.«

Sie gingen noch einmal um den Schuppen herum, um das Loch von außen zu inspizieren. Wer immer es ausgesägt hatte, hatte zunächst einen kleinen Graben im Sand ausgehoben, der ihm während seiner Arbeit ein gutes Versteck geboten hatte.

»Richtig«, knurrte Macrae, »aber Ibrahim hätte ihn sehen müssen. Es ist schließlich seine Aufgabe, die Augen offen zu halten.«

Er befahl den Ghaffir zu sich und zeigte ihm den Graben.

»Was ist das hier?«

Ibrahim beugte sich darüber. »Eine Echse, Effendi?«

»Eine Echse? Unsinn!« Macrae deutete auf das Loch. »Das war ein Mensch!«

»Ja, Effendi«, murmelte der Ghaffir betreten. »Ein Echsenmensch.«

»Jetzt ist mir klar, Ibrahim«, stellte der Gärtner schadenfroh fest, »dass du was von Dieben und Einbrechern verstehst.«

»Ich kenne mich sehr wohl mit Dieben und Einbrechern aus«, entgegnete der Ghaffir empört. »Das heißt: mit gewöhnlichen Dieben. Aber das hier war ein Echsenmensch. Echsenmenschen sind was ganz anderes.«

Leider verbreitete sich dieser Satz. Als Owen wenig später an einer Gruppe von Männern vorbeiging, die für Macrae arbeiteten, hörte er sie über die jüngsten Entwicklungen diskutieren, über die sie inzwischen selbstverständlich alles wussten.

»... ein Echsenmensch, heißt es ...«

»Na ja, gegen so was kann man wohl nichts machen, oder?«

»Das gefällt mir nicht. Wenn er es auf uns abgesehen hat, steht uns Schlimmes bevor!«

Auch die Zeitungen griffen es auf. Während er am Abend desselben Tages an einem Terrassentisch des großen Cafés oben am Mouski-Platz saß und auf Mahmoud wartete, hörte Owen die Jungen, die die Zeitungen verkauften, lauthals schreien:

»Echsenmensch! Echsenmensch!«

Er kaufte eine Zeitung, um alles über den Hintergrund zu erfahren. Es war, wie er es befürchtet hatte. Auf der ersten Seite prangte in Großbuchstaben:

ECHSENMENSCH HAT ZUGESCHLAGEN!

Darunter stand ein blutrünstiger und völlig unzutreffender Bericht über die Sabotage am Reglertor.

Detailgenauigkeit interessierte die Zeitungen, die in diesem Viertel vorwiegend nationalistisch gesinnt waren, allerdings wenig. Sie zogen es vor, über die Identität des Echsenmenschen zu spekulieren. War er beispielsweise ein Nationalist? Eine ganze Reihe von Blättern schien das zu glauben. Sie werteten das Ganze als Angriff gegen die Briten. So lautetete eine der Schlagzeilen:

HELDENTAT: ECHSENMENSCH SCHLÄGT
AN BRITISCHEM DAMM ZU!

Andere Zeitungen wiederum wiesen darauf hin, dass der Regler nicht den Briten, sondern den Ägyptern diente. Wer wäre so gemein und würde einen ägyptischen Damm sabotieren? Dahinter steckten eindeutig die Christen. Aber nicht notwendigerweise Briten. Bei all ihren Fehlern – und die Zeitung listete sie auf einer halben Seite auf – waren die Briten keine Echsenmenschen. Das hatten sie auch gar nicht nötig, weil ihnen sowieso das Sagen im Land zustand. Nein, es musste ein noch viel hinterhältigerer Mensch sein, jemand, der es vorzog, ganz flach zu liegen und sich im Sand zu verbergen; der Echsenmensch war ein Kopte!

Eine koptische Zeitung vertrat zu niemandes Überraschung einen gegensätzlichen Standpunkt. Die Muslime, die im Land verhältnismäßig neu waren (sie waren gerade erst einmal vor zwölfhundert Jahren eingewandert), hatten die erhabene Baukunst aus der Zeit vor ihrem Kommen nie wirklich zu schätzen gewusst, sondern sie vielmehr als Werk des Satans betrachtet. War es also ein Wunder, wenn sie einen Anschlag auf eins der großen Bauwerke des modernen Ägypten verübten? Es lag auf der Hand, dass der Echsenmensch ein Moslem war, und zwar höchstwahrscheinlich einer mit fundamentalistischen Überzeugungen.

Eine Reihe anderer Blätter äußerte eine Reihe anderer Meinungen. In gewissen zentralen Fragen stimmten sie jedoch miteinander überein. Der Echsenmensch war für die Sabotage verantwortlich und er war zu Recht so genannt worden, denn er schlug heimtückisch zu und tat, was Reptilien taten. Wie die Schlange riss er das Junge aus dem Nest der Mutter, ja, von der Mutterbrust! Alle Frauen sollten darum gewarnt sein!

Die Behörden waren – selbstverständlich – ernstlich besorgt. Der Mamur Zapt verfolgte die Spur persönlich. Leider hatte er sich – wenn die Meldungen zutrafen – zu einer wilden Echsenjagd verleiten lassen.

»Was soll das, was ich da über einen Echsenmenschen zu hören bekomme?«, fragte Mahmoud und ließ sich in den Stuhl gegenüber dem von Owen sinken.

»Ein dummes Gerücht«, brummte Owen.

»Davon wimmelt es hier derzeit. Gerüchte über Jungfräulichkeit zum Beispiel.«

Tatsächlich war die Jungfrau das eigentliche Thema, über das Mahmoud mit Owen hatte sprechen wollen, wenn auch nicht in ihrer mythischen Inkarnation. Die Veröffentlichung des Autopsiebefundes hatte ihm gewisse Hinweise eingebracht und jetzt glaubte er, kurz vor der Feststellung der Identität der Jungfrau zu stehen. Das war aber nicht das Problem.

»Das Problem ist, dass Labiba Latifa das mitbekommen hat.«

»Labiba Latifa?«

»Sie haben noch nie von ihr gehört?«

Nun, gerade eben zum ersten Mal. Mahmoud klärte ihn auf.

Labiba Latifa war eine finanziell und geistig unabhängige Dame, die in ihrer Jugend zur Krankenschwester ausgebildet worden war – im Ausland –, und sich seit ihrer Rückkehr für eine Reihe guter Zwecke einsetzte, vor allem im Gesundheitswesen. Dass es ihr schon früh möglich gewesen war, dies öffentlich zu tun, hatte sie zu einem großen Teil der Stellung ihres Mannes verdankt, der Dekan der Medizinischen Universität von Kairo gewesen war. Nach seinem Tod hatte sie sich vorgenommen, ihre Arbeit unverändert fortzusetzen.

Zwischen Anspruch und Wirklichkeit klaffte indes eine Lücke. Wenngleich in der ägyptischen Gesellschaft Witwen, vor allem den wohlhabenden, größere Freiräume als den meisten anderen Frauen eingeräumt wurden, hatten ihr das Aufsehen, das ihre Aktivitäten erregten, und die Unverblümtheit ihrer Äußerungen rasch einen zweifelhaften Ruf eingebracht. Selbst in reformistischen Kreisen waren die Meinungen geteilt. Nicht wenige vertraten die Ansicht, dass sich mit einem leiseren Auftreten eher Fortschritte erzielen lassen würden. Alles in allem war sie eine Furcht erregende Frau, wovon sich Mahmoud persönlich ein Bild hatte machen können, als sie bei ihm gewesen war.

Sie hatte ihm erklärt, dass sie die Ergebnisse der Autopsie mit großem Interesse gelesen hätte, und hatte wissen wollen, welchen Standpunkt er bezüglich dieses Falles einzunehmen gedenke.

Mahmoud erwiderte steif und korrekt, dass er bezüglich diese Falles keinerlei Standpunkt einzunehmen gedenke. Seine Aufgabe bestehe lediglich darin, so gut er es vermochte für die gerichtliche Untersuchung verwertbare Beweismittel zu präsentieren.

Ob diese auch Indizien umfassten, die auf Tod als Folge einer Beschneidung hinwiesen, wollte Labiba wissen. Mahmoud erinnerte sie daran, dass bisher nur ein vorläufiges Ergebnis vorlag; aber wenn der endgültige Befund zu diesem Endresultat käme, würde er ihr das mitteilen.

Welches Ergebnis würde er erwarten? Und welche Konsequenzen würde man daraus ziehen?

Mahmoud, grundehrlich wie er war, antwortete, dass er Konsequenzen für höchst unwahrscheinlich hielte.

War er zufrieden damit?

Mahmoud antwortete wahrheitsgemäß, dass das nicht zuträfe.

Was gedachte er also zu unternehmen?

Owen konnte sich gut vorstellen, dass an dieser Stelle für eine ganze Weile Schweigen eingetreten sein musste. Schließlich hatte Mahmoud gestanden, dass er es nicht wusste.

Labiba nickte bedächtig.

Welche Maßnahmen erwartete sie denn von ihm, fragte nun Mahmoud.

Darauf entgegnete Labiba, dass es sich hier um einen für das allgemeine Interesse bedeutsamen Fall handele und man ihn deshalb an die Öffentlichkeit bringen müsse.

Mahmoud gab zu bedenken, dass das wohl kaum seine Aufgabe sei. Seine Rolle liege darin, dem Gesetz so zu dienen, wie es formuliert war. Wenn dieser Fall darüber hinausgehende Fragen aufwarf, würden sich entweder das Gericht oder das *Parquet* damit befassen.

Gab es denn nichts, was er als ermittelnder Staatsanwalt unternehmen könne?, setzte Labiba nach. Und wartete.

Mahmoud war zu gewitzt, um nicht zu begreifen, wie er hier unter Druck gesetzt wurde, und dass sein persönliches Rechtsempfinden geschickt gegen seine Prinzipientreue ausgespielt wurde. Labiba hatte ihre Hausaufgaben gemacht und wusste, wie man mit ihm umzugehen hatte.

Er antwortete in unverbindlichem Ton, dass er sich noch auf einer sehr frühen Stufe der Ermittlungen befinde und, falls es nach deren Abschluss noch weitergehende Fragen geben sollte, er den Fall noch einmal bewerten würde.

Darüber stellte er sich schon darauf ein, noch mehr unter Druck gesetzt zu werden, stattdessen nickte Labiba erneut, als gebe sie sich mit seinen Antworten zufrieden. Erst danach dämmerte ihm, dass das eine geschickte Methode war, ihn für ihre Zwecke einzuspannen.

Zu seiner Überraschung wechselte sie nämlich auf einmal die Taktik vollständig. Unvermittelt gestand sie ihm sogar, dass sie sich selbst nicht sicher sei, wie sie unter solchen Bedingungen vorgehen sollte. Könnte sie ihre Vorgehensweise vielleicht mit ihm erörtern?

Nach der Veröffentlichung des Autopsiebefundes hatte eine Gruppe von Hebammen, mit denen sie schon in anderen Angelegenheiten zusammengearbeitet hatte, sie auf diesen Fall aufmerksam gemacht. Sie hatte daran vor allem das Alter beunruhigt, in dem die Beschneidung vorgenommen worden war.

»Es besteht Uneinigkeit, Monsieur el Zaki – selbst unter Hebammen –, was die Frage betrifft, ob Beschneidung an Frauen überhaupt eine akzeptable Praxis ist. Ich habe meine eigene Ansicht über dieses Thema, und die ist fest umrissen, aber ich muss zur Kenntnis nehmen, dass sie nicht überall geteilt wird, insbesondere nicht in den ärmeren und konservativeren Landesteilen. Die fraglichen Damen leben außerhalb von Khan-el-Kahlil und sind in diesem Punkt normalerweise nicht meiner Meinung. Wir stimmen allerdings darin überein, dass, wenn so etwas schon durchgeführt werden muss, es wenigstens in jungen Jahren geschehen sollte. In diesem Fall war das arme Mädchen, wie Sie wissen, bereits zwanzig.«

»Warum wurde es dann überhaupt noch gemacht?«, fragte Mahmoud.

»Sie sollte verheiratet werden. Spät, ich weiß, aber sie war die einzige Frau im Haushalt – ihre Mutter ist vor mehreren Jahren gestorben –, und ich könnte mir vorstellen, dass ihr Vater auf ihre Dienste im Haus nicht verzichten wollte. Doch dann ergab sich die Möglichkeit, sie gewinnbringend zu verheiraten, und er konnte es sich nicht leisten, diese Gelegenheit verstreichen zu lassen. Nur war der Bräutigam bedeutend älter als sie und einer traditionellen Denkweise verhaftet. Also rechnete er wohl damit, dass sie längst beschnitten worden war. Ja, die Hochzeit wäre höchstwahrscheinlich sogar daran gescheitert, wenn sie es nicht gewesen wäre. Folglich …«

»Warum war sie nicht schon vorher beschnitten worden?«

»Wegen des Todes ihrer Mutter. So etwas ist normalerweise Frauensache, aber es war nun mal keine Frau mehr im Haus, die sich darum gekümmert hätte.«

»Und auch sonst niemand in der Familie?«

»Sie waren vom Land hierhergezogen. Der Vater ist Wasserträger, arm und …« – Labiba rümpfte die Nase – »äußerst ungebildet. Wissen Sie, was die häufigste Ursache von Verbrechen in diesem Land ist, Monsieur el Zaki? Unwissen. Keineswegs Armut, denn wir können arm sein, ohne unwissend zu sein. Zugegebenermaßen geht aber beides in der Regel miteinander einher.«

Mahmoud neigte nachdenklich den Kopf. Er hatte sich schon auf einen Vortrag gefasst gemacht.

»Er wusste es also nicht besser. Das, Monsieur el Zaki, ist der Grund, warum ich jetzt in gewissen Schwierigkeiten stecke. Auf der einen Seite erregt der Fall das öffentliche Interesse und es geht dabei um eine prinzipielle Frage, eine Frage, die wir auch eng genug eingrenzen können – und zwar auf das Alter, nicht auf die Beschneidung an sich –, um in der Bevölkerung Unterstützung zu gewinnen. Andererseits gehört die Unwissenheit auf die Anklagebank und nicht irgendein armseliger, ungebildeter Mann. Genauso wenig die armselige, ungebildete Frau, die die Beschneidung vorgenommen hat.«

»Sie kennen diese Frau?«

»Ja.«

»Und das Mädchen auch?«

»Ich habe von ihr gehört.«

»Darum«, sagte Mahmoud, während er seine Kaffeetasse abstellte und Owen ins Gesicht sah, »haben wir es nun auch mit dieser prinzipiellen Frage zu tun.«

Wie sich Mahmoud dieser Frage annehmen würde, wenn der Moment der Entscheidung gekommen war, vermochte Owen nicht zu bestimmen. Niemand konnte im *Parquet* so schnell so hoch aufsteigen wie Mahmoud, ohne abgebrüht zu sein. Dennoch hatte Mahmoud einen merkwürdig naiven Zug, der sich bei ihm in Form von Prinzipienreiterei äußerte. Im Grunde seines Herzens war er, so sagte sich Owen am folgenden Morgen auf dem Weg zum Fluss, ein Idealist geblieben.

Owen wollte sehen, wie die Vorbereitungen für den Durchstich vorangingen. Als er sich der Stelle näherte, wo der Khalig-Kanal vom Fluss wegführte und wo der Damm durchbrochen werden sollte, häuften sich die Hinweise auf das bevorstehende Fest. An einigen Häusern prangten schon bunte Banner, und quer über die Straßen waren mit vielfarbigen Wimpeln behängte Schnüre gespannt worden.

Er hatte sich mit McPhee verabredet, und als er um die letzte Ecke bog, sah er ihn schon vor sich. Inmitten einer Gruppe kleiner Jungen und der halben Nachbarschaft verfolgte er, wie der Ausrufer den Wasserstand verkündete.

»Fünfzehn Ellen und immer noch steigend!«, meldete der Mann mit sonorer Stimme.

Durch das Gitterwerk eines Haremfensters wurde eine Hand geschoben, die mehrere Münzen hinunterwarf. Der Ausrufer raffte sie eilig zusammen, ehe die kleinen Jungen sie ergattern konnten, und verbeugte sich vor dem Fenster.

»Gesegnet sei die Herrin dieses Hauses!«, dröhnte er.

»Ellen?«, fragte Owen.

»Am Nilometer«, antwortete McPhee.

Der Nilometer stand auf der Insel Roda, direkt ihnen gegenüber.

»Er ist äußerst wichtig«, informierte ihn McPhee. »In den alten Tagen wurde die Steuer danach bemessen. Es gab ein Gesetz, das die Erhebung der Grundsteuer verbot, solange nicht eine Höhe von sechzehn Ellen erreicht war. Wirklich sehr vernünftig, weil die Zahlungsfähigkeit der Leute von der Bewässerung ihres Landes abhing. Natürlich hat die Regierung den Stand regelmäßig gefälscht.«

Der Damm, der einfach aus Erde bestand, verlief an der Mündung in den Fluss vor der Insel Roda quer über das Kanalbett. Seine Krone ragte noch knapp zwei Meter über die Wasseroberfläche, aber sicherlich hatten seine Erbauer, die seit tausend Jahren in diesem Geschäft tätig waren, gewusst, was notwendig war.

Etwas unterhalb des Damms war im trockenen Kanalbett ein Erdhügel aufgeschichtet worden, auf dessen Spitze man Hirse gesät hatte.

»Ganz offenbar ein Symbol für Fruchtbarkeit«, kommentierte McPhee.

Wenn der Durchstich vorgenommen wurde und der Damm brach, würde das Wasser durch die Lücke stürzen und den Hügel, sehr zur Befriedigung der Zuschauer, mit sich reißen. Nach der Überlieferung war früher gleichzeitig auch eine Jungfrau geopfert worden, was die allgemeine Befriedigung zweifelsohne gesteigert hatte.

»Allerdings ist hier möglicherweise etwas durcheinander geraten«, sagte McPhee. »Der Hügel wird nämlich auch ›die Braut‹ genannt; verstehen Sie – der Nil schwängert sozusagen die Erde –, und im Volksglauben wurde das durch viel Einbildung vielleicht zu einer echten Frau verzerrt.«

Der Volksglaube strotzte in Kairo wie eh und je vor Gesundheit, und eine der neuesten Verzerrungen, mit denen er zuletzt gedroht hatte, war die Vereinnahmung von Mahmouds junger Toten für die traditionelle Legende gewesen. Diesem Spuk hatte zum Glück die Veröffentlichung des Autopsiebefundes ein Ende bereitet. War eine Frau eines so offenkundig gewöhnlichen Todes gestorben, gab es für den Volksglauben nicht mehr viel zu holen.

McPhee widerstrebte es jedoch, auf einen Zusammenhang zu verzichten. »Meinen Sie nicht«, fragte er wehmütig, »dass die Frau, die gefunden wurde, vielleicht …?«

»Nein«, beschied ihn Owen kategorisch. »Auf keinen Fall.«

Er beging jedoch den Fehler, Zeinab davon zu erzählen, als sie sich im Haus ihres Vaters zum Mittagessen trafen. Zuallererst war es deshalb ein Fehler, weil die Beschneidung von Frauen genau zu den Themen gehörte, die dazu geeignet waren, Nuri Paschas Interesse zu wecken.

»Eine barbarische Praxis«, verkündete er, »und ich bin absolut dagegen! Es wird behauptet, damit würde die Schönheit einer Frau gesteigert, aber das habe ich bei keiner Gelegenheit feststellen können. Ich bin vielmehr immer in meinem Eindruck bestärkt worden, dass es umso besser ist, je vollständiger eine Frau in dieser Hinsicht entwickelt ist. Außerdem schränkt eine Beschneidung das Lustgefühl der Frau ein.« Nuri schüttelte den Kopf. »Ich bin absolut dagegen. Weil es auch meines einschränkt!«

Er sah das Gemälde, das er jüngst erworben hatte, einen Akt von Renoir, mit zärtlichem Blick an. Nuri liebte alles Französische; vor allem französische Frauen.

»Natürlich ist es ein Brauch der unteren Klassen. Wissen Sie, mein Lieber, diese Woche erst erst habe ich mich mit Sukri Pascha unterhalten … er hat sich neulich eine neue Frau zugelegt; sie ist erst vierzehn, muss aber eine sagenhafte Schönheit sein. Da hat er mir erzählt, dass diese Khadiya, als sie zu ihm kam – sie ist seine zweite Frau … oder seine dritte? – egal, also, als sie zu ihm kam, stellte er völlig perplex fest, dass sie beschnitten war. ›Mein lieber Shukri‹, habe ich zu ihm gesagt, ›so was kriegt man eben, wenn man unter seiner eigenen Klasse heiratet.‹ Wie auch immer …«

Er plapperte fröhlich noch eine ganze Weile weiter.

»Ich bin froh, dass du mir das erspart hast«, meinte schließlich Zeinab. »Ich hätte auf nichts verzichten wollen.«

Zeinab war der zweite Grund, warum es ein Fehler gewesen war, dieses Thema zu erwähnen. Für die Beschneidung an sich interessierte sie sich nicht, sehr wohl aber für Labiba Latifa. Als Mann mit fortschrittlichen Anschauungen – wenn auch nicht ganz in dem Sinne Mahmouds – hatte Nuri seine Tochter zur Unabhängigkeit erzogen. Frauen, die so lebten, hatten es in Ägypten nicht leicht, so dass Zeinab begierig darauf war, von Frauen in der gleichen Lage zu hören.

»Meinst du, sie könnte Hilfe brauchen?«, fragte sie unvermittelt.

»Nein«, sagte Owen.

Es war der Griechische Tag in den Gärten. Für die Griechen war es eine Art Fest mit Volkstänzen. Die Frauen trugen traditionelle Trachten, bei denen ein zarter Spitzeneinsatz aus Batist eine wichtige Rolle zu spielen schien. Sie wirbelten in einem Gruppentanz, der viel rhythmisches Stampfen erforderte, über den Rasen. Düster dagegen wirkte das Auftreten der Männer in ihren glänzenden schwarzen Anzügen und breitkrempigen Hüten in derselben Farbe. Beim Tanz zogen sie ihre Jacketts und Westen aus, gingen aber nicht so weit wie einige Levantiner, die wie Turner in Trikots herumliefen. Auch deren Frauen schienen die Hitze zu spüren, denn sie saßen im Unterrock auf den Rasen, hatten aber ihre weißen Kränze im Haar aufbehalten.

Eine hübsche junge Frau kam auf Owen zugetanzt. »Er ist im Schatten«, sagte sie, »beim Bier.«

Sie führte Owen in ein Bambuswäldchen, in dem ein roter Läufer für ein Picknick ausgebreitet worden war. Ein Korb war zu sehen, aber kein Bier. Rosa, die die Gewohnheiten ihres Mannes kannte, zog Owen tiefer in den Schatten, wo Georgiades vor einem Gadwal stand und mit dem Gärtner redete. Er hielt eine ganze Batterie Flaschen an die Brust gedrückt.

»Ich habe ihn gefragt, ob er nicht ein bisschen Wasser in den Gadwal leiten könnte«, erklärte der Grieche.

»Und ich habe ihm geantwortet, dass das nicht geht«, erklärte der Gärtner. »Heute ist nicht der richtige Tag.«

»Ich frage mich, ob man da nicht vielleicht eine Ausnahme machen könnte«, brummte Georgiades und begann in der Hosentasche zu wühlen.

Der Gärtner warf einen Blick auf die Münzen, die plötzlich auf seiner Handfläche lagen. »Nein«, bedauerte er, »das kann ich nicht. Aber sehen Sie: Dort drüben ist ein Bach. Warum stellen Sie die Flaschen nicht dort rein?«

»Das ist zu weit weg.«

»Menschenskind!«, stöhnte Rosa. »Warum tanzt du nicht wie die anderen Männer?«

»Ja«, sagte Owen und ließ den Blick über Georgiades‹ Bauch wandern, »warum tanzen Sie nicht wie die anderen Männer?«

»Abgesehen davon«, meinte der Grieche, ohne auf diese Bemerkungen einzugehen, »treiben sich an Orten wie diesem immer Diebe herum. Ich wette mit Ihnen, dass Sie heute schon Ärger hatten.«

»Na ja«, gab der Gärtner zu. »Tatsächlich …«

Owen kehrte mit Rosa zum Picknickplatz zurück.

»Sie möchten wohl nicht tanzen?«

»Mit den griechischen Tänzen bin ich nicht vertraut«, entschuldigte sich Owen.

»Vielleicht hätte das dann wirklich wenig Sinn«, räumte Rosa ein.

Sie hatte seit jeher eine Schwäche für Owen, vor allem seit der Sache mit dem Lösegeld. Und sollte Zeinab eines Tages vielleicht verschwinden und sollte gleichzeitig auch das Schicksal ihren Mann treffen, dann … Die Möglichkeit, dass Owen eigene Vorstellungen haben könnte, wischte sie energisch beiseite. Rosa glaubte fest daran, dass sie und ihr Liebhaber, wer immer das auch war, stets einer Meinung sein würden – nämlich ihrer.

Sie bot Owen Tsatsiki an. Während er davon aß, setzte sie sich neben ihn auf den Boden und erkundigte sich nach Vorfall am Wehr.

»Wissen Sie«, sagte sie mit einem Blick in Richtung ihres Gatten, »er ist wirklich nicht der richtige Mann für so was. Wasser gehört nicht zu den Flüssigkeiten, mit denen er was anfangen kann. Und von Gärten hat er keine, aber auch wirklich gar keine Ahnung.«

Owen nickte. »Ich weiß. Aber er versteht es wunderbar, Leute zum Sprechen zu bringen.«

Georgiades und der Gärtner kamen durch die Büsche zu ihnen zurück.

»Ja, gut, ich könnte sie wohl auch in den Bach dort drüben stellen«, räumte Georgiades ein. »Aber ich würde mich nicht wohl dabei fühlen. Vielleicht wenn es hier einen Ghaffir gäbe …«

»Was!«, rief der Gärtner. »Der wäre der erste, der sie stehlen würde!«

Am Regulator herrschte Stille. Das Wasser glitzerte friedlich in der Sonne. Einige Papyruspflanzen, die sich durch das Hauptwehr geschmuggelt hatten, trieben in langsamen Kreisen auf die Lücke zu, um dann wieder von ihr fort zu wirbeln. Die Arbeiter saßen am Ufer. Macrae und Ferguson standen über die beschädigte Stelle gebeugt auf dem Steg und beratschlagten.

»Wir haben das Loch gestopft«, erklärte Macrae. »Jetzt müssen wir nur noch einen Weg finden, um das Wasser wieder durchzulassen.«

»Aber kontrolliert«, warnte Ferguson.

»Wir überlegen, ob wir das heil gebliebene Tor benutzen sollen.«

»Aye«, bestätigte Ferguson.

Sie nahmen Owen mit in ihr kleines Büro. Nachdem sie Kaffee gekocht hatten, lehnte sich Macrae in seinem Stuhl zurück.

»Wir haben mit den Männern gesprochen«, begann er.

»Mit den Männern gesprochen?«

»Aye. Über das Dynamit. Wir haben ihnen gesagt, dass das so nicht geht. Also, wenn mal eine Kleinigkeit geklaut wird, macht mir das nichts aus, aber mit Dynamit ist das was anderes.«

»Sicher, aber …«

»Verstehen Sie, das Loch in der Wand war säuberlich ausgeschnitten. Das ist mit guten Werkzeugen erledigt worden. Jetzt denken wir uns, dass derjenige, der das getan hat, seine eigenen Werkzeuge mitgebracht haben muss. Und da ist es durchaus möglich, dass ihn andere gesehen haben. Natürlich ist es genauso möglich, dass er sie erst dort versteckt hat und dann an einem anderen Tag zurückgekommen ist. Aber sie sitzen die meiste

Zeit zusammen und darum ist es gut möglich, dass einer von den anderen was gesehen hat. Darum haben wir die Karten auf den Tisch gelegt.«

»Die Karten auf den Tisch gelegt?«

»Aye. Wir haben ihnen gesagt, dass jetzt die Zeit ist, den Mund aufzumachen. Dass das hier keine Privatangelegenheit ist, sondern eine, die alle was angeht. Dass alle davon betroffen sind und noch viel mehr leiden werden, wenn es wieder geschieht, sie, ihre Dörfer, ihre Angehörigen.«

»Was haben sie darauf geantwortet?«

»Nichts. Aber das kommt schon noch.«

»Sie müssen es erst untereinander besprechen, verstehen Sie«, erklärte Ferguson.

»Und Sie glauben, dass das klappt?«

Macrae nickte. »Aye.«

4

In den Gärten wurde mit unverminderter Leidenschaft weitergetanzt. Die Frauen bildeten, die Hände auf die Hüften der jeweiligen Vorderfrau gelegt, eine lange Reihe, die sich durch die ganze Anlage zog. Die Männer hatten sich aufgestellt und klatschten den Rhythmus. Lockend tanzten die Frauen auf sie zu, um sich dann wieder zu entfernen. In der Mitte der Schlange sah Owen Rosa, die das Ganze kolossal genoss.

Die Angehörigen der Tanzenden waren ebenfalls gekommen, um sie anzufeuern. Owen erkannte Rosas Eltern und die fürchterliche Großmutter inmitten einer Vielzahl kleiner Kinder, höchstwahrscheinlich Cousins und Cousinen, die ebenfalls für Tanzvorführungen ausstaffiert waren. Rosa gehörte einer Großfamilie an, und sie zu heiraten bedeutete die ganze griechische Gemeinde zu heiraten. Georgiades, der eigentlich ein Einzelgänger war, hatte bei dieser Angelegenheit wenig zu sagen gehabt. Die Hochzeit war bestimmt worden – von Rosa.

Georgiades selbst war nirgendwo zu sehen. Owen begann seine Runde um die Gruppe zu machen, um Rosas Familie zu begrüßen, als er Georgiades plötzlich erblickte. Er saß hinter den Tanzenden zwischen Bougainvilleen am Rand eines Gadwal und redete mit dem Ghaffir.

»Echsenmenschen!«, ächzte der Grieche in entsetztem Ton, als Owen sich unauffällig näherte. »Ich würde mich nicht mit ihnen einlassen, wenn ich Sie wäre.«

»Keine Sorge!«, rief der Ghaffir voller Inbrunst. »Da halte ich mich raus!«

Owen trat hinter einen Busch.

»Ganz recht«, sagte Georgiades. »Allerdings könnte es schon zu spät sein.«

»Zu spät?«

»Ja. Ich meine, Sie haben ihn doch schon gesehen, oder?«

»Nein! Das Einzige, was ich gesehen habe, war sein Schwanz. Mir wurde sofort klar, dass das ein Echsenmensch war. Man erkennt sie an einem hauptsächlichen körperlichen Merkmal, und das ist bei ihnen der Schwanz. Aber der Schwanz und der übrige Körper sind nicht dasselbe. Ich meine, ich habe ihn nicht wirklich gesehen, nicht ihn selbst ...«

»Nun, dann können Sie sich glücklich schätzen!«

»Ich weiß, ich weiß!«

»Verstehen Sie, er hätte Sie schließlich jederzeit bemerken können. Er muss für dieses Loch doch einige Zeit gebraucht haben ...«

»Ah, nein, das war ganz anders. Ich meine, so machen sie das nicht. Doch nicht die Echsenmenschen!«

»Nein?«

»Nein. Sie erledigen so was nicht selbst; sie benutzen Menschen, die das für sie tun. Das ist der Grund, warum man sie nicht sieht. Und genau so war es hier auch. Das Holz ist nicht zernagt worden, richtig? Es wurde zersägt. Wenn ein Echsenmensch das selbst gemacht hätte, hätte er es durchgebissen. Oder haben Sie schon mal einen Echsenmenschen mit Werkzeugen gesehen?«

»Äh, nein ...«

»Eben. Er hat jemanden dazu gebracht, es für ihn zu

tun. Jemanden, der Werkzeuge hatte. Danach ist er gekommen, hat sich durch das Loch geschlängelt, hat sich genommen, was er braucht, und ist damit losgezogen.«

»Hm – trotzdem glaube ich, dass Sie Glück hatten. Sie hätten ihn dabei schließlich jederzeit beobachten können, nicht wahr?«

»Sicher, aber ich bin auf auf der Hut. Ich meine, in einem Beruf wie dem meinen ist man besonders gefährdet. Man muss darauf achten, dass man nicht zu viel bemerkt. Wenn man durch die Gegend rennt, läuft man leicht in was rein, und dann – Zack! – steckt man in Schwierigkeiten.«

»Wie schützen Sie sich denn?«

»Ich renne nicht, ich schleiche. Wenn man dann auf was stößt, wenn man was sieht oder – was wahrscheinlicher ist – wenn man was hört, wie eben gestern Nacht ...«

»Sie haben ihn also *doch* gesehen?«

»Nein, nein. Wie gesagt, man sieht sie nicht. Sie bringen einen anderen dazu, die Arbeit für sie zu erledigen.«

»Aha, dann war das derjenige, den Sie gesehen haben?«

»Ich habe niemanden gesehen. Andererseits ...« – der Ghaffir senkte die Stimme – »... wusste ich, dass er da gewesen war.«

»Nun, das Loch konnte man natürlich ...«

»Nein, nein, das war es nicht.«

»Was dann?«

Der Ghaffir hielt sich den Finger an die Nasenspitze. »Gerecht ist gerecht. Wenn du mir das Meine nimmst, nehme ich dir das Deine. So kommen alle Seiten zu ihrem Recht, oder nicht?«

»Kommt darauf an, was es ist«, brummte Georgiades.

Doch der Ghaffir hatte anscheinend das Gefühl, genug gesagt zu haben. Er ergriff sein Gewehr und schickte sich an, zu gehen.

»Trotzdem«, sagte er und zog eine etwas besorgte Miene, »ist es das Beste, sich nicht mit Echsenmenschen einzulassen.«

Mahmoud wirkte merkwürdig beklommen. Obwohl er sich normalerweise mit Owen persönlich bestens verstand, achtete er in Fragen des Rechts auf Distanz zu ihm. Laut Gesetz hatte der Mamur Zapt in der Rechtsprechung nichts zu suchen, und Mahmoud nahm das Gesetz peinlich genau. In dieser Angelegenheit mit der Jungfrau schien Mahmoud jedoch bei jeder neuen Entwicklung mit ihm Rücksprache nehmen zu wollen. Owen war klar, dass das nicht an Zweifeln über die richtige Verfahrensweise lag. Mahmouds Verhalten musste einen anderen Grund haben und Owen glaubte ihn auch schon zu kennen.

Fälle wie dieser lagen Mahmoud nicht. Hier wurden Dinge berührt, mit denen er sich wenig auskannte: Frauen zum Beispiel. In Mahmouds Alter waren die meisten Männer verheiratet. Mahmouds Vater aber, selbst ein vielbeschäftigter Anwalt, war jung verstorben, so dass er für seinen Sohn keine Hochzeit mehr in die Wege hatte leiten können. Unversehens war Mahmoud in die Lage versetzt worden, seine Familie ernähren zu müssen. So hatte er sich erst ins Studium und dann in den Beruf gestürzt und für nichts anderes mehr Zeit gehabt. Ab und zu sprach seine Mutter dieses Thema an, ja, sie tat das sogar immer häufiger, doch Mahmoud mit seinem Drang, modern zu sein, stellte klar, dass er die Sache selbst regeln würde, wenn die Zeit dafür reif wäre.

Die Zeit war jedoch noch nicht reif; und weil er keine Schwestern hatte und wie so viele gebildete junge Ägypter in sexuellen Dingen äußerst prüde war, hatte er bisher nur sehr wenig mit Frauen zu tun gehabt und wusste entsprechend wenig über sie. Wenn man bedachte, wie in Ägypten Frauen von Kontakten mit Männern außerhalb der eigenen Familie abgeschirmt wurden, bezweifelte Owen stark, ob Mahmoud je mit einer jungen Frau aus seinen eigenen Kreisen in Berührung gekommen war.

Das hatte, wie Owen dachte, zur Folge, dass Mahmoud über Beschneidung von Frauen ungefähr so gut Bescheid wusste wie er, Owen, über Dammbau.

Und von einer derart schwachen Grundlage aus sollte Mahmoud nun in einem größeren Fall, wahrscheinlich sogar vor aller Öffentlichkeit, den Staat vertreten. Wäre das Gesetz eindeutig gewesen, hätte Mahmoud nicht einen Moment gezögert. Doch das Gesetz hatte den Fall – in weiser Voraussicht, wie Owen glaubte – offen gelassen. Wie die Dinge standen, handelte es sich hier nicht nur um eine rechtliche Angelegenheit, sondern gleichermaßen um eine Frage der Moral und auch der Gesellschaftspolitik.

Es wäre gut möglich gewesen, dass Mahmoud nicht gezaudert hätte, wenn wenigstens die Sachlage eindeutig gewesen wäre. Wie Labiba Latifa schnell bemerkt hatte, war er ein Mann mit starken moralischen Prinzipien und festen sozialen Überzeugungen. Aber er wollte nun einmal klare Verhältnisse, er brauchte klare Verhältnisse. Und waren sie in diesem Fall klar? Mahmoud wusste schlichtweg nicht genug über diesen

Sachverhalt Bescheid, um zu ermessen, ob sie das waren oder nicht.

Und deswegen war er ungewöhnlich zögerlich, ungewöhnlich unsicher.

»Ich habe mich gefragt«, wandte er sich schüchtern an Owen, »ob Sie vielleicht mitkommen möchten.«

»Unbedingt.«

So begaben sie sich gemeinsam auf die Mouski-Straße, und zwar zu Fuß, weil dort am Abend um diese Zeit immer ein solches Gedränge herrschte, dass man selbst mit einer der vor den Hotels wartenden Arabeahs nicht schneller als mit Schrittgeschwindigkeit vorangekommen wäre, obwohl sich deren Kutscher, sie waren die aggressivsten von ganz Kairo, mit Gewalt zwischen den Leuten hindurchgezwängt hätten. Am oberen Ende der Straße, in der Nähe des Ataba, fand man recht gute Geschäfte, aber je näher man den Basaren kam, desto billiger und schäbiger wurden sie, bis am Ende praktisch nur noch Verkaufsstände die Straße säumten.

Sie boxten sich durch die Menschenmengen vor den Nugatverkäufern, den Verkäufern von arabischem Zucker und den – Owen konnte das nie ganz verstehen – Brillenhändlern und bahnten sich ihren Weg in den Khan-el-Khalil, den türkischen Basar. Dieser war der bei den Touristen am meisten beliebte; in dichten Haufen standen sie da und begutachteten die mit funkelnden Gemmen besetzten Tellerchen, die Türkisstücke, die glitzernden fein ziselierten Silber- und Messingwaren und die bunten Andenken an Kreuzfahrer und Pharaonen. Die Ladeninhaber waren allesamt mit schwarzem Gehrock und Tarbusch bekleidet. Orientalisch war das durchaus. Aber nicht ägyptisch.

Hinter dem Basar begann das richtige Ägypten: kleine ärmliche Häuschen mit offenen Türen, vor denen Leute saßen und die Luft genossen; kleine, ärmliche, schlecht beleuchtete Läden, in den schwarzgekleidete Frauen die letzten – herabgesetzten – Tomaten befingerten; erneut Stände, diesmal bestückt mit Zuckerrohrstauden, kleinen Gewürzgurken und eingelegtem Gemüse.

Hier lebte Um Fattouha, Mutter Fattouha. Sie gehörte zu dem Kreis von Hebammen, mit denen Labiba Latifa zu tun hatte, und war diejenige, die Mahmoud nach Labibas Einschätzung am ehesten weiterhelfen konnte.

Mahmoud blieb vor der offenen Tür stehen und rief mit gedämpfter Stimme hinein. Eine schwarzgekleidete und verschleierte große, dicke Frau trat auf die Schwelle und führte sie in einen inneren Raum. Dort vermochte eine flackernde Öllampe die Dunkelheit kaum zu durchdringen. Die Einrichtung bestand lediglich aus einem abgewetzten Diwan und einem Bodenkissen, auf dem ein mit dem dunklen Anzug der Büroangestellten bekleideter junger Mann saß und nervös mit seinem Tarbusch spielte.

Bei ihrem Eintreten sprang er auf.

»Suleiman Hannam«, stellte er sich vor. »Labiba Latifa hat mich aufgefordert, zu kommen. Ich … ich kannte Leila.«

»Woher kanntest du Leila?« fragte Mahmoud.

Der junge Mann schluckte. »Ich … ich kannte sie schon von früher. Seit unserer Kindheit. In unserem Dorf daheim. Dann ist ihre Familie weggezogen. Ich hatte sie schon vergessen, als ich eines Tages ihren Vater auf der Straße gesehen habe. Ich wusste nicht so recht, ob ich ihn ansprechen sollte, als sie plötzlich auftauchte. Sie brachte ihm sein Mittagessen. Ich dachte mir sofort, dass sie das war. Aber sie hatte sich so verändert! Sie war so … so …«

»So?«

»Fraulich geworden. Ich habe bloß dagestanden. Ich wollte sie doch bloß anschauen, sonst nichts. Sie ist dann weggegangen, aber ich dachte mir, dass sie jeden Tag zu ihm käme. Also brachte ich in Erfahrung, wo er am nächsten Tag sein würde, und …ja … ich bin dann dort hingegangen, um auf sie zu warten. Danach bin ich ihr bis zu ihrem Haus gefolgt.«

»Hast du sie angesprochen?«

»Nein. Nicht am Anfang. Ich wollte sie nur sehen und bin ihr jeden Tag gefolgt. Und dann … hat sie es eines Tages gemerkt. Zuerst hat sie Angst bekommen und ist noch schneller gegangen. Aber dann … dann hat sie gesehen, wie das so war. Und schließlich … hat sie mich eines Tages angelächelt.«

Owen unterdrückte einen Seufzer.

Mahmoud dagegen runzelte die Stirn. Das war unsittliches Verhalten.

»Sie hat gelächelt?«, fragte er. »Trug sie keinen Schleier?«

»O doch. Aber ich … ich wusste es irgendwie.«

Mahmoud setzte eine strenge Miene auf. »Und dann?«

»Na ja, eines Tages … habe ich mich ihr genähert. Nicht am selben Tag. Viel später. Ich bin auf sie zugegangen und habe sie angesprochen.«

»Du hast ohne die Erlaubnis ihres Vaters mit ihr gesprochen?«

»Er hätte sie mir nie gegeben. Unserer Familien … unsere Familien hatten sich zerstritten. Jahre davor. Im Dorf.«

»Du hättest sie nicht ansprechen dürfen!«

»Ich habe nichts Böses damit gewollt. Ich habe ehrenhaft mit ihr gesprochen.«

»Wie konntest du ehrenhaft mit ihr sprechen, wenn ihr Vater nichts davon wusste und dein Vater genauso wenig?«

»Ich hatte vor, es ihnen zu sagen. Ich wollte das wirklich tun, nur hat Leila dann gemeint, ich solle warten. Und da dachte ich mir, dass das vielleicht eine gute Idee wäre und dass ich es vielleicht schaffen könnte, meinen Vater auf meine Seite zu bringen …«

»Wäre das nicht besser gewesen?«

»Es wäre schwierig gewesen. Die Tochter eines Wasserträgers! Er hätte sich fürchterlich aufgeregt.«

»Trotzdem …«

»Ich hätte es ja versucht. Wir beide hielten es für das Beste. Nur …«

»Nur was?«

»Eines Tages hat sie mir eröffnet, ihr Vater wolle sie mit Omar Fayoum verheiraten.«

»Nun …«

»Aber er ist alt! Und ekelhaft! Und in Wahrheit gar nicht so reich. Der einzige Unterschied ist, dass er für sein Wasser einen Karren hat! In den Augen eines Wasserträgers mag das vielleicht beeindruckend wirken, aber im Grunde ist das nichts. Ich dachte mir, ich könnte zu Leilas Vater gehen und ihm sagen: Hör zu, ich kann es weiter bringen als er. Ich habe einen Beruf beim Wasseramt, und wenn du nur ein bisschen warten würdest … Aber Leila hat Nein gesagt. Das Schicksal sei gegen uns. Da habe ich gesagt, lass uns das Schicksal herausfordern …«

Owen stöhnte erneut – unhörbar, wie er hoffte.

Mahmoud dagegen wurde auf einmal wütend. »Hast du sie berührt?«, fauchte er.

»Nein! Ich war ihr gegenüber nie respektlos, nie …«

»Bist du dir sicher?«

»Nie! Nie! Ich war ehrenhaft, sie war ehrenhaft. Sie war stets ehrenhaft. Sie …«

Der Junge löste sich in Tränen auf.

»Schon gut, schon gut. Schon gut!«

»Nie!«, schluchzte der Junge.

»Schon gut! Was habt ihr dann getan?«

»Getan?« Der Junge starrte ihn verdattert an. »Wir haben nichts getan.«

»Ihr müsst doch irgendwas getan haben. Was ist als Nächstes geschehen?«

»Nichts. Leila hat gesagt, wir dürften uns nicht mehr treffen, weil sie verlobt sei.«

»Also …?«

»Also haben wir uns eben nicht mehr getroffen.«

»Sag mal, du erwartest doch nicht, dass ich dir das glaube!«

»Nur einmal noch. Ich hatte ihr gesagt, dass ich sie sehen müsste, dass sie mir das schuldete. Und dann …«

»Ja?«

»Ich habe sie angefleht. Ich habe sie stundenlang angefleht. Aber sie hat abgelehnt; sie sei verlobt, jetzt sei alles anders, und wir dürften uns nicht mehr treffen.«

»Und wie war es beim nächsten Mal?«

»Es hat kein nächstes Mal gegeben.«

»Du bist einfach weggegangen?«

»Nein. Nicht sofort. Ich … ich trieb mich in ihrer Nähe rum. Aber sie weigerte sich, mich zu treffen. Und schließlich … ja, ich bin weggegangen. Das Schicksal war gegen uns!«

»Und du hast sie nie wieder gesehen?«

»Nie. Ich wollte, aber ... Dann habe ich es eines Tages erfahren.«

»Was?«

»Dass sie tot ist.«

»Wie hast du es erfahren?«

»Meine Arbeit führt mich manchmal in dieses Viertel. Ich war in einem Laden, um Orangen zu kaufen, als ich die Frauen darüber reden hörte.«

»Und dann bist du wieder gegangen?«

»Was hätte ich sonst tun können?«, entgegnete der Junge.

Nachdem er gegangen war, sprachen sie mit der Frau.

Nein, sagte sie, sie hätte es nicht getan, allerdings kenne sie die Betreffende. Das sei alles sehr schwer gewesen, weil keine Mutter da gewesen sei, die in Leilas Interesse hätte handeln können. Wäre das der Fall gewesen, wäre es nicht so weit gekommen. Dann wäre Leila schon Jahre davor beschnitten worden.

»Aber dieser Narr von Vater ...«

Die Mutter sei kurz nach ihrer Ankunft in Kairo gestorben und der Vater hätte nicht wieder geheiratet.

»Das war ein Fehler. Das Mädchen brauchte doch eine Mutter.«

Sie waren natürlich bettelarm. Der Vater war ein einfacher Wasserträger; das war einer der niedersten Berufe in der Stadt. Man brauchte nichts als einen Wasserschlauch. Damit ging man zum Fluss hinunter, füllte ihn und lief damit durch die Straßen, um den Durstigen das Wasser für ein, zwei Millime anzubieten.

Von frühester Jugend an hatte Leila die Pflichten der Frau im Haushalt übernehmen müssen: putzen, kochen, schleppen – sogar das Wasser musste geholt werden. Ebenfalls von frühester Jugend an war sie gezwungen worden, ihrem Vater das Mittagessen zu bringen.

»War ihm wohl zu viel, es selbst zu tragen«, bemerkte Um Fattouha spitz. »Eigentlich sollte man annehmen, dass er das Tragen gewohnt war.«

Ohne Frau im Haus war Leila für ihn praktisch unersetzlich geworden.

»Deswegen wollte er sie auch nicht verheiraten. An Nachfragen hätte es nicht gemangelt. Es gibt genügend Mütter, denen es recht wäre, wenn ihr Sohn eine Frau bekäme, die schwer arbeitet und sich nicht beklagt.«

Aber natürlich hatte er gewusst, dass er sie eines Tages gehen lassen musste. Für die Arbeit im Haushalt konnte man immer eine Frau finden. Der Wert einer heiratsfähigen Frau bemaß sich jedoch nach mehr als bloß nach ihrer Arbeitskraft. Das Ärgerliche war nur, dass sie ständiger Wertminderung unterlag und umso weniger einbringen würde, je länger man wartete.

»Als dann der alte Fayoum daherkam, begann er angestrengt zu überlegen. Na ja, so anstrengend war das auch wieder nicht. Fayoum stellte was dar – jedenfalls für einen Wasserträger. Außerdem sah der Vater die Gelegenheit, so heißt es, selbst am Karren arbeiten zu können; und wenn man alt wird, wünscht man sich solche Arbeitserleichterungen. Allzu lange brauchte er folglich nicht zu grübeln.«

Erst als sie begannen, Hochzeitspläne zu schmieden – und in der Straße lebten jede Menge Frauen, die ihm gerne dabei halfen –, wurde das Problem offenbar.

Und das so richtig, als die Nachbarinnen zum ersten Mal an die Hochzeitsnacht dachten und die Enthaarung vorbereiteten. »Dem alten Fayoum wird das nicht gefallen«, sagten sie da. »Er wird glauben, dass etwas nicht stimmt.«

Also suchten sie Leilas Vaters auf.

»Mir ist es recht, sagte er. »Wir haben ja noch genug Zeit. Macht ruhig weiter.«

Von da an gingen die Meinungen allerdings auseinander, denn einigen Frauen waren Bedenken gekommen. »Sie ist zu alt«, sagten sie. »Wenn ein Mädchen ausgewachsen ist, sollte man es besser lassen, wie es ist.«

Doch Leilas Vater hatte darauf bestanden.

»So kurz vor dem Ziel wollte er es unbedingt durchsetzen. Er war eben scharf auf diese Stelle am Karren, verstehen Sie.«

Viele von den Frauen, an die er sich gewandt hatte, äußerten Bedenken. Und Um Fattouha selbst hatte sich geweigert.

»Ich hätte es sauberer gemacht als diese alte Hexe«, erklärte sie, »aber selbst wenn es geklappt hätte, wären immer noch Probleme aufgetreten. In ihrem Alter hätte die Heilung viel länger gedauert. Stellen Sie sich das nur vor: vielleicht wäre sie in ihrer Hochzeitsnacht noch nicht so weit gewesen!«

Letztlich hatte also jemand gefunden werden müssen, der die Operation durchführte.

»Und da ist von Anfang an alles schiefgelaufen. Es hat schrecklich viel Blut gegeben! Das habe ich wenigstens gehört.«

Leila, berichtete Um Fatouha, hätte sich nicht mehr davon erholt. Sie hätte noch ein paar Tage zwischen Leben und Tod geschwebt und sei dann gestorben.

»Und dieser alte Schuft war sogar zu geizig, um sie

anständig zu beerdigen!«, rief Um Fattouha empört. »Er hat sie einfach in den Kanal geworfen wie irgendwelchen Unrat!«

Der Fluss schien es in seinem Bett kaum noch auszuhalten. Selbst in der kurzen Zeit von ein, zwei Tagen war er noch einmal beträchtlich gestiegen. Wenn man jetzt an seinem Ufer entlangging, leckte das Wasser an den Füßen. Als das Boot Owen abholte, legte es direkt auf Uferhöhe an, so dass er praktisch nicht zum Deck hinunterzusteigen brauchte. An den Ufern wuschen die Frauen mit in der Sonne blitzenden Silberkettchen um die Knöchel die Wäsche. Weiter unten lagen Büffel wie Flusspferde im Wasser. Vor ihnen ragte das gewaltige Wehr empor.

Ferguson wartete am Landesteg.

»Aye«, sagte er. »Er ist bereit. Und wenn er bereit ist, gibt er keine Ruhe mehr. »Er sammelt sich, verstehen Sie, er sammelt sich, um auszubrechen. Und wenn er drückt, findet er jede schwache Stelle.«

Sie gingen durch die Gärten zum Ingenieursbüro, das aus demselben von der Sonne gebackenen Lehm erbaut war wie die Arbeiterhütten kanalabwärts. Am Anfang hatte man noch mit Holz gebaut, bis man feststellte, dass Holz viel heißer wurde als Lehm, vor allem dann, wenn die Wände dick und die Fenster klein waren.

Macrae saß über einen Plan gebeugt an einem Tisch. An der Decke wirbelte ein Ventilator. Der Schotte sah auf und schob den Entwurf weg.

»Sie sind also gekommen«, sagte er.

»Ich bin sofort nach dem Erhalt Ihrer Nachricht aufgebrochen«, erwiderte Owen.

»Aye«, murmelte Macrae. Er wirkte freudlos, ja, bedrückt. »Trinken wir erst mal Kaffee. Das ist eine üble Sache.«

Er ging zur Tür und rief etwas. Sofort erschien ein Diener, der offensichtlich schon darauf gewartet hatte, mit einem Tablett. Er stellte es strahlend auf dem Tisch ab und ließ weiße Zähne aufblitzen.

Weder Ferguson noch Macrae strahlten.

»Tja«, sagte Macrae abrupt, »Sie hatten Recht. Es war einer von unseren Leuten.«

Ferguson schüttelte den Kopf. »Wir hatten Ihnen ja angekündigt, dass wir es unseren Arbeitern überlassen würden, das mit den Werkzeugen zu klären. ›Jemand muss Werkzeuge benutzt haben‹, hatten wir ihnen gesagt. ›Und wenn einer irgendwann mit einem Werkzeugkasten aufgekreuzt ist, dürfte das einem von euch aufgefallen sein. Wir sitzen alle in einem Boot – es ist nicht anders als in eurem Heimatdorf –, und wenn ihr was gesehen habt, müsst ihr es uns sagen. Sonst kann das Gleiche wieder geschehen!‹ Na gut, so haben wir es ihnen erklärt und sie dann allein gelassen. Sie sprechen solche Dinge gern durch, verstehen Sie, und brauchen ihre Ruhe dazu. Von allein würde keiner zu uns kommen. Sie sind alle Teil einer Gruppe, und getan wird, was die Gruppe entscheidet. Kurz und gut, wir haben es ihnen überlassen, und heute Morgen sind sie zu uns gekommen.«

»Mit einem Namen?«

»Aye. Babikr.«

»Das hätte ich ihm nie zugetraut!«, stieß Ferguson hervor.

»Es zeigt nur, wie man sich in einem Menschen täuschen kann«, seufzte Macrae.

»Aye.«

Sie tranken betrübt ihren Kaffee.

»Er war immer sehr still!«

»Ich dachte, er wolle mit der Arbeit vorankommen.«

»Na ja, das wollte er doch auch. Es hat nie Beschwerden gegeben, oder?«

Ferguson schüttelte den Kopf. »Babikr!«, ächzte er bitter.

»Sie haben Ihnen also seinen Namen genannt?«, fragte Owen.

»Aye.«

»Und weiß er es? Dass sie seinen Namen verraten haben?«

»Muss er ja.«

»Dann ist er jetzt isoliert ... Wo steckt er überhaupt?«

»Sie werden alle beim Reglertor sein.«

Die Männer machten gerade ihre Morgenrast. Sie saßen ungewöhnlich still am Ufer.

Es war nicht nötig, sich nach Babikr zu erkundigen. Er hockte, die Knie bis zum Kinn angezogen, die Arme darum geschlungen, mit gesenktem Kopf abseits von den anderen.

Owen trat auf ihn zu. »Babikr«, sagte er, »Sie müssen mit mir kommen.«

»Sie wissen, warum ich Sie verhaftet habe?«

»Ja, Effendi.«

»Sie sind ins Lager eingebrochen?«

»Ja, Effendi.«

»Und haben das Dynamit genommen?«

»Ja, Effendi.«

»Was haben Sie damit gemacht?«

»Ich habe es ins Tor gesteckt. Im Kanal.«

»Und zur Sprengung gebracht?«

Babikr nickte wortlos.

»Warum, Babikr?«

Babikr schüttelte den Kopf.

»Lag es daran, dass Macrae Effendi Ihnen etwas angetan hat?«

»Nein, nein, Effendi ...«

»Oder Ferguson Effendi?«

»Nein, Effendi«, antwortete Babikr gequält.

»Jemand anderes vielleicht? Hier am Wehr?«

Der Mann schüttelte den Kopf.

»Oder in der Verwaltung?«

Neuerliches Kopfschütteln.

»Warum dann, Babikr?«

Owen wartete etwas, um die Frage dann zu wiederholen. Der Mann gab keine Antwort.

»Niemand tut so etwas ohne Grund«, erklärte Owen. »Was war Ihr Grund?«

Babikr presste lediglich die Lippen zusammen.

»Ist Ihnen vielleicht etwas Schlimmes angetan worden?«

Babikr schüttelte entschieden den Kopf. »Nein, Effendi. Das war es nicht.«

»Was dann?«

»Die Effendis waren immer gut zu mir.«

»Jemand anderes?«

»Kein anderer.«

Owen lehnte sich perplex zurück. »Liegt es daran, dass Sie auf den Khedive böse sind?«

»Den Khedive?«

Das klang fast so, als hätte der Mann noch nie von ihm gehört.

»Oder auf die Briten vielleicht? Kommen Sie schon, Mann – Sie dürfen es ruhig sagen.« Owen grinste. »Sie wären weiß Gott nicht der Einzige.«

Babikr schüttelte den Kopf.

»Sie sind kein ...?« Owen überlegte, wie er es formulieren sollte. Bei einem Gebildeteren hätte er wohl ›Nationalist‹ gesagt. Bei einem ungebildeten Kairoer hätte er gefragt, ob er vielleicht Mitglied eines der ›Clubs‹ sei; oder vielleicht sogar einer der Banden angehörte. Aber hier hatte er einen einfachen Fellachen vom Land vor sich, der sich nur vorübergehend in der Stadt aufhielt.

»Sie sind nicht zufällig ein Anhänger von Mustapha Kamil?«

Mustapha Kamil war eine Zeit lang der charismatische Führer der Nationalistischen Bewegung gewesen. Auch wenn er nicht mehr lebte, identifizierten sich viele nationalistisch gesinnte Ägypter nach wie vor mit ihm. Zumindest hatten sie von ihm gehört. Babikr jedoch eindeutig nicht.

»Warum haben Sie das getan, Babikr? Das können Sie doch bestimmt sagen.«

Genau das konnte – oder wollte – Babikr jedoch nicht. Zu guter Letzt ließ Owen die Sache achselzuckend auf sich beruhen. Der Mann hatte gestanden. Mehr wurde nicht benötigt.

Eine Bestätigung durch zusätzliche Indizien wäre allerdings hilfreich. So stellte Owen Fragen zum Einbruch im Lager. Hier zeigte sich der Mann recht auskunftsfreudig. Ja, er war in der Nacht hingegangen und hatte das Loch gesägt. Das beschrieb er so ausführlich, dass Zweifel an seiner Täterschaft gar nicht erst aufkamen. Weil er sich wie alle Fellachen bei Daten schwammig ausdrückte, vermochte er den Tag des Einbruchs nicht zu nennen. Es war aber nicht derselbe wie der, an dem er den Regler gesprengt hatte. Für einen einzigen Tag wäre das alles zu viel gewesen.

Er hatte das Dynamit ein, zwei Nächte lang in einem nicht benutzten Gadwal versteckt, bevor er es zum Wehr gebracht und gezündet hatte.

Und sein Werkzeugkasten?

Hierbei musste Babikr nicht zum Reden ermuntert werden. Er war ihm gestohlen worden.

Gestohlen?

Ja, in derselben Nacht. In den Gärten. Während er das Dynamit zu seinem Versteck gebracht hatte. Weil es zu viel gewesen wäre, beides auf einmal zu tragen, hatte er den Werkzeugkasten schnell verborgen, in der Absicht, ihn später zu holen. Bei seiner Rückkehr hatte er ihn aber nicht mehr finden können. In dem Glauben, dass er sich nur in der Stelle geirrt habe, war er am nächsten Morgen noch einmal gekommen und hatte alles gründlich abgesucht. Am Ende war ihm klar geworden, dass jemand ihn an sich genommen hatte.

»In der Zeit, in der ich dort war, Effendi, in den Gärten. In den Gärten! Ich sage Ihnen, Effendi, die Diebe sind wirklich überall!«

Das waren sie in der Tat, und Owen hatte auch schon eine recht klare Vorstellung von einem davon. Er ließ den Ghaffir holen.

Der Ghaffir stritt alles vehement ab.

»Trauen Sie mir so etwas zu, Effendi?«

»Doch, ja.«

Der Ghaffir leugnete immer noch. Owen ließ sein Haus durchsuchen. Eine kleine Säge wurde entdeckt, die Babikr als die seine identifizierte. Er fragte nach den übrigen Werkzeugen, und nach einigen Ausflüchten gestand der Ghaffir schließlich, sie verkauft zu haben.

Owen schickte Leute los mit dem Auftrag, sie sicherzustellen.

Der Ghaffir änderte seine Taktik.

Er habe es getan, gab er zu, aber nur, um den Eindringling zu bestrafen.

»Die Bestrafung können Sie mir überlassen«, hielt ihm Owen vor und schilderte die Folgen, die den Ghaffir erwarteten, wenn er ihm noch mehr Schwierigkeiten bereiten würde.

»Demnach«, schloss Owen, »haben Sie ihn die ganze Zeit beobachtet?«

Nicht die ganze Zeit, versicherte ihm der Ghaffir. Der Arbeiter hätte schon angefangen gehabt, als er dazugekommen sei. Bei seinem Gang durch die Wäldchen habe er verdächtige Geräusche gehört.

»Daraufhin, Effendi, habe ich mich angeschlichen. Ich befürchtete, es wären viele – und ich war ganz allein! Darum habe ich mich ganz vorsichtig genähert. Und was sehe ich? Einen hinter dem Schuppen kauernden Mann!«

»Er kauerte? Und lag nicht? Ich dachte, er hätte einen Graben ausgehoben.«

»Nein, nein, das war der Echsenmensch. Er kam später.«

»Haben Sie ihn gesehen?«

»Nein, nein, Effendi. Das wäre sehr unklug gewesen.«

»Aber sie haben einen kauernden Mann beobachtet?«

»Ja, Effendi. Ich lag da und schaute ihm zu. Nach einer Weile hörte er auf zu sägen und kroch in den Schuppen, um nachzusehen, ob alles für den Echsenmenschen bereit wäre. Dann kam er wieder raus, packte seine Werkzeuge zusammen und versteckte sie in einem Gadwal. Und dann ist er zwischen den Bäumen verschwunden.«

»Trug er etwas?«

»Das konnte ich nicht sehen, Effendi. Die Nacht war ja dunkel. Aber ich dachte mir, dem spielst du einen Streich. Um ihn zu bestrafen. Genau. Um ihn zu bestrafen! Also bin ich nach vorne geschlichen und habe seine Werkzeuge mitgenommen. Ha, ha, habe ich mir gedacht, das wird dir eine Lehre sein!«

»Was recht ist, ist billig«, bemerkte Owen. »Und wenn du Meines nimmst, nehme ich dir das Deine. Ist es so?«

Der Ghaffir starrte ihn verblüfft an.

»Äh ... ja, Effendi. So war es, mehr oder weniger.«

»Und Sie dachten nicht daran, sich den Mann zu schnappen?«

»Äh, nein, Effendi. Er war größer als ich.«

»Waren Sie nicht bewaffnet?«

»Ach, doch, Effendi. Aber er ja vielleicht auch.«

»Und Sie dachten auch nicht daran, es am nächsten Morgen zu melden?«

»Bis dahin, Effendi, interessierte das doch keinen mehr.«

»Und außerdem hatten Sie schließlich die Werkzeuge.«

»Na ja ...«

»Und bestimmt dachten Sie, das wäre Strafe genug?«

»Genau, Effendi!«, stimmte der Ghaffir voller Erleichterung zu.

Owen hatte noch eine letzte Frage.

»Sie kennen die Arbeiter – und Sie haben den Mann gesehen. Welcher von ihnen war es?«

Nach einigem Herumdrucksen identifizierte der Ghaffir Babikr.

»Tja, dann ist der Fall ja erledigt«, brummte Macrae.

»Aye«, bestätigte Ferguson niedergeschlagen.

»Das hätte keiner für möglich gehalten.«

»Einer von den Unseren!«

»Ich kann's immer noch nicht fassen. Wie kommt er nur darauf, so was zu tun?«

Ferguson schüttelte den Kopf. »Und wir dachten, wir würden sie kennen.«

»Aber Sie kennen sie doch!«, widersprach ihm Owen. »Sie sind davon ausgegangen, dass sie die Sache von sich aus bereinigen würden, und damit hatten Sie Recht.«

»Aye. Das stimmt.«

»Trotzdem, einer der Unseren ...! »

»Eins verstehe ich einfach nicht«, seufzte Macrae. »Was hat ihn nur dazu gebracht, so was zu tun?« In beschwörendem Ton wandte er sich an Owen. »Sie können doch sehen, was für Männer das sind. Würde man denen so was zutrauen?«

»Nun ...«

»Und ihm genauso wenig. Zumindest war ich felsenfest davon überzeugt.«

»Jemand muss ihn aufgehetzt haben«, sagte Ferguson.

»Aye. So sehe ich das auch. Und wissen Sie, was ich außerdem glaube? Ich glaube, dass es noch nicht vorbei ist. Wenn die einen guten Mann umdrehen können, dann schaffen sie das auch bei einem anderen. Vielleicht versuchen sie es wieder. Ich werde erst wieder ruhig schlafen können, wenn ich weiß, dass das Ganze hinter uns liegt.« Macrae sah Owen in die Augen. »Sie haben doch hoffentlich nicht vor, die Untersuchung einzustellen?«

5

McPhee steckte den Kopf durch die Tür. »Ich mache mir Sorgen, Owen.«

»Wirklich? Und worüber?«

»Die Unsittlichkeit.«

»Unsittlichkeit?«

Owen legte seinen Füllfederhalter beiseite. »Ich weiß nicht, ob wir in dieser Hinsicht viel unternehmen können – was meinen Sie?«, fragte er vorsichtig.

McPhee trat ins Zimmer.

»Ich bin davon überzeugt, dass wir etwas unternehmen sollten, um sie … äh, einzudämmen.«

»Mir ist nicht so ganz klar …«

»Verstehen Sie, Owen, es werden auch Mütter dabei sein. Und Kinder. Ganz zu schweigen vom Kadi.«

»Ach, Sie sprechen vom Durchstich?«

»Ich bin mir sicher, dass ihm das Unbehagen bereitet.«

»Ich weiß nicht … Der Dammdurchstich wird schließlich seit Jahrhunderten zelebriert. Man sollte meinen, dass er so etwas inzwischen gewöhnt ist.«

»Und dann ist auch noch das Diplomatische Corps da.«

»Ja, aber Unsittlichkeit? So etwas wird die Diplomaten wohl kaum beunruhigen!«

»Und denken Sie nur an die Frau des Generalkonsuls!«

»Die wird dabei doch sicher nicht tätig, oder?«

»Nein, nein. Aber sie wird das alles sehen. Das ist der

springende Punkt. Es lässt sich so gut wie nicht vermeiden. Owen, ich finde unbedingt, dass die Menschen vor Unmoral geschützt werden müssen.«

»Nun, ich … Sie glauben nicht, dass sie einfach fernbleiben könnte? Wenn es sie denn überhaupt stört?«

»Aber, Owen, sie geht jedes Jahr hin!«

»Tja, dann … Das bedeutet doch bestimmt …«

»Owen!« rief McPhee in tadelndem Ton. »Sie geht aus Pflichtgefühl heraus hin!«

»Gewiss, gewiss. Nur …«

»Ja?«

»Mir ist immer noch nicht klar, was ich dagegen tun kann.«

»Könnten Sie nicht die anstößigen Verhaltensweisen verbieten?«

»Zum Beispiel?«

McPhee lief rot an. »Ich möchte wirklich nicht ins Detail gehen.«

»Das macht es umso schwerer.«

»Ich habe eben das Gefühl«, sagte McPhee in beschwörendem Ton, »dass etwas getan werden sollte. Bevor noch was passiert.«

»McPhee meint, ich sollte unsittliches Verhalten verbieten«, eröffnete Owen zu Mittag dem Aide de Camp des Generalkonsuls im Sporting Club, wo sich beide an die Bar lehnten.

»Gewiss. Ich werde das Diplomatische Corps darauf ansprechen.«

»Nein, nein, er meint es im Allgemeinen.«

»Ist das nicht Sache des Kadi? Religion, Moral und all das?«

»Aber gerade der wird ja die Zeremonie eröffnen.«

»Na gut, legt das nicht den Schluss nahe, dass er sich nicht daran stört? Es kann ja sein, dass seine Ansichten über Unsittlichkeit sich von denen eines schottischen Presbyterianers unterscheiden.«

»Ich denke, ich gehe dieses Jahr zum Durchstich«, verkündete Zeinab.

»McPhee macht sich über die Unsittlichkeit der Feierlichkeiten Sorgen.«

»Dann gehe ich ganz bestimmt«, erklärte Zeinab.

Yussef, Owens Bursche, stellte die Tasse ab und wartete.

»Ja?«

»Effendi, das ganze Büro geht hin.«

»Geht hin? Wohin?«

»Zum Durchstich.«

»Gut. Du kannst auch gehen.«

»Danke, Effendi. Ich habe aber nicht meinetwegen gefragt, sondern wegen meiner Frau.«

»Du nimmst sie mit? Das ist aber schön!«

»Ja, Effendi. Sie glaubt, sie wird davon fruchtbar, verstehen Sie?«

»Wirklich?«

Owen fiel etwas ein.

»Moment mal. Ich dachte, sie wäre schon fruchtbar! Habe ich dir deswegen nicht schon öfter frei gegeben? Lass mich sehen. Wie viele Tage waren es? Fünf, sechs, sieben …«

»Eben, Effendi! Sie sehen also, es klappt!«

Ganz Kairo schien in der Vorfreude auf die Feiern aufzuleben. Immer mehr Wimpel tauchten in den Straßen um den Kanal herum auf. Mit Fahnen geschmückte

Boote glitten das Flussufer entlang. Mit Teppichen (an den Balustraden, nicht auf dem Boden) behängte Plattformen für die Zuschauer wurden an beiden Seiten des Damms errichtet. Besorgte Aufseher kamen zweimal täglich, um die Erdwälle zu inspizieren.

»Fünfzehneinhalb Ellen!«, schrie der Ausrufer.

Gärtner gossen in einem fort den auf der ›Braut des Nil‹ gepflanzten Mais und klopften die Spitze des Hügels zu einem richtigen Kegel rund. Die andere Jungfrau, die an seinem Fuß gefunden worden war, schien zum Glück in Vergessenheit geraten.

In seiner Abwesenheit hatte es einen Anruf für Owen gegeben.

»Von einer Frau«, sagte Nikos.

Das war bemerkenswert. In Kairo steckte das Telefonsystem noch in den Kinderschuhen und war in der Regel auf Regierungsbehörden und Unternehmen beschränkt. Weder bei den einen noch den anderen waren viele Frauen anzutreffen, wenn überhaupt welche.

»Sind Sie sicher?«

»Natürlich bin ich mir sicher!«, schnappte Nikos gereizt.

Der Grund für seine Verdrießlichkeit wurde offenkundig, als er den Namen der Anruferin preisgab: Labiba Latifa. Nikos war Frauen nicht gewöhnt; und schon gar nicht weibliche Dampfwalzen.

Owen rief zurück.

»Ah, der Mamur Zapt! Das freut mich aber! Sie interessieren sich für dieses arme Mädchen, wie ich gehört habe?«

»Nein«, erwiderte Owen hastig. »Nein, absolut nicht!«

»Das ist merkwürdig. Wie ich das verstanden habe, hatten Sie großes Interesse.« Sie zögerte. »Aber Sie waren doch sicher bei Mahmoud el Zaki, als …«

»Zufall. Ja, purer Zufall.«

»Allerdings ein glücklicher Zufall. Wenn die Allgemeinheit nämlich erführe, dass der Mamur Zapt Interesse an …«

»Leider nein. Das heißt, nicht offiziell. Als Beamte der Regierung müssen wir uns leider auf unsere Aufgabengebiete beschränken. Und meins ist politischer Natur.«

»Aber das *ist* ein politischer Fall!«

»Nicht in meiner Betrachtungsweise. Der ist ziemlich genau festgelegt.«

»Das Schlimme daran ist«, klagte Labiba, »dass dieser Fall zwischen den Behörden hin und her geschoben zu werden droht. Behörden mit übergenau festgelegten Aufgabenbereichen. Ich habe den Verdacht, dass Mahmoud el Zaki weitgehend wie Sie denkt.«

»Das ist das Problem, wenn man mit Regierungsbeamten spricht«, entgegnete Owen. »Vielleicht sollten Sie sich an die Politiker wenden.«

»Ich empfinde es immer als schwierig, diese Leute zu Aussagen zu einem bestimmten Thema zu bewegen. Wenn man dagegen einen Anwalt des *Parquet* mit einem Fall beauftragt, wird er kaum leugnen können, dass er irgendwie damit zu tun hat.«

»Ich bin sicher, dass Mahmoud el Zaki alles in seiner Macht Stehende tun wird. Leider habe ich selbst ….«

»Wie ich verstanden habe, sind Sie wegen des Zusammenhangs mit dem Durchstich eingeschaltet worden.«

»Ich glaube nicht, dass es einen Zusammenhang gibt.

Vorübergehend bestand die Gefahr, es könnte aufgrund des Fundortes der Leiche fälschlicherweise einer hergestellt werden, aber ich denke, dass dieses Risiko eingeschränkt worden ist.«

»Eigentlich«, sagte Labiba, »ist genau das der Grund meines Anrufs.

»Oh?«

»Ich glaube, das Risiko hat wieder zugenommen.«

»Natürlich melden sich immer wieder schlecht informierte Schwätzer zu Wort und ...«

»Nicht unbedingt schlecht informierte – es handelt sich um den Vater des Mädchens.«

Owen fragte Mahmoud, ob er ihn begleiten könne. Es war Mahmouds Fall, aber wenn es möglich schien, dass diese dummen – und potenziell lästigen – Gerüchte über die Jungfrau wieder auflebten, wollte er eilig einschreiten und sie im Keim ersticken.

Der Mann wohnte auf der anderen Seite der Basare am äußersten Rand der alten arabischen Stadt, wo sie an den moslemischen Friedhof und an die Wüste grenzte. In diesem Viertel standen allenthalben vom Verfall gezeichnete Häuser, von denen viele aber immer noch schön waren. Zur Wüste hin dagegen wirkten die Häuser nicht gerade schön; vielmehr handelte es sich um gedrungene kleine Klötze mit nur einem Stockwerk und einem Zimmer, gebaut aus billigen, von der Sonne getrockneten Lehmziegeln, die der Regen, der im Winter bisweilen auf Kairo herunterprasselte, schon mehrmals aufgeweicht hatte. Die Wände waren eingesunken und die Dächer hingen durch, so dass ein Teil der Hütten auf die Hälfte ihrer ursprünglichen Höhe geschrumpft war und man sich beim Betreten bücken und sich drinnen niederkauern musste. Viele Bewohner teilten ihre Behausung darüber hinaus wie auf dem Land üblich mit ihren Tieren. Aber das waren noch die besseren Häuser.

Hier draußen war alles, was vielleicht noch entfernt an Straßen erinnerte, verloren gegangen. An allen Ecken und Enden taten sich Lücken gesäumt von Schutthalden auf, die der von der Wüste herantreibende Sand nach und nach zudeckte. Owen und Mahmoud blieben unschlüssig stehen.

Am Friedhof sahen sie mehrere Männer Gräber ausheben. Mahmoud fragte die Arbeiter, ob sie wüssten, wo Ali Khedri wohnte. Einer von ihnen nickte. Froh über die Gelegenheit, sich vor der Arbeit zu drücken, legte er seinen Spaten beiseite und kam zu ihnen herüber.

»Das Haus des Wasserträgers«, sagte er und zeigte ihnen die Richtung.

Es war eins der armseligeren Gebäude. Die Wände waren so tief eingesunken, dass man kaum noch von einer Tür sprechen konnte. Man musste sich niederknien, wenn man hinein wollte.

Innen starrte es von Schmutz. In einer Ecke lagen ein paar Lumpen, Wasserschläuche waren achtlos auf den Boden geworfen worden, bei der Hintertür standen mehrere Töpfe und Kannen. Vermutlich wurde im Freien gekocht.

»Hier fehlt nun mal die Hand einer Frau«, murmelte der Wasserträger, wie um sich zu rechtfertigen.

Er war ein kleiner, gedrungener Mann, der sich nicht in den üblichen Galabeya gehüllt hatte, sondern lediglich eine wollene Unterhose trug. Seine Haut war von den Jahren der Arbeit auf den Feldern und später des

Herumlaufens in der Hitze der Straßen gegerbt. Seine Augen waren gerötet und geschwollen; er litt an der unter den Fellachen im Delta weit verbreiteten Bindehautentzündung.

»Wir haben früher mal besser gelebt als hier«, erklärte er. »Das wollte ich ihr wieder ermöglichen.«

»Durch die Hochzeit mit Omar Fayoum?«

»Na ja, warum nicht? Ich weiß, dass viele gesagt haben, er sei zu alt für sie. Aber darum geht es doch gar nicht, dachte ich mir. Es kommt nicht darauf an, wie alt man ist, sondern wie reich. Und reich wird man eben erst im Alter. Das dauert seine Zeit. Das ist jedenfalls meine Erfahrung. Es bringt ja auch Vorteile mit sich. Man muss nur durchhalten, bis er eines Tages nicht mehr da ist. Und dann gehört einem alles allein. So habe ich allen geantwortet. Und so habe ich es auch ihr erklärt. O ja, ich weiß, dass er nicht jung und stattlich ist. Ich weiß, dass er ein hartherziger alter Dreckskerl ist. Aber darum geht es doch nicht. Hauptsache, er hat den einen oder anderen Piaster. Er hat einen Karren und redet davon, sich einen zweiten anzuschaffen. Das ist was Echtes. Mehr als bloß zwei schöne braune Augen.«

Er spuckte auf den Boden. »Braune Augen!«, stieß er verächtlich hervor. »Als ob's auf so was ankäme!«

Schon versammelten sich Ameisen um den Speichel. Er muss noch was anderes enthalten, dachte Owen. Zucker? Tabak? Haschisch?

Gleich daneben befand sich ein zweiter Fleck. Von dort aus zog eine gewaltige Prozession über den Boden und weiter die Wand hinauf. Keine Ameisen, auch keine Kakerlaken, sondern irgendeine andere Insektenart.

»Hier wird die Hand einer Frau gebraucht. Ich habe nie behauptet, sie würde im Haus nichts taugen.«

»Und trotzdem wollten Sie sie verkaufen?«

»Sie wurde ja älter. Bald wäre es zu spät gewesen. Ich habe sie so lange wie nur möglich dabehalten. Aber dann ist der alte Omar dahergekommen. ›Jetzt oder nie‹, hat er zu mir gesagt. ›In einem Jahr ist sie jenseits von Gut und Böse.‹ Allerdings hatte er schon eine ganze Weile ein Auge auf sie geworfen und wartete nur, bis der Preis fiel. ›Du willst doch sowieso keine jungen und übermütigen Dinger‹, habe ich ihm geantwortet. ›Jedenfalls nicht zur Frau. Du willst was Fleißiges und Kräftiges.‹ – ›Doch, ich mag sie ein bisschen übermütig‹, hat er gesagt und mich angegrinst. Aber trotzdem war er bereit, sie zu nehmen.«

»Aber erst verlangte er ihre Beschneidung?«

»Nein, nein, davon wusste er überhaupt nichts. Er ging davon aus, dass das längst erledigt wäre. Ich war doch genauso davon ausgegangen. Ihre Mutter hätte sich darum kümmern müssen. Schon damals im Dorf. Erst als sie sie für die Hochzeit rasieren wollten, haben sie es gemerkt. Dann sind sie gleich zu mir gerannt. ›Bei ihr stimmt was nicht‹, haben sie mir gesagt. ›Dann bringt es eben in Ordnung‹, habe ich geantwortet. Und erst da ging das ganze dumme Gerede los und auf einmal musste ich mir anhören, sie sei zu alt und er sei zu alt.«

»Aber Sie haben unbeirrt weitergemacht?«

»Na ja, sonst wäre doch die Hochzeit geplatzt, oder? Omar Fayoum nimmt nichts, was nicht vollkommen in Ordnung ist, oder?«

Jetzt juckten Owen die Knöchel. Hier hausten mit Sicherheit auch Flöhe. Und sie hockten zu dritt auf dem Boden. Es gab keine Sitzgelegenheit.

»Sie wurde beschnitten?«

»Ja.«

»Und das ist fehlgeschlagen?«

»Diese alte Schlampe! Ich dachte, sie wüsste genau, worauf es ankäme. Und ich habe ihr auch gutes Geld gezahlt! Zum Glück nicht alles. Vereinbart war ein Teil davor, ein Teil danach. Als sie dann den Rest forderte, habe ich ihr gesagt: ›Du alte Schlampe, du hast gepfuscht. Es macht mir nichts aus, gutes Geld für gute Arbeit zu zahlen, aber was du da getan hast, ist keine gute Arbeit.‹ Drum habe ich ihr eben was von ihrem Lohn abgezogen. Tja, da hat sie angefangen zu keifen und rumzuplärren. Es sei doch nicht ihre Schuld, hat sie behauptet. Was könne sie dafür, wenn das Mädchen zu alt sei? Aber davon hat sie nichts gesagt, als wir das Geschäft vereinbart haben. ›Du hast mich viel Geld gekostet‹, habe ich ihr vorgehalten. ›Jetzt taugt sie zu gar nichts mehr. Vielleicht taugt sie nicht mal mehr für den alten Omar, wenn es soweit ist.‹«

»War sie sehr krank?«

»Konnte nicht mal einen Finger rühren. Lag die ganze Zeit bloß da. ›So geht das nicht weiter‹, habe ich ihr irgendwann gesagt. ›Du musst dich zusammenreißen, Mädchen.‹«

»Sie haben keinen Hakim geholt?«

»Hakims sind was für reiche Leute. Wer arm ist, muss sehen, wie er allein zurechtkommt.«

»Trotzdem ...«

»Außerdem«, fügte Ali Khedri hinzu, »war es dafür schon zu spät.«

»Zu spät? Warum?«

»Weil ich sie rausgeschmissen hatte.«

»Sie rausgeschmissen?«, rief Mahmoud ungläubig.

»Ja. Ich hatte doch keine große Wahl, oder? Nicht, nachdem ich es rausgefunden hatte.«

»Rausgefunden? Was hatten Sie herausgefunden?«

»Das mit ihr und diesem Jungen. Das muss man sich mal vorstellen! Ich regelte die ganze Zeit alles Nötige mit Omar Fayoum, während sie sich mit diesem kleinen Hurensohn herumtrieb! ›Ich liebe ihn‹, sagt sie zu mir. ›Liebe?‹, habe ich sie gefragt. ›Was ist das? Wie viel ist das wert? Was bringt das auf dem Markt ein? Und wie viel bringen verdorbene Güter ein? Verrat mir das mal! Du hast Schimpf und Schande über mich gebracht!‹

Oh, da hat sie geweint und beteuert, dass doch überhaupt nichts gewesen sei und es sowieso schon vorbei wäre und dass sie Omar Fayoum heiraten würde, wenn es mein Wunsch wäre.

›Mein Wunsch?‹, habe ich gesagt. ›Was hat das damit zu tun? Bildest du dir ein, er würde dich jetzt noch wollen? Oder sonst einer? Wie du dich gebettet hast, mein Mädchen, so musst du jetzt auch liegen. Nur wirst du nicht in meinem Haus liegen. Nicht in dem Haus, über das du Schande gebracht hast!‹

Tja, da hat sie geheult und sich an mich geklammert und mich angefleht, sie doch bleiben zu lassen. Sie würde arbeiten, hat sie versprochen, und irgendwie eine Möglichkeit finden, Geld ins Haus zu bringen. ›Diese Art von Arbeit kenne ich schon‹, habe ich gesagt. ›Aber wenn du glaubst, ich würde zusehen, wie meine Tochter rumhurt, dann solltest du noch mal nachdenken. Ich mag arm sein, aber so arm bin ich auch wieder nicht. Die Gosse ist der Ort, wo du hingehörst. Und dorthin solltest du besser gehen.‹«

»Sie ist also gegangen?« stieß Mahmoud wütend zwischen aufeinander gepressten Lippen hervor.

»Ja.«

»Und Sie haben keine Anstalten gemacht, herauszufinden, was ihr zugestoßen sein könnte?«

»Ich wollte nicht nach ihr fragen. Ich dachte, dass sie vielleicht mit dem Jungen … Denn den habe ich immer noch in der Gegend gesehen – er drückte sich die ganze Zeit herum. Und dann hat mir jemand gesagt, er würde sich in einem fort nach ihr erkundigen. Da habe ich kapiert, dass es das nicht gewesen sein kann. Dann dachte ich mir eben, dass es mir schon irgendjemand verraten würde, aber keiner ist zu mir gekommen. Und dann habe ich eines Tages von dieser Frau beim Damm gehört, Sie wissen schon, diese Frau, die sie im Kanal gefunden haben. Na ja, am Anfang dachte ich mir nichts weiter dabei, aber dann …«

»Ja?«

»Na ja, ich kenne ein paar von den Totengräbern, wissen Sie. Und einer von ihnen hat einen Bruder, der im Leichenschauhaus arbeitet. Der hat ihm gesagt, dass das Mädchen, das sie da gefunden haben, wohl meine Leila wäre. Wie er darauf gekommen ist, weiß ich nicht. Vielleicht durch die Aussage des Mannes, der sie gefunden hat. Aber ich habe angefangen nachzudenken. Und ich habe mich gefragt, wie sie nur dorthin gekommen sein könnte. Ausgerechnet an diese Stelle! Na ja, jemand muss sie hingebracht haben, oder etwa nicht? Und er muss einen bestimmten Grund dafür gehabt haben. Und wollen Sie wissen, was ich glaube?«

Er sah Owen und Mahmud mit fast triumphierender Miene an.

»Das waren die Juden.«

»Juden?«

»Ja. Die sind für so was doch berüchtigt! Und dann kommt ja auch der Durchstich.«

»Was hat der Durchstich damit zu tun?«, fragte Owen.

»Es ist der letzte, nicht wahr? Das macht ihn zu was Besonderem. Nun, ich denke mir, dass sie ein besonderes Zeichen setzen wollten, weil es eben der letzte ist und sie dran sind. Sie wechseln sich immer ab, verstehen Sie, die Juden und die Totengräber von unserem Friedhof hier. Ich weiß nicht, ob ich das für besonders gut halte, aber so wird es nun mal seit Jahrhunderten gemacht, heißt es, jedes Jahr wird gewechselt. Na gut, dieses Jahr waren sie dran, und ich denke, sie wollten ein Zeichen setzen, weil es eben das letzte Mal ist.«

»Was soll das heißen?«

»Na ja, dass sie sie dorthin geschafft haben. Das war ein alter Brauch, wissen Sie: eine Jungfrau unter der *Braut* begraben. Und ich denke, dass sie glaubten, das würde die Sache hübsch abrunden. Sie hängen eben an ihren Traditionen, die Juden. Wahrscheinlich sind sie es auch, die das mit der Jungfrau überhaupt ausgeheckt haben. Nur dass ich selbst nichts davon halte, dass man ein moslemisches Mädchen unter den Hügel legt. Ich meine, wenn es eine Jüdin gewesen wäre, hätte ich es mir noch eingehen lassen …«

»Sie glauben, dass sie Ihre Tochter gefunden und unter der Braut des Nil begraben haben?«

»Nicht gefunden!«

»Nicht …?«

»Die haben sie umgebracht! Diese Hurensöhne!«

»Sie ist«, sagte Mahmoud schneidend, »an den Folgen einer stümperhaft ausgeführten Beschneidung gestorben. Und aufgrund von Vernachlässigung und schlechter Behandlung danach. Wenn jemand sie umgebracht hat, dann Sie.«

Auf dem Rückweg gingen sie durch den Suk-en-Nahassin, vorbei an einigen der ältesten und schönsten Moscheen der Welt, der Sultan-en-Nasir-, der Sultan Kalaun- und der El Hakim-Moschee, und passierten auch das Brunnenhaus und die gleich daneben stehende Villa des Scheichs Abdul er Rahman Barkukiya. In Kairo war man an allen Ecken und Enden von der Geschichte umgeben, dachte Owen. Das war das Ärgerliche daran.

In stillschweigender Übereinstimmung lenkten sie, kurz bevor sie den Khan-el-Khalil erreichten, ihre Schritte in ein Café. Beide waren deprimiert.

»Was soll ich machen?«, fragte Owen. »Ihn einsperren, bis der Durchstich vorbei ist?«

»Der Durchstich ist nicht das Problem«, erwiderte Mahmoud.

»Stimmt«, bestätigte Owen niedergeschlagen.

Zurück in seinem Büro, sagte er an Nikos gewandt: »Unten beim moslemischen Friedhof lebt ein alter Mann. Ali Khedri. Ein Wasserträger. Wahrscheinlich ist er harmlos, aber ich möchte nicht, dass er Dinge sagt, die Unruhen auslösen könnten.«

»Soll ich ihn verhaften?«

»Nein. Aber jemand soll dort die Augen offen halten. Bis der Durchstich vorbei ist.«

»Georgiades?«

»Nein. Ich brauche ihn in den Gärten. Das wird ihn freuen.«

»Was soll er dort tun?«

»Mit den Arbeitern reden. Ich will, dass er mehr über Babikr herausfindet. Wo er herkommt, wo er übernachtet, wenn er hier arbeitet, mit wem er spricht. Und wer – was noch wichtiger ist – mit ihm spricht.«

Owen folgte einer Einladung zu einer Feier im Garten des Krankenhauses. Gastgeber war der Pathologe Cairns-Grant, mit dem es Owen oft zu tun hatte und vor dem er höchste Achtung empfand. Bei seinem Eintreffen war die Feier bereits in vollem Gange und Cairns-Grant unterhielt sich mit zwei Landsleuten: Macrae und Ferguson.

»Wir sprachen gerade über das zerstörte Reglertor«, klärte Ferguson Owen auf.

»Und ich habe gefragt, wer so was nur tun könnte«, sagte Macrae.

»Und ich habe gesagt, ich zum Beispiel«, knurrte Cairns-Grant.

»Sie?«, fragte Owen.

»Aye, die Hälfte unserer Probleme beschert uns das Wehr.«

»Das ist nicht gerecht!«, protestierte Macrae.

»Was ist die häufigste Krankheit im Land?«

»Malaria.«

»Bindehautentzündung«, meinte Owen.

»Bilharziose«, erklärte Cairns-Grant. »Unter ihr und der Hakenwurmkrankheit, die mit ihr eng verwandt ist, leiden fünfundachtzig Prozent der männlichen Bevölkerung. Warum? Weil sie auf den Feldern arbeiten – und wegen des Bewässerungssystems.«

»Ich verstehe nicht ...«

»Da gibt es eine kleine Schnecke. Es ist eine Wasserschnecke, und sie ist der Wirt des Pärchenegels, des

Parasiten, der die Bilharziose überträgt, die überall dort auftritt, wo es stehende Gewässer gibt. Das gilt übrigens auch für Bindehautentzündung und Malaria.«

»Aber die Schuld dafür können Sie doch nicht dem Amt für Bewässerung zuschieben!«, rief Macrae. »Das alles hat es früher doch bestimmt auch schon gegeben.«

»Richtig, aber kürzlich hat man rausgefunden, dass diese Krankheiten ursprünglich auf den nördlichen Teil des Deltas beschränkt waren. Jetzt findet man sie überall, in Mittel- und in Oberägypten. Und warum? Wegen des Bewässerungssystems.«

»Also wirklich, Alec …«, begann Macrae.

»Das liegt am Wechsel des Systems von der Becken- zur Dauerbewässerung, die die Wehre eben mit sich bringen. In der alten Zeit hat man das Wasser in Becken stehen lassen, bis man die Äcker damit überschwemmen konnte. Das Wasser ist versickert, und fruchtbare Erde ist zurückgeblieben. Danach hat man das Land sich selbst überlassen und damit der Sonne die Möglichkeit gegeben, es zu kauterisieren – das ist ein medizinischer Fachausdruck, verstehen Sie; kurz und gut: die Hitze hat alle Krankheitskeime, die nach der Flutung übrig geblieben waren, abgetötet.«

»Aber dieses System der Beckenbewässerung war völlig unwirtschaftlich, Alec! Es gab nur eine einzige Bewässerung pro Jahr und darum nur eine Ernte. Jetzt hat man das ganze Jahr über Wasser und darum zwei oder sogar drei Ernten. Denken Sie nur an die Baumwolle, Alec. Ihre Produktion ist vervielfacht worden!«

»Schon, aber die Bilharziose ist auch vervielfacht worden, das sage ich doch die ganze Zeit. Fünfundachtzig Prozent der Bevölkerung, Mann! Sie werden davon blutarm und schwachsinnig. In den letzten vierzig Jahren hat sich der Gesundheitszustand der Bevölkerung verschlechtert. Und es wird immer schlimmer. Sie sehen«, schloss Cairns-Grant, »wenn ich einer der jungen Nationalisten wäre, würde ich keine Bomben auf den Khedive, den Generalkonsul oder – was vielleicht vernünftiger wäre – auf den Mamur Zapt werfen, sondern auf das Stauwehr!«

»Na ja«, brummte Macrae und packte ihn am Arm, »hoffentlich hört Ihnen nicht gerade einer zu.«

Vom anderen Ende des Rasens näherte sich ihnen eine Ägypterin mittleren Alters.

»Mein Lieblingsmädchen!« rief Cairns-Grant entzückt. »Kennen Sie sie schon, Owen? Ihr Mann war der Dekan der medizinischen Universität. Labiba Latifa!«

»Wir haben erst heute Morgen miteinander gesprochen«, erklärte Labiba und schüttelte ihm die Hand.

»Wirklich? Nun, dann brauche ich es Ihnen ja nicht mehr zu sagen, dass sie eine furchterregende Frau ist, Owen. Sehen Sie das da?« Er deutete auf ein langes, flaches Gebäude neben dem Krankenhaus. »Das ist der Anbau für die Geburtshilfe. Ohne ihren Einsatz stünde er jetzt nicht hier.«

»Ach, übertreiben sie nicht, Alec«, protestierte sie.

Owen nahm an, dass sie selten ohne einen bestimmten Grund mit Leuten redete – auch bei Feiern nicht; ferner nahm er an, dass diesmal er ihr Grund war. »Ich muss Ihnen danken«, sagte er.

»Haben Sie mit ihm gesprochen?«

»Heute Vormittag.«

»Und was unternehmen Sie jetzt?«

»Das weiß ich noch nicht.«

»Manchmal ist es richtig, zu zögern«, meinte Labiba

in einem Ton, als spräche sie über eine völlig neue Erfahrung.

»In meiner Stellung muss man immer an mögliche weitreichende Folgen denken.«

»Ist das ein Grund für Handeln oder Nichtstun?«, fragte Labiba.

Owen lächelte. »In Ihrem Fall gewiss für Handeln. Mein Interesse liegt aber oft in der Vorbeugung.«

»Vielleicht sind unsere Interessen nicht immer ganz verschieden«, entgegnete Labiba. »Ich bin hier, um Sie um einen Gefallen zu bitten, Captain Owen.«

»Ich werde tun, was ich kann«, versprach Owen. »Allerdings ...«

Labiba lächelte. »Ich werde später darauf zurückkommen – na ja, was das allgemeine Problem betrifft. Diesmal handelt es sich um einen speziellen Fall. Es geht um Suleiman Hannam.«

»Diesen jungen Burschen? Den mit ....?«

»Ja, den, den Sie bei Umm Fattouah kennen gelernt haben. Ich befürchte, dass er eine Dummheit anstellen könnte.«

»Wie das?«

»Er ist schrecklich durcheinander. Ich glaube, das liegt daran, dass er zum ersten Mal die Erfahrung des Todes gemacht hat. Er kann sich damit nicht abfinden. Natürlich weiß er im Grunde seines Herzens, dass nichts ihm Leila zurückbringen wird. Aber er glaubt, oder ein Teil von ihm glaubt, dass ihr Tod irgendwie etwas Gutes bewirken kann, etwas, das ihn wahrscheinlich sogar damit versöhnen könnte, weil es ihrem Leben und Sterben einen Sinn verleihen würde, den er ansonsten noch nicht zu sehen scheint. Darum hat er sich an mich gewandt.«

»Wegen Ihres Einsatzes gegen die Beschneidung?«

»Ja.«

»Ich verstehe immer noch nicht ganz … Möchten Sie, dass ich es ihm ausrede?«

»Wohl kaum! Wenn, dann eher das Gegenteil. Zur Abwechslung, nicht wahr?« Labibas Züge hellten sich auf. »Ja!«, rief sie fröhlich. »Das wäre was! Den Mamur Zapt so weit zu bringen, dass er andere in meinem Sinn bekehrt! Dann würde man mich wirklich für furchterregend halten. Aber nein, Captain Owen, nicht darüber sollen Sie mit ihm reden. Ich dachte vielmehr an den anderen Teil seiner selbst. Dieser andere Teil ist wütend. Er sucht einen Sündenbock.«

»Um an ihm Rache zu üben?«

»Nun ja«, meinte Labiba, »ist das nicht die Art von uns Ägyptern?«

Macrae passte ihn im Vorbeigehen ab.

»Wir machen eine kleine Feier«, sagte er. »Dienstag im Sporting Club, um acht. Robbie-Burns-Nacht. Möchten Sie auch kommen?«

»Nichts, was ich lieber täte!« Plötzlich hielt Owen inne. »Aber dauert es bis zur Robbie-Burns-Nacht nicht noch einige Zeit?«

»Aye, aber mit ein paar Proben vorher klappt sie besser.«

Zeinab räkelte sich neben Owen. Sie hatte sich von seiner Begegnung mit dem Vater des Mädchens berichten lassen.

»Was für ein Glück, dass mein Vater reich ist«, sagte sie düster. »Und aufgeklärt. Relativ.«

Zeinab ließ sich immer gern von den Schicksalen der Frauen in Owens Fällen berichten. Dabei neigte sie dazu, sich mit ihnen zu identifizieren. Es war, als ob sie es nötig hätte, deren Lage an sich selbst auszuprobieren, weil sie sich über ihre eigene Stellung in der Gesellschaft noch nicht im Klaren war. Bei diesen Gesprächen fühlte Owen sich meistens schuldig. Ihm war klar, dass nur eins ihr zu einer gesicherten Position verhelfen würde: eine Hochzeit. Aber die britische Verwaltung sah es nun mal nicht gern, wenn ihre Offiziere eine Ägypterin heirateten. Und was dachte ihr Vater? Nuri, das wusste Owen, wäre es lieber, seine Tochter würde einen reichen Mann heiraten. So waren Väter wohl immer, nahm er an – vielleicht nicht nur in dieser Gesellschaft.

Im Unterschied zu Leilas Fall musste Zeinab jedoch nicht tun, was ihr Vater wollte. Aber vielleicht war das eine Illusion. Vielleicht musste sie sich am Ende doch seinem Willen fügen, vielleicht waren ihrer Freiheit Grenzen gesetzt. Fürs erste genoss sie jedoch die Freiräume und Annehmlichkeiten, die ihr der Reichtum beschert hatte. Und um ihr nicht Unrecht zu tun, verdankte sie sie auch der Aufklärung. Einer relativen, wohlgemerkt.

»Ich nehme an, dass du mit dem Jungen sprechen wirst?«

»Ja.«

Warum dieses seltsame: Ich nehme an?

»Sag mal, hast du mit Labiba geredet?«

»Natürlich. Sie ist eine bemerkenswerte Frau.«

Probierte Zeinab da eine neue Rolle aus – die der Witwe? Witwe! Sicher gab es andere Lösungen als gerade diese!

Nikos sah von seinem Pult auf. »Ein Anruf für Sie. Dringend. Vom *Parquet*.«

»Mahmoud?«

»Jemand aus seinem Büro. Könnten Sie ihn in der Leichenhalle treffen?«

Erneut die lange Fahrt in der Arabeah.

»Man muss auch an das Pferd denken, Effendi. Und an die Leute auf der Straße. Und die Blumen in den Gärten und die Tauben in den Bäumen.«

»Ich werde daran denken. Und du denk bitte daran, mich zur Leichenhalle zu bringen.«

Tatsächlich kamen sie zügig voran. Am Nachmittag hielt zu dieser Zeit die ganze Welt ihre Siesta, so dass die Straßen leer waren. So sehr der Kutscher auch nach Ausreden für eine Verzögerung suchen mochte, er fand keine. Selbst das Pferd, das eine leichte Brise vom Fluss her aufmunterte, beschleunigte gegen alle Gewohnheit seine Schritte, zumal es merkte, dass ihm mit Fahrtwind um die Ohren kühler war als wenn es benommen vor der Bab-el-Khalk in der Sonne stand.

Mahmoud wartete im kühlen Schatten bei der Eingangstür des Leichenschauhauses auf Owen. Er hielt einen Bogen Papier in der Hand.

»Um Sie vorzuwarnen«, erklärte er.

»Mich vorwarnen?«

»Dass man den Befund der Autopsie ändern wird.«

»Mit welcher Begründung?«

»Die Todesursache.«

»Nicht …?«

»… das, was wir dachten. Sie haben eine Spur an ihrem Hals entdeckt. Eine dünne Schnur, die sich tief ins Fleisch gegraben hat. Am Anfang war sie ihnen nur wegen des Zustands der Leiche entgangen.«

»Demnach …«

»Sie wurde erdrosselt«, sagte Mahmoud.

6

Erdrosselt!« kreischten die Zeitungen. Die Nachricht war trotz Owens Bemühungen sofort nach außen gesickert. Normalerweise hätte sie kein Aufsehen erregt. In Kairo wurde ständig jemand erdrosselt – oder zumindest kam es einem so vor –, und was war schon ein Opfer unter so vielen, zumal es sich nur um die Tochter eines Wasserträgers handelte? Diesmal gab es jedoch einen Unterschied.

»Besteht die Möglichkeit eines Zusammenhangs mit dem Durchstich?«, fragten die Zeitungen.

»Nein, die besteht nicht«, dementierte Owen. Und um Schlimmeres zu verhindern, ließ er die Frage schwärzen. Die Zensur der Presse gehörte zu Owens blödsinnigsten Aufgaben.

Die Presse, wie immer einfallsreich, kam anderentags auf ihre Frage zurück, wenn auch weniger direkt.

»Wird das einen Schatten auf die bevorstehenden Feiern werfen?«, wollte sie wissen.

»Nein, wird es nicht«, erklärte der Mamur Zapt und ließ im Interesse des Frohsinns auch das schwärzen. Er war sich andererseits darüber im Klaren, dass bei den vielen zirkulierenden Gerüchten das geschriebene Wort weniger Gewicht hatte als das gesprochene und lehnte sich resigniert zurück, um der weiteren Entwicklungen zu harren.

Die ließen nicht lange auf sich warten. Es gebe Ärger mit den moslemischen Totengräbern, ließ ihn Paul am Telefon wissen. Als Owen daraufhin zu der Besprechung ging, erfuhr er, dass der Ärger – wenigstens auf den ersten Blick – anderer Natur war, als er erwartet hatte.

»Es scheint ein gewisses Problem mit dem Durchstich zu geben«, erklärte Paul, der das Treffen im Auftrag des Generalkonsuls einberufen hatte.

»Es geht darum, wer nun den eigentlichen Durchstich übernimmt«, sagte Garvin.

»Ich dachte, das hätten wir geregelt. Sind nicht die Juden an der Reihe?«

»Ja, aber wie Sie sich erinnern, gab es noch ein Problem mit der Bezahlung. Sie wollten eine Zulage, weil es an einem Sabbath ist.«

»Gut, aber das haben wir doch geklärt. Ich habe den Alten dazu gebracht, mal mit der Finanzabteilung zu sprechen.«

»Ja, aber jetzt fragen die Moslems, warum die Juden mehr Geld bekommen sollen. Das wäre Diskriminierung. Es gebe doch eine traditionelle Entlohnung für diese Arbeit. Warum sollten die anderen jetzt mehr bekommen?«

»Weil sie es sonst nicht machen würden.«

»Aah, aber die Moslems sagen, dass *sie* dazu bereit sind. Zum alten Preis.«

»Was meinen die Juden dazu?«

»Sie erklären, dass sie dran sind.«

»Hat es so was schon mal gegeben?«, wollte Paul wissen.

»Das gibt es jedes Jahr. Wir haben jedes Jahr Ärger wegen der Frage, wer nun den Durchstich machen soll. Unsere Lösung war, dass sie sich eben abwechseln sollen. Bisher hat das auch geklappt. Nur dieses Jahr ist es anders, weil die Juden dran sind und der Durchstich auf einen Sabbath fällt.«

»Könnten die Juden das nicht trotzdem machen, aber zum alten Tarif?«

»Sie behaupten, die Regierung würde nicht Wort halten.«

»Na ja, das wäre doch nichts Neues, oder?«

»Es wird ihnen nicht gefallen«, warnte Garvin.

»Den Moslems wird es auch nicht gefallen«, meinte der Kadi. »Sie rechnen jetzt damit, dass sie den Auftrag erhalten.«

»Und wenn beide es machen würden?«, schlug Paul vor. »Gemeinsam?«

»Sie könnten sich gegenseitig an die Gurgel gehen. Und vergessen Sie nicht, dass sie Spaten und Spitzhacken zur Verfügung hätten.«

Neuerliches Schweigen.

»Warum holen wir nicht jemand ganz anderen?«

»Wir wäre es mit den Kopten?«, fragte der Vertreter der Kopten voller Eifer.

»Dann gäbe es ein Blutbad«, beschied ihn Garvin knapp.

»Ich dachte an britische Soldaten«, meinte Paul.

»Dann gäbe es erst recht ein Blutbad«, sagte Owen.

Schon wieder Schweigen. Länger diesmal.

»Wir könnten das Ganze absagen, denke ich«, brummte Paul. »Schließlich brauchen wir den Durchstich eigentlich gar nicht. Wir brauchen nicht mal Wasser im Kanal. Ja, ohne Wasser wäre alles doch viel besser. Dann könnten sie gleich mit dem Aufschütten beginnen. Warum sagen wir also das Ganze nicht einfach ab?«

»Dann hätten wir wirklich einen Aufstand!«

Die Besprechung wurde ohne Erreichen eines Beschlusses vertagt.

»Wir haben ja immer noch Zeit«, meinte Paul.

»Nicht viel«, warnte Garvin. »Der Durchstich ist nächste Woche.«

»Ich meine, wir sollten so schnell wie möglich eine Lösung finden«, meldete sich der Kadi. »Wir wollen doch nicht, dass das aus dem Ruder läuft.«

»Warum sollte es aus dem Ruder laufen?«

Der Kadi sah Owen an. »Ich habe gehört, dass es eine neue Entwicklung in dem Fall des Mädchens gegeben hat ... Sie wissen schon, dieses Mädchen, das unter der Braut des Nil gefunden wurde.«

»Der Befund der Autopsie ist überarbeitet worden.«

»Ja, genau davon habe ich gehört.«

»Das mit der Jungfrau? Alles Quatsch!«, erklärte Garvin.

»Ein moslemisches Mädchen? Jüdische Gräber? Ein Großereignis? Unbehagen? Menschenauflauf? Das betrachte ich nicht als Quatsch.«

»Ich auch nicht«, sagte Owen. »Ich habe Leute in die Bab-el-Foutouh geschickt, die die Augen offen halten sollen.«

»Wenn das, was ich gehört habe, stimmt«, meinte der Kadi, »sollte ich längst selbst dort unten sein und die Augen offen halten.«

Zu fast jeder Tageszeit sah man in der Bab-el-Foutouh wegen ihrer Nähe zum moslemischen Friedhof eine Tauergemeinde die Straße hinunterziehen. Als erstes hörte man den Klagegesang, dann kam die kleine Prozession in Sicht; die Trauerfahnen vorneweg und an ihrem Ende der mit einem Brokattuch bedeckte hornförmige Sarg, ständig umringt von den Trauernden, die ihn abwechselnd auf ihren Schultern trugen. Manchmal war ein Kamel dabei, auf dem jemand saß, der Brotlaibe an die Armen verteilte, bisweilen wurden die Züge auch von Studenten der El-Azhar-Universität begleitet, die auf einem Kissen einen Koran trugen, oder von *Fikis*, die Verse aus ihrer Heiligen Schrift rezitierten.

Schritt eine solche Prozession vorüber, blieben die Zuschauer zunächst respektvoll an der Seite stehen, um sich danach anzuschließen und so ihre Anteilnahme zu bekunden.

Diesmal handelte es sich um eine kleine Trauergemeinde, die bloß Interesse, aber kein Aufsehen erregte. Owen trat hinter einen Gemüsestand, um sie passieren zu lassen.

»Wenn man unsere Leila durch die Straße trägt, wird es bestimmt anders sein«, sagte eine der Kundinnen.

Die Frau neben ihr nickte. »Das stimmt. Im Tode wird man ihr mehr Beachtung schenken als im Leben.«

»Aber es ist auch wirklich schlimm. Sie war ein so hübsches kleines Ding. Wenn man sich nur vorstellt, dass sie sich an diesen alten Gauner von Omar Fayoum vergeudet hätte!«

»Na gut, so weit ist es ja doch nicht gekommen, oder?«

»Vielleicht wäre es so aber besser gewesen!«

»Sie hatte Pech, das arme Mädchen. Ihre Mutter hätte sich rechtzeitig darum kümmern müssen.«

»Sie war ja nicht mehr da. Und andere Verwandte gab es auch nicht. Nur dieser alte Geizkragen, und dem war nur wichtig, dass sie ihm pünktlich das Essen brachte.«

»Richtig, aber es wäre doch denkbar gewesen, dass jemand etwas gesagt hätte, eine von den Nachbarinnen vielleicht.«

»Sie wussten es ja nicht. Es kam erst raus, als sie ihr das Schamhaar entfernen wollten.«

»Trotzdem hätte man erwarten können, dass sich jemand um sie kümmern würde, als ihre Mutter starb. Wo sie doch blutjung war. Ich meine, was ist passiert, als sie ihre Periode bekam?«

»Sie musste wohl allein damit zurechtkommen. Von dem Alten hatte sie jedenfalls keine Hilfe zu erwarten, das steht schon mal fest. Diese Wasserträger sind ein herzloser Haufen. Andererseits heißt es, dass Fatima sie bei sich aufgenommen hat, als ihr Vater sie rausgeworfen hatte.«

»Also so was! Das muss man sich mal vorstellen: Dieses arme Mädchen ohne Dach über dem Kopf! Noch dazu in ihrem Zustand!«

»Mein Alter sagt, man hätte diesen Ali Khedri in einen seiner Wasserschläuche nähen und in den Fluss werfen sollen!«

»Genau! Seine eigene Tochter! Trotzdem hatte auch sie Unrecht getan. Warum hat sie sich weiter mit diesem Jungen getroffen? Wo sie doch Omar Fayoum heiraten sollte.«

»Welches Mädchen würde nicht lieber mit ihrem Freund weitermachen, wenn sie Omar Fayoum heiraten müsste?«

Beide Frauen lachten, um dann jeweils missbilligend mit der Zunge zu schnalzen.

»Wir sollten nicht so reden, hm? Doch nicht über die Toten!«

Sie betasteten die Waren.

»Ich habe mich gefragt, wo sie nur steckt. Als ich sie nicht mehr sah, dachte ich, sie wäre vielleicht in ihr Heimatdorf zurückgegangen.«

»Dort hätte sie von vornherein blieben sollen. Warum mussten sie überhaupt wegziehen? Das ist doch kein Leben für einen Mann – Wasser zu schleppen!«

»Es wäre ihr dort unten besser ergangen, das steht fest. Dort wären Frauen um sie gewesen, die gewusst hätten, was zu tun ist. Ich mag den Alten nicht, aber dafür kann man ihm wirklich nicht die Schuld geben. Das ist Frauensache. Wenn sie dort unten geblieben wäre, hätte sich das alles wohl nie zugetragen.«

»Richtig.« Sie zahlten und entfernten sich langsam. »Stell dir nur vor …« Die Frau zögerte. »Es heißt, es wäre gar nicht so gewesen. Es hätte sich am Ende was ganz Anderes herausgestellt.«

»Was denn?«

Die Frau beugte sich zum Ohr ihrer Begleiterin. »Es heißt, die Juden wären es gewesen.«

»Die Juden? Was könnten die denn von ihr gewollt haben?«

»Was kann ein Mann schon von einer Frau wollen? Außerdem …«

Owen bekam nicht ganz mit, was sie der anderen ins Ohr flüsterte, aber er sah deren weit aufgerissene Augen.

»Der Durchstich … Oh, das ist ja schrecklich …!«

Endlich entfernten sie sich.

Owen fand in der Bab-el-Foutouh ein Café. Hätte es nicht ein bestimmtes Merkmal als solches ausgewiesen, wäre man achtlos daran vorbeigegangen, denn es gab nur eine offene Tür, die in ein dunkles Inneres führte.

Aber an seiner Außenwand stand eine lange Steinbank, an deren einem Ende ein paar Männer saßen.

Owen setzte sich an das andere Ende und wischte sich das Gesicht ab. Zu dieser Jahreszeit brach man in Kairo bei der geringsten Bewegung in Schweiß aus.

Auf der Straßenseite gegenüber kam ein Wasserträger vorbei. Einer der Männer begrüßte ihn.

»Nächste Woche wird es etwas leichter, Abdul, wenn wieder Wasser im Kanal ist.«

»Es wird auch für alle anderen leichter«, entgegnete der Mann. »Man kann es sich dann selbst holen.«

Er kam zu der Bank herüber.

»Ist es von deinem Standpunkt aus gesehen eine gute Sache, dass sie ihn volllaufen lassen?«

»Bis die Rohre kommen«, meinte der Wasserverkäufer.

»Rohre? Was für Rohre?«

»Sie haben so Rohre, durch die sie in die Häuser der ganzen Stadt Wasser jagen.«

»Na so was.«

»Genauer gesagt – sie haben es vor. Sie verlegen die Rohre Viertel für Viertel. Dieses hier gehört Gott sei Dank zu den letzten.«

»Aber es wird nicht so was wie der Kanal sein, oder? Ich meine, da braucht man doch bloß seinen Kessel einzutauchen. Bei einem Rohr wird das nicht möglich sein, oder?«

»Sie werden Abflüsse haben.«

»Aber dann fließt doch alles ab.«

»Nein, es wird Wasserhähne geben. Damit kann man es auf-und zudrehen.«

»Gut, trotzdem ... Mir leuchtet einfach nicht ein, welchen Nutzen diese Rohre bringen sollen. Es wird doch viel Geld kosten, sie zu verlegen. Wer soll das bezahlen?«

»Ihr. Sie werden eine Gebühr für das Wasser verlangen.«

»Eine Gebühr für das Wasser!«

»Ja, und zwar ein bisschen mehr als ich!«

»Gott bewahre uns!«

Owen winkte den Wasserträger zu sich. Dieser gab ihm eine Messingtasse, löste den Verschluss seines Schlauchs, den er über der Schulter trug, und beugte sich abrupt vor, so dass daraus ein Strahl glitzernden Wassers mitten in die Tasse schoss.

Owen bedankte sich und gab ihm zwei Millime.

»Lassen Sie sich ruhig Zeit«, sagte der Wasserträger und wartete geduldig, während Owen trank.

»Direkt aus dem Fluss?« Owen nippte erneut. »Ach, so wie jetzt wird es nicht mehr schmecken, wenn es aus dem Kanal kommt!«

»Es schmeckt nie gleich«, bestätigte der Wasserträger.

»Diesmal aber doch«, meinte einer der Männer am Tisch. »Die Juden sorgen schon dafür, dass es frisch bleibt.«

»Mit einem moslemischen Mädchen!«, rief der Wasserträger.

Auch wenn gelegentlich Steinhaufen seine Grenzen markierten, war der moslemische Friedhof nicht von Mauern umgeben, sondern vielmehr Teil der offenen Wüste. Der Wind wehte beständig Sand über die Gräber, so dass einige der ältesten fast ganz zugedeckt waren. Nur noch die Spitzen der *Tarkeebahs*, der aus Stein oder Ziegel gefertigten Bögen über den Totenhäusern, ragten heraus.

Die Reichen hatte man in gewölbten Ziegelgruften beigesetzt, die hoch genug waren, um es ihnen zu gestatten, sich bequem aufzusetzen, wenn die Engel Nakir und Neheer sie prüfen kamen. Der Eingang befand sich am Fuß des Bauwerks und war unterirdisch, so dass er nach der Bestattung zugeschüttet und verborgen werden konnte. Nicht nur die Pharaonen mussten sich vor Räubern in Acht nehmen.

Die Totengräber hatten soeben die kleine Veranda vor der Tür einer neuen Gruft fertiggestellt, die wie alle anderen überdacht war, damit keine Erde hineinfallen konnte. Owen stellte sich dazu und bewunderte ihr handwerkliches Geschick.

»Nicht schlecht, sehen Sie nur.« Sie luden ihn zu einer Besichtigung ein. »Die Steine passen trotz allem recht gut aufeinander.«

»Bis auf den dort«, sagte einer und deutete auf eine Ecke.

»Dieser Stein war ein Hurenkind!«

»Er liegt nicht flach genug!«

»Warum gehst du dann nicht los und besorgst einen anderen, wenn du nicht zufrieden bist, Hamid?«

»Weil ich dann noch unzufriedener wäre.« Der Mann sah um sich. »Die Arbeit fällt heute schwer. Jetzt wäre was zu trinken recht. Wo steckt nur dieser faule Kerl von Wasserträger?«

»Er kommt bald.«

»Warum warten wir dann nicht einfach auf ihn?«

Die Männer verließen die Baustelle und legten sich in den Schatten. Owen folgte ihnen.

»Tja, an Tagen wie heute braucht man wirklich was zu trinken«, sagte er.

»Wie wahr; aber hier draußen in der Wüste hat

man nicht viel Gelegenheit, einen Schluck zu bekommen.«

»Am Fluss unten wäre es leichter.«

»Dort gibt es aber nicht viele Möglichkeiten, Arbeit zu finden. Die Friedhöfe sind alle auf dieser Seite der Stadt.«

»Dann seid ihr wahrscheinlich froh, wenn ihr mit dem Durchstich an der Reihe seid.«

»Und ob!«

»Ich verstehe nicht, warum wir ihn nicht jedes Jahr machen dürfen«, beklagte sich einer der Männer. »Wieso müssen wir ihn mit den Juden teilen? Was haben sie überhaupt damit zu tun?«

»Es war schon immer so«, meinte ein anderer. »Im einen Jahr sind wir dran, im nächsten sie.«

»Aber warum muss es so sein, frage ich. Warum dürfen wir es nicht jedesmal machen?«

»Weil sie überall die Finger im Spiel haben und nicht dran denken, sie wegzunehmen.«

»Wenn das hier vorbei ist, werden sie sie wegnehmen müssen. Dann ist das Spiel nämlich aus!«

»Auch damit bin ich nicht einverstanden. Warum müssen sie den Kanal denn auffüllen? So wie er ist, ist er doch ganz praktisch.«

»Ja, gut. Aber das ist eben der Fortschritt. Das ist die moderne Welt, Mohammed.«

»Hm, ich könnte ohne sie auskommen. Alles nehmen sie uns weg. Letztes Jahr waren es die Hoseini-Feiern, dieses Jahr ist es der Kanal. Nächstes Jahr haben wir nicht mal mehr den Durchstich!«

»Genau, und obendrein wären wir an der Reihe gewesen!«

»Ich hänge am Durchstich.«

»Ja, ich auch. Es tut einfach gut, Wasser spritzen zu sehen. Vor allem wenn man es gewohnt ist, hier draußen zu arbeiten.«

»Glaubt ihr, dass das Mädchen daran noch was hätte ändern können?«, sinnierte einer.

»Dasjenige, das die Juden unter den Hügel gelegt haben?«

»Ja.«

»Tja, möglich wäre das schon …«

»Weil man nichts sieht, versteht ihr? Ich meine, hier oben haben wir doch all die Toten, nicht wahr? Warum machen *sie* den Boden nicht fruchtbar? Wenn ein Mädchen das bewirken könnte, warum nicht auch die hier?«

»Weil es hier einfach kein Wasser gibt. Das ist ja der springende Punkt. Hier oben, verstehst du, ist es immer trocken und wenn die Toten in die Gruft kommen, verwesen sie nicht. Sie werden einfach zu so was wie Mumien. Am Kanal unten dagegen verfaulen sie, sobald das Wasser hereinbricht. Dann wird das Land fruchtbar. Das ist der Unterschied.«

»Ist das also gut?«

»Nun, es ist vielleicht gut, ein Mädchen dort hinzulegen. Aber ich bin nicht damit einverstanden, dass man eine Moslemin dafür ausgesucht hat. Warum konnte es keine Jüdin sein? Oder eine Koptin?«

»Die Juden haben sie doch ausgewählt, oder nicht? Eine der Ihren hätten sie bestimmt nicht hergenommen.«

»Hm, das gefällt mir nicht. Anscheinend tanzen immer alle nach ihrer Pfeife. Erst dürfen sie den Durchstich übernehmen. Dann kriegen sie eine Zulage. Und schließlich nehmen sie auch noch ein Mädchen her, das gar nicht zu ihnen gehört!«

»Das ist so eine Art Opfer, nicht wahr?«

»Na ja, aber wenn es ein Opfer ist, müsste man doch eigentlich etwas von sich hergeben. Ich meine, wenn wir es machen würden, dann würden wir eins von unseren eigenen Mädchen opfern, richtig? Und wir wären bestimmt nicht froh darüber, weil wir eben zivilisierte Leute sind. Aber diese Juden, die sind wirklich gerissen. Sie bringen das Mädchen um und dann sagen sie: ›Hier habt ihr unser Opfer, gebt uns dafür gefälligst was zurück.‹ Dabei opfern sie gar kein Mitglied ihrer eigenen Gemeinschaft, sondern eins der unseren!«

»Ja, aber Gott wird schon für Gerechtigkeit sorgen.«

»Das hat er schon, glaube ich. Oder ist die Leiche etwa nicht gefunden worden? Wie ich das sehe, ist das seine Art zu sagen: ›Nein, danke, ihr gerissenen Halunken, mir genügt so was nicht.‹«

»Hm, ich finde unbedingt, dass er ihnen so was nicht durchgehen lassen dürfte.«

»Ja, aber er braucht auch ein bisschen Hilfe, nicht wahr?«

»Was meinst du damit, Abdul?«

»Na ja, sie übernehmen doch den Durchstich. Trotz all ihrer Untaten! Da denke ich mir eben, dass ihnen jemand eine Lektion erteilen sollte.«

Owen hörte das Klappern bereits, als er den Friedhof verließ und der Stadt zustrebte. Und tatsächlich kam ihm bald ein Wasserträger entgegen. Das Klappern erzeugten zwei Blechschalen, die er wie Schellen gegeneinander schlug, um auf sich aufmerksam zu machen. Nicht alle Wasserträger hatten Schalen aus Blech. Bei einigen reichte es nur zu Tonschalen. Wer sich Tassen leisten konnte, stand in der Hierarchie ein, zwei Stufen höher.

Als der Mann merkte, dass Owen ihn ansah, blieb er im Schatten stehen. Owen ließ Wasser in eine der Schalen gießen und trank es schnell. Wie so viele vor ihm hatte er gelernt, seine Bedenken zu unterdrücken.

»Das Wasser ist frisch«, sagte er und machte dem Mann so das obligatorische Kompliment.

»Und schwer«, entgegnete der Wasserträger.

Es war ein anderer als der, mit dem Owen vor dem Café gesprochen hatte. Dieser und Ali Khedri waren also nicht die einzigen. Offenbar gab es in diesem Viertel sehr viele Wasserträger, obwohl das in einer so armen Gegend nicht unbedingt üblich war.

»Dort unten sind Leute, die schon begierig auf Sie warten«, sagte Owen und deutete in die Richtung des Friedhofs.

»Die Totengräber? Na ja, Graben macht Durst.«

»Und das Tragen. Der Fluss ist weit weg. Freuen Sie sich nicht auf den Durchstich? Der Kanal ist näher.«

»Ich mag den Fluss«, sagte der Mann. »So weit weg ist er gar nicht, wenn man sich daran gewöhnt hat. Und ich laufe gerne mit den Schläuchen tief hinein, was im Kanal nicht möglich ist.«

»Sie sind ein echter Wasserträger!«, lobte Owen.

»Aber einer der letzten. Mein Sohn wird nicht in meine Fußstapfen treten.«

»Wegen der Leitungen?«

Der Mann zuckte die Schultern. »Wegen allem. Das ist der letzte Durchstich. Nächstes Jahr wird es keinen Kanal mehr geben. Die Welt verändert sich.«

»Aber der Fluss bleibt doch derselbe.«

»Aber auch den versuchen sie zu verändern. Selbst in meinem kurzen Leben habe ich die neuen Stauwerke von Assuan, Assiut und Asna gesehen.«

»Wie wahr.«

Owen gab ihm die Schale zurück. »Kennen Sie das Haus von Fatima?«, fragte er.

»Die Frau von Ahmed Uthman?«

»Das müsste sie sein.«

Der Mann beschrieb ihm den Weg.

»Ich weiß noch etwas über sie«, sagte Owen. »Sie hat Ali Khedris Tochter bei sich aufgenommen, nachdem der sie rausgeworfen hatte.«

Die Miene des Mannes nahm jäh einen gequälten Ausdruck an. »Das war eine schlimme Sache.«

»Es war aber doch gut, dass sich jemand um sie gekümmert hat.«

»Nicht gut genug«, stieß der Wasserträger hervor.

»Wie konnte es geschehen, dass sie starb, obwohl sie doch unter Fatimas Dach lebte?«

»Die Juden haben sie verschleppt.«

»Ach? Und woher weiß man, dass sie es waren?«

»Wer hätte es denn sonst gewesen sein können? Wo jetzt doch der Durchstich bevorsteht. Aber eins ist sicher: Ungestraft werden sie nicht davonkommen!«

»Straft sie Gott?«, fragte Owen. »Oder die Menschen?«

»Gott natürlich. Aber manchmal benutzt er die Menschen.«

»Welche Menschen?«

Das vermochte der Wasserträger jedoch nicht zu sagen; wahrscheinlich wusste er es selbst nicht so genau. Gleichwohl fiel auf, dass diese Ansicht im ganzen Viertel weit verbreitet zu sein schien. Und das kurz vor dem Durchstich.

»Na ja, ich konnte sie unmöglich zurückweisen«, sagte die Frau. »Nicht in ihrem Zustand.«

»Es wäre besser gewesen, du hättest es getan«, knurrte ihr Mann.

Owen hatte sie am Ende ihrer Siesta angetroffen, als der Mann gerade wieder losgehen wollte. Die halbvollen Wasserschläuche lagen bereits in der Tür.

Die Frau fuhr wütend zu ihrem Mann herum. »Er hätte es sich ja vielleicht noch anders überlegt.«

»Zum ersten Mal in seinem Leben hat er was Richtiges gedacht«, murmelte der Mann, um dann in verdrießliches Schweigen zu verfallen.

»Es war doch nur für ein, zwei Tage«, verteidigte sich die Frau. »Und sie aß nicht mehr als ein Vogel.«

Dieses Haus war vielleicht nicht ganz so armselig wie das von Ali Khedri, aber armselig genug. Da kam es sehr wohl auf die Zahl der hungrigen Mäuler an.

»Wie lange war sie denn bei Ihnen?«, fragte Owen.

»Nicht länger als fünf Tage.«

»Und dann?«

»Na ja, eines Tages ist sie weggegangen und …« – die Frau wirkte völlig ratlos – »… und dann haben wir sie nicht mehr gesehen.«

»Die Juden haben sie geschnappt«, brummte ihr Mann.

»Sie ist weggegangen?«, setzte Owen nach. »Weswegen?«

»Um sich mit diesem Jungen da zu treffen«, sagte der Mann.

»Das stimmt doch überhaupt nicht!«, rief die Frau

empört. »Sie ist zum Markt gegangen, um zu sehen, ob sie von den Ständen übriggebliebene Zwiebeln bekommen kann.«

»Das hat sie behauptet«, entgegnete ihr Mann.

»Aber dort ist sie hingegangen. Mit dem Jungen hatte sie da schon Schluss gemacht.«

»Das hat sie auch nur behauptet!«

»Dieses Mädchen«, rief die Frau mit blitzenden Augen, »war so aufrichtig wie ein Imam! Und das ist mehr, als man von dir sagen kann! Und übrigens auch von Ali Khedri!«

»Genug jetzt, Frau!« donnerte der Mann; gleichwohl war er sichtlich verlegen.

»Und sie ist nicht zurückgekommen?«, fragte Owen.

»Nein. Nach einiger Zeit bin ich sie suchen gegangen. Ich dachte, sie wäre irgendwo hingefallen – sie war noch nicht gesund, wissen Sie, nachdem man an ihr herumgeschnitten hatte –, aber ich konnte sie nicht finden. Also dachte ich mir ...«

»Was dachten Sie?«

»Ich dachte mir – Gott möge mir verzeihen –, dass sie sich wieder bei diesem Jungen aufhielte. Aber dann wäre sie irgendwann zurückgekommen, und darum ist mir jetzt klar, dass das nicht stimmen konnte.«

Ihr Mann fing an, irgendetwas zu brummeln. Seine Frau brachte ihn mit einem strengen Blick zum Schweigen.

»Als es Nacht wurde«, fuhr sie fort, »wusste ich, dass ihr etwas passiert sein musste. Sonst ...« – sie starrte ihren Mann böse an – »... wäre sie heimgekommen. Sie war nicht diese Art von Mädchen. Ihr Herz war rein.«

»Wenn es so rein war«, knurrte der Mann, »warum hat sie dann mit ihm geredet?«

»Reden ist doch überhaupt nichts. Das machen alle Frauen. Es ist nie darüber hinaus etwas geschehen.«

»Aber sie ist nicht zurückgekehrt?«

»Nein. Ich bin zum *Souk* gegangen. Ich habe die Nachbarn befragt. Ich bin ins Spital gegangen – ich dachte, sie wäre vielleicht gestürzt; verstehen Sie, sie hatte ja so viel Blut verloren. Ich habe sogar«, sagte die Frau mit gepresster Stimme, »Ali Khedri aufgesucht.«

»Bist du dumm!«, warf ihr Mann ein.

»Ich habe das ganze Viertel abgesucht. Ich wusste, dass ihr was passiert sein musste.«

»Die Juden haben sie verschleppt«, beharrte der Mann.

Owen drehte sich zu ihm um. »Woher haben Sie das?«

»Es liegt doch auf der Hand, oder?«

»Nein.«

»Aber wenn man sie sie doch dort gefunden hat. Unter der *Braut*. Sagen Sie bloß, das wäre ein Zufall! Sie ist absichtlich dorthin gebracht worden.«

»Jeder hätte sie dorthin bringen können. Moslems. Kopten. Jeder.«

»Von mir aus«, meinte der Mann in zweifelndem Ton. »Aber die Juden ...«

»Hatte sie denn je etwas mit den Juden zu tun?«, fragte Owen. »Ist sie jemals zusammen mit Juden gesehen worden?«

»Äh ... nein, aber gerade deswegen waren sie es ja. Sie sind zu gerissen.«

»Nun, dann ...«

Doch weitere Worte waren zwecklos. Er ließ sich nicht davon abbringen: Es konnten nur die Juden gewesen sein.

»Die schleichen überall herum«, schloss er. »Sie sind schlimmer als dieser Junge.«

Es war die gleiche Leier wie überall im Viertel.

Auf dem Rückweg durch den *Souk* traf Owen auf Mahmoud, der sich gerade mit einer Standbesitzerin unterhielt.

»Nein«, sagte die Marktfrau, »ich kann mich nicht erinnern, sie gesehen zu haben. Man vergaß sie ohnehin gleich wieder. Sie war ja so still! Wie eine Maus.«

»Sie erinnern sich aber, dass sie regelmäßig zum *Souk* gekommen ist?«

»O ja! Vor ihrer … Sie wissen schon – bevor es passiert ist, kam sie fast jeden Tag. Immer um die gleiche Zeit, wenn die Stände gerade zumachten. Man kann da immer ein paar Dinge mitnehmen … Na ja … bevor sie verfaulen, kann man sie genauso gut herschenken. Und die Frauen der Wasserträger – ihnen geht's nun mal nicht so gut. Schließlich sagt Gott, dass man den Armen helfen soll. Da ist es ganz gut, dass man das eine oder andere vorweisen kann, wenn irgendwann die Engel kommen und ihre Fragen stellen.«

»Also kam sie immer spät?«

»Ja. Wir machen nie vor Einbruch der Dunkelheit zu. Und dann muss es sehr schnell gehen, denn wenn man sich nicht vorsieht, haben diese Strauchdiebe von Halbwüchsigen die Hälfte der Sachen zusammengerafft, ehe man sie weggesperrt hat!«

»Demnach ist sie immer erst in der Dunkelheit heimgegangen?«

»Richtig. Aber wenn mir diese Kerle zwischen die Finger kommen, die …«

Die Neuigkeit hatte sich bereits auf dem *Souk* verbreitet. Allenthalben wurde aufgeregt darüber geflüstert. In gewisser Hinsicht erleichterte das Mahmoud die Arbeit, denn er brauchte die Leute nicht mehr mühselig an Leila zu erinnern.

Auch er hatte herausgefunden, dass Fatima das Mädchen nach deren Rauswurf durch den Vater bei sich aufgenommen hatte. Nach Überprüfung ihrer Angaben, und obwohl es nun schon einige Zeit zurücklag, hatte er vieles davon durch weitere Befragungen bestätigen können. Ihre Nachbarn erinnerten sich, dass Fatima damals ›ganz aufgelöst‹ gewesen war, wie sie es ausdrückten, weil sie die ›kleine Leila‹ nirgends finden konnte. Einige hatten sich sogar an der Suche beteiligt. Im Spital existierte überraschenderweise eine Notiz, dass sie um Auskunft über Leila gebeten hatte; und Ali Khedris Nachbarn bestätigten, dass Fatima tatsächlich bei ihm gewesen war, und berichteten entzückt von dem Wortwechsel, den es gegeben hatte, bevor er ihr die Tür vor der Nase zugeschlagen hatte.

Auch die örtliche Polizei konnte helfen. Zwar war Leilas Verschwinden nie offiziell gemeldet worden – was in einem armen Viertel wie diesem auch nicht zu erwarten war –, aber einer der Beamten erinnerte sich, nach Leila gefragt worden zu sein. Ob man vielleicht eine Leiche gefunden habe? Mehrere, aber keine davon war die von Leila. Als dann, Wochen später, eine unter der *Braut des Nil* vergrabene Frauenleiche entdeckt worden war, hatte er sich gefragt, ob das das vermisste Mädchen sein könne und diese Möglichkeit einem Freund gegenüber erwähnt, einem Totengräber, der es seinerseits seinem Bruder, der in der Leichenhalle arbeitete, erzählte. So war es möglich geworden, dass jeder lange vor der offiziellen Identifizierung alles darüber wusste. Was, so sagte sich Mahmoud, im Großen und Ganzen der übliche Verlauf der Dinge war.

Er hatte versucht, Leilas Wege zurückzuverfolgen, bisher allerdings ohne durchschlagenden Erfolg. Doch als sie jetzt gemeinsam beratschlagten, kam einer seiner Männer und meldete, dass er eine Frau gefunden habe, die sich angeblich erinnerte, Leila am Abend ihres Verschwindens begegnet zu sein.

»Es ist in mir haften geblieben«, erklärte sie, »weil es so ungewöhnlich war. Und weil sie danach nicht mehr aufgetaucht ist, ging es mir einfach nicht mehr aus dem Kopf.«

»Was haben Sie gesehen?«

»Na ja, sie redetete mit jemandem. Mit einem Mann. Wo sie doch sonst kaum je mit anderen redete, schon gar nicht mit Männern! Da blieb mir die Spucke weg!«

»Haben Sie gesehen, wer das war?«

»Na ja, es wurde schon dunkel, und ich habe sie nur kurz gesehen, als sie gerade um die Ecke bogen. Da dachte ich mir: ›Das kann doch nicht Leila sein!‹ Aber ich bin mir ziemlich sicher, dass sie es war, wissen Sie, sie ist ja so ein zierliches kleines Ding und sie hatte Mühe mit dem Gehen nach dieser ...«

Sie vermochte nicht sehr viel mehr hinzuzufügen.

»Warum haben Sie niemandem davon erzählt?«, fragte Mahmoud streng.

»Aber ich habe doch davon erzählt!«, rechtfertigte sich die Frau. »Meinem Mann. Doch er hat nur gesagt: ›Halte dich da gefälligst raus!‹ Was ist mir da anderes übrig geblieben?«

»Ich nehme mir den Mann nachher vor«, kündigte Mahmoud hoch erfreut an, als er und Owen den Markt verließen. »Aber ich denke, wir werden sehen, dass sie die Wahrheit gesagt hat.«

Owen nickte.

»Das taucht den Fall in ein neues Licht. Bisher dachte ich, alles würde für … Sie wissen schon, die übliche Art von Überfall sprechen. Aber jetzt …«

»Sieht ganz so aus, als hätte sie ihn gekannt«, sagte Owen.

»Genau!« Mahmoud sah auf die Uhr. »Und wenn das so ist, wird mein nächstes Gespräch umso interessanter sein.«

»O ja«, sagte der Junge, »ich war ziemlich oft dort unten.«

»Hattest du nicht versprochen, du würdest sie nicht mehr treffen?«, hielt ihm Mahmoud in anklagendem Ton vor.

»Das habe ich auch nicht. Es war wegen meines Berufs.«

»Du arbeitest dort?«

»Manchmal. Ich bin Inspektor beim Wasseramt. Wir haben ein paar Leitungen, die dort verlegt wurden. Ich wollte sie auf Undichtigkeiten hin überprüfen. Das tue ich übrigens immer noch.«

»Im Gamaliya?«

»So weit sind wir noch nicht. Im Rosetti-Viertel.«

»Und das hat dazu geführt, dass du sie überhaupt wieder gesehen hast?«

»Ja. Und dass ich sie weiterhin treffen konnte. Ich arbeite selbstständig und genieße viele Freiheiten. Verlorene Zeit arbeite ich immer nach«, fügte er nervös hinzu, »aber tagsüber kann ich mir dafür ein paar Stunden freinehmen, wenn mir danach ist.«

»Auf diese Weise konntest du sie also treffen?«

»Ja.«

»Mehr oder weniger wann du wolltest?«

»Meistens zu Mittag. Wenn sie ihrem Vater das Essen brachte. Oder wenn sie auf dem Rückweg war. Aber nicht zu anderen Zeiten. Sie war sehr sittsam.«

»Hast du sie auch am Abend getroffen?«

»Nein.«

»Oder am Spätnachmittag? Sagen wir, wenn es schon dunkel wurde?«

»Das glaube ich nicht.«

»Aber du warst in der Gegend?«

»Nein, bei Dunkelheit eigentlich nicht. Ich muss doch sehen können. Wir suchen nach undichten Leitungen. Es ist ziemlich viel Wasser verloren gegangen.«

»Ich möchte dich zu einem bestimmten Tag befragen: dem 27. Juni.«

Suleiman nahm ein Notizbuch heraus.

»O ja«, sagte er, »da war ich drüben.«

»Am Abend?«

»Da drin steht nur, dass ich an diesem Tag einen Auftrag dort hatte. Das überrascht mich jetzt selbst.«

»Hast du Leila getroffen?«

»Nein. Da hatte sie mir schon gesagt, dass ... na ja, dass wir uns nicht mehr treffen dürften. Jetzt merke ich es erst ...« – er beugte sich noch einmal über das Notizbuch – »es muss ungefähr in dieser Zeit gewesen sein, dass ...«

»Ja.«

Er steckte das Notizbuch weg.

»Ich wusste nicht, dass sie ihr so was antun würden.

Es ist geschehen, nachdem wir ... voneinander Abschied genommen hatten. Davon habe ich aber erst später erfahren.«

»Wie hast du es herausgefunden?«

»Ich habe jemanden gefragt. Als ich sie länger nicht mehr gesehen hatte, dachte ich, dass sie vielleicht schon verheiratet wäre.«

»Hast du nicht gesagt, ihr hättet euch nicht mehr getroffen?«

»Ich hätte sie ja nicht angesprochen. Ich wollte sie einfach nur sehen. Und als ich sie überhaupt nicht mehr sah, da ... fing ich an zu verzweifeln. Es gab eine alte Frau, die Frau eines Wasserträgers, von der ich wusste, dass Leila sie gern hatte, und da habe ich die eben gefragt.«

»Was hast du sie gefragt?«

»Wo Leila war. Weil ich sie so lange nicht mehr gesehen hatte. Und da erzählte sie es mir. Sie sagte, dass es bei Frauen normalerweise nur gemacht wird, wenn sie jünger sind ... dass Leila eigentlich viel zu alt dafür gewesen war und dass es ... schiefgegangen war. Das kann ich einfach nicht verstehen, dass sie so was tun!«

»Hat sie dir gesagt, wo Leila war?«

»Wieder bei ihrem Vater. Ich wollte hingehen und sie sehen. Ich wollte hingehen und ihn sprechen, ihm erklären ... Aber sie sagte mir, dass ich das nicht tun dürfe; damit würde ich es für Leila nur noch schlimmer machen; jetzt sei es sowieso vorbei und es gebe nichts, was ich noch tun könne. Ich dürfe sie nicht sehen, hat sie gesagt. Also habe ich es ... na ja, bleiben lassen. Aber ich hasste diesen Mann deswegen. Für alles, was er Leila angetan hat, dafür, dass er sie an

Omar Fayoum verheiratet hat und dann … dann auch noch das!«

Sein Gesicht verriet, wie aufgewühlt er war.

»Diese alten Leute«, ächzte er, »diese schrecklichen Dinge, die sie tun. Sie sind das, was Ägyptens Verderben ist. Sie töten Ägypten. So wie sie Leila getötet haben.«

»Sie getötet haben?«

»Es wäre nicht passiert, wenn sie nicht darauf bestanden hätten. Sie war dafür zu alt. Und es war von vornherein verkehrt. Ich habe mit Labiba Latifa gesprochen, und sie sagt, dass es sogar bei jungen Mädchen schlecht ist. Es ist überholt. Diese alten Leute sind überholt, überholt!«

»Du hasst sie alle«, stellte Mahmoud fest. »Hast du auch sie gehasst?«

Suleiman starrte ihn entgeistert an.

»Wen?«

»Leila.«

»Wie können Sie auf so was kommen?«, schrie Suleiman. »Leila verkörperte alles, was gut ist. Es sind diese alten Leute, die ich hasse, ihren Vater …!«

»Sie hat sich dem Wunsch ihres Vaters gefügt. Sie konnte nicht mit dir weggehen. Sie hat dich fortgeschickt. Hast du sie deswegen nicht gehasst?«

»Nein, nein. Nie! Ich hätte Leila nie hassen können! Sie …«

Er verbarg den Kopf in den Armen und brach in Tränen aus.

Mahmoud beobachtete ihn regungslos.

Plötzlich richtete sich der Junge auf. »Warum fragen Sie mich das alles? Warum fragen Sie mich gerade das?«

»Weil es nicht die alten Leute waren, die Leila umgebracht haben. Das war jemand anderes.«

»Was meinen Sie damit?«, flüsterte Suleiman. »Jemand anderes war das?«

»Sie ist nicht an den Folgen der Beschneidung gestorben. Sie ist gestorben, weil jemand ihr eine Schlinge um den Hals gelegt hat.«

»Nein«, flüsterte Suleiman. »Nein!«

Alles Blut wich aus seinem Gesicht.

»Sie haben sie erdrosselt und im Kanal verscharrt.«

»Nein!«

»Am Abend des 27. Juni!«

»Nein«, stöhnte Suleiman. »Nein!«

7

»Wie bitte?«, rief Labiba Latifa.

»Das Mädchen ist erdrosselt worden«, sagte Owen.

»Und Suleiman wird verdächtigt?«

»So weit würde ich nicht gehen und das behaupten. Mahmoud wird Tag, Zeitpunkt, Ort und Motiv untersuchen und eine Reihe von Leuten daraufhin überprüfen. Suleiman ist einer davon.«

»Warum?«

»Hauptsächlich wegen des Motivs.«

»Aber in Suleimans Fall dient das doch sicher der Entlastung. Welches Motiv könnte er denn schon haben, das Mädchen, das er liebt, umzubringen?«

»Die Liebe ist vielschichtig. Er könnte eifersüchtig gewesen sein.«

»Auf Omar Fayoum?«

»Ja. Oder wütend.«

»Er war gewiss wütend. Aber nicht auf Leila. Sondern, wie ich das sehe, auf alle anderen: ihren Vater, Omar Fayoum, die Frauen, die dafür gesorgt haben, dass sie beschnitten wurde. Auf alle Alten. Suleiman ist kein dummer Junge, Captain Owen. Er hat gesehen, dass Leila nichts dafür konnte, dass all das Teil eines Systems ist, dem Frauen in diesem Land unterworfen werden. Er war auf dieses System wütend, Captain Owen, nicht auf Leila.«

»Zweifellos, aber Mahmoud muss nun mal alle Möglichkeiten überprüfen.«

»Kann ich vielleicht helfen? Sie haben was von einem Tag gesagt? Welchen bestimmten Tag hatte Mahmoud im Sinn?«

»Den 27. Juni.«

»Lassen Sie mich in meinem Notizbuch nachsehen. Uhrzeit?«

»Das kann ich nicht ganz genau sagen. Gegen sechs Uhr.«

»Dann kann ich Ihnen helfen. Da war er nämlich bei mir.«

»Das wird Mahmoud mit Sicherheit sehr interessieren.«

»Ich kann deswegen so präzise sein«, sagte Labiba, die nie etwas anderes als präzise war, »weil ich mich gut an den Anlass erinnere. Es war kurz nachdem Suleiman mich zum ersten Mal aufgesucht hatte. Ich wollte ihm begreiflich machen, dass dieses Thema nicht ihn allein betrifft, sondern viel umfassender ist. Darum habe ich ihn zu einer Sitzung der Versammlung mitgenommen.«

»Der Nationalversammlung?«

»Ja. Ich wollte ihm Hussein Maktar und noch ein paar andere Leute vorstellen. Mohammed Jubbara, Ali Hamad el Sid, Al-Faqih Mas'udi. Kennen Sie sie vielleicht?«

Und ob. Es waren allesamt Kongressmitglieder. Und allesamt Nationalisten.

»Ich dachte, dass ihr Wort etwas bewirken könnte.«

»Das würde auch schon Ihres allein, dessen bin ich mir sicher«, erklärte Owen höflich.

Labiba stieß ein trockenes Lachen aus. »Wenn ich Mahmoud richtig kenne, wird keins unserer Worte genügen. Er wird alles überprüfen wollen.«

»Wie gesagt, er untersucht lediglich die Möglichkeiten.«

»Aber warum muss er diesen armen Jungen überprüfen? Der ist auch so schon geschlagen genug.«

»Er hat sehr viel Zeit im Viertel verbracht, Madame Latifa. »Er ist ›dort herumgeschlichen‹, wie die Bewohner es ausgedrückt haben.«

»Haben Sie sich schon mal vor Liebeskummer verzehrt. Captain Owen?«

»Nicht in diesem Ausmaß.«

»Ah, aber Sie sind Engländer, Captain Owen. Sie mögen es nicht, Ihre Gefühle so offen zu zeigen wie wir Ägypter. Aber darf ich hoffen, dass ich Sie im Falle des armen Suleiman überzeugen konnte?«

»Nicht mich müssen Sie überzeugen; die Verantwortung für die Ermittlungen liegt bei Mahmoud.«

»Ach ja, aber nachdem ich schon vorher mit Ihnen über Suleiman gesprochen habe, dachte ich … Hatten Sie schon Gelegenheit, mit ihm über dieses Problem zu reden? Ich mache mir immer noch Sorgen um ihn – jetzt vielleicht sogar noch mehr, seit ich weiß, wie Leila gestorben ist. Ich fürchte, er wird sehr wütend sein. Und ich habe Angst, dass er vielleicht noch etwas Unbedachtes tut.«

»Das war bisher nicht der Fall. Aber ich werde weiterhin versuchen, mit ihm zu reden.«

»Bitte tun Sie das. Er hat bestimmt nicht vor, Schaden anzurichten, aber das könnte womöglich noch geschehen.«

»Ich werde mein Bestes tun. Aber der Fall liegt wirklich in Mahmouds Händen.«

»Natürlich. Ich verstehe.« Sie hielt inne. »Haben Sie in letzter Zeit mit Mahmoud gesprochen?«

»Gestern.«

»Haben Sie mit ihm darüber diskutiert, was ... Sie wissen, dass mir dieses Unrecht der Beschneidung von Frauen sehr am Herzen liegt.«

»Darüber haben wir, offen gesagt, nicht gesprochen.«

Kurzes Schweigen trat ein.

»Verstehen Sie, ich sah in unserem Gespräch eine gewisse Chance, dass er unser Anliegen bei seiner Arbeit berücksichtigen würde.«

»Es läge ihm sicher fern, Ihr Anliegen nicht zu berücksichtigen.«

»Es ist nur so, dass jetzt, da ein Mordfall daraus geworden ist ...«

»Ich fürchte, dass Mahmoud in dieser Angelegenheit selbst entscheiden muss.«

»Natürlich. Natürlich. Und Sie, Captain Owen, spielt es für Sie eine Rolle?«

»In einem weiter gefassten Sinne gewiss.«

Paul hatte eine neuerliche Besprechung anberaumt. Diesmal im Konsulat. Owen hatte angenommen, dabei würde wieder die Diskussion über den Streit zwischen den Totengräbern aufgewärmt, doch als er ankam, traf er zu seiner Überraschung Macrae und Ferguson an. Paul wirkte sehr ernst.

»Seine Exzellenz hat mich dringend gebeten, diese Versammlung einzuberufen«, erklärte er. »Es geht um eine massive Beschwerde des Khedive. Wir sind hier, um die Hintergründe zu erforschen und dann eine offizielle Antwort zu formulieren.«

Es waren zwei Regierungsvertreter anwesend, zwar nur Staatssekretäre, aber immerhin im Ministerrang. Einer gehörte dem Ministerium für Bewässerung an;

Owen hatte ihn schon kennen gelernt. Den anderen sah er zum ersten Mal. Er schien irgendwie mit der Staatskanzlei des Khedive zu tun zu haben.

»Wie mir zu verstehen gegeben wurde«, begann Paul, »wünscht der Khedive, dass der Generalkonsul diesen Sachverhalt dem britischen Außenminister persönlich erläutert. Ist das richtig?«

»Das ist richtig, ja«, bestätigte der Mann von der Staatskanzlei des Khedive.

»Hoffentlich muss es nicht so weit kommen. Wenn dieses Treffen dazu dienen könnte, dem Khedive volle Genugtuung zu verschaffen ...?«

»Das wäre wünschenswert«, sagte der Minister, »aber womöglich nicht ausreichend. Angesichts der internationalen Bedeutung.«

»Internationale Bedeutung?«, fragte Paul. »Aber ...«

»Wir betrachten es als unvereinbar mit den im Kapitulationsvertrag festgelegten Verpflichtungen. Ganz zu schweigen davon, dass dies eine schwere Beleidigung Seiner Königlichen Hoheit bedeuten würde.«

»Ich kann Ihnen gar nicht sagen, wie sehr wir alle im Generalkonsulat das bedauern«, seufzte Paul, »noch wie tief es uns entsetzt und bekümmert, dass sich ein solcher Vorfall ereignen konnte.«

»Raub und Plünderei!«, rief der Minister.

»Genau!«, erwiderte Paul.

»Von persönlichem Hab und Gut des Khedive!«

»Unglaublich.« Paul schüttelte betrübt den Kopf. »Mamur Zapt?«

Himmel!, dachte Owen, der verzweifelt in seinem Gedächtnis wühlte.

»Sie waren vor Ort, wie ich gehört habe?«

»Nun ...«

»Nicht genau genommen dort«, sprang ihm Ferguson bei. »In der Nähe.«

»Ich hatte gehofft, Sie wären in der Lage, uns zu erklären, was geschehen ist.«

»Nun …«

»Das Reglertor war geborsten«, sagte Macrae. »Wir mussten schnell handeln.«

»Selbstverständlich«, sagte der Mann von der Staatskanzlei des Khedive.

»Wir mussten das Loch füllen. Darum habe ich meine Männer losgeschickt …«

Endlich begann Owen etwas zu dämmern.

»Ich kann gar nicht sagen, wie leid es mir tut …«, begann Macrae.

»Aber der Privatpalast des Khedive! Die persönlichen Möbel des Khedive!«

»Ein schrecklicher Fehler«, sagte Paul.

»Der Beauftragte war doch noch ein Junge!«, beteuerte Macrae.

»Ganz neu hier draußen!«, ergänzte Ferguson.

»Noch feucht hinter den Ohren!«, meinte Macrae.

»Lassen Sie ihn köpfen!«, forderte der Minister.

»Nun …«

Paul erholte sich als erster. »Gewiss!«, bellte er.

Ferguson und Macrae rissen Mund und Augen auf.

»Auf der Stelle!«, rief der Mann des Khedive.

Paul rieb sich das Kinn. »Vorher müsste ich mit dem Außenminister sprechen. Dem britischen.«

»Nichts von Ihrem unverständlichen liberalen Unsinn!«, warnte der Minister.

»Nichts läge mir ferner«, erklärte Paul.

Macrae fand seine Stimme wieder. »Aber, Mann, sie können doch nicht …«

»Köpfen ginge vielleicht zu schnell«, sinnierte der Minister. »Was halten Sie von Erdrosseln?«

»Genau daran hatte ich auch gerade gedacht!«, rief Paul.

»Mensch, Mann«, ächzte Ferguson. »Sie ...«

»Aber zu human«, gab Paul zu bedenken.

»Da haben Sie Recht«, brummte der Minister.

»Auch das wäre zu schnell vorüber.«

»Folter?«, schlug der Minister vor.

»Sie muss lange währen«, murmelte Paul tief in Gedanken versunken. Plötzlich hellte sich seine Miene auf. »Ich hab's! Das Glashaus!«

»Glashaus?«, fragte der Minister interessiert. »Nun, das klingt gewiss vielversprechend. Er wird darin versengt?«

»Es ist eine alte Bestrafungsmethode bei der Armee.«

»Ach ja, die müssen es wissen. Wenn man unsere Erfahrungen mit ihren Soldaten bedenkt ...«

»Experten«, sagte Paul. »Aber hören Sie, da könnte es ein Problem geben. Wenn der Außenminister eingeschaltet wird, verweigert er womöglich seine Zustimmung.«

»Zu liberal, meinen Sie?«

»Genau.«

»Wenn ich es bedenke«, meinte der Minister, »wäre es vielleicht doch besser, die Sache vor Ort zu regeln.«

»Glauben Sie, das würde den Khedive befriedigen?«.

»O ja!«, versicherte ihm der Minister. »Ich denke, er wäre durchaus zufrieden. Glashaus ...? Lange währen ...? O ja, er wäre hoch zufrieden.«

Macrae blieb noch, als der Minister gegangen war. »Mann, hören Sie«, beschwor er Paul. »Ich weiß ja, dass

Sie es gut meinen, aber ich traue diesen Dreckskerlen von der Armee nicht über den Weg ...«

»Armee?«, rief Paul. »Wer spricht von der Armee? Ich dachte mir vielmehr, dass er der Gattin des Generalkonsuls in deren Gewächshaus helfen könnte.«

Owen hörte das Trappeln bloßer Füße auf dem Korridor. Einen Moment später erschien ein Polizist mit Babikr im Schlepptau in der Tür. Er stieß ihn in Owens Büro, um sodann vor der Tür Stellung zu beziehen.

»Ich bleibe hier stehen, mein kleiner Täuberich«, sagte er zu Babikr. »Und wenn es Ärger gibt, komme ich rein und prügle dich windelweich.«

Doch es war klar, dass es keinen Ärger geben würde. Babikr stand verloren und völlig eingeschüchtert vor Owen.

Owen erkundigte sich, wie es ihm ginge.

»Ganz gut«, antwortete er mechanisch.

In der Tat hatten es die Insassen wahrscheinlich nicht allzu schlecht. Sie bekamen regelmäßig Essen, waren von der täglichen Knochenarbeit eines Fellachen befreit und konnten den ganzen Tag lang mit Mitgefangenen plaudern.

Einen guten Plausch führte Babikr gern; bislang schwieg er sich jedoch über seinen Versuch, das Reglertor für den Manufiya-Kanal zu sprengen, beharrlich aus. Owen wusste das, weil er einen Spion zu ihm in die Zelle gesperrt hatte.

So war ihm etwas anderes eingefallen.

»Ihren Freunden am Wehr geht es gut«, sagte er. Babikr nahm es mit einem Nicken zur Kenntnis. »Aber Sie übersenden Ihnen keine Grüße. Sie wollen Sie nicht besuchen kommen. Warum ist das so, Babikr?«

In Wahrheit hatten seine Kollegen ihn sehr wohl besuchen wollen, doch Owen hatte das verhindert.

Babikr zuckte leicht zusammen. »Das weiß ich nicht.«

»Das liegt daran, dass keiner Sie versteht. Sie verstehen nicht, warum Sie so etwas tun konnten. Waren Sie denn nicht einer von ihnen? Haben Sie nicht zusammengearbeitet? Standen Sie nicht Seite an Seite, wenn die Sonne herunterbrannte und die Arbeit hart war? Sie dachten, sie könnten sich auf Sie verlassen, Babikr. Sie dachten, sie würden Sie kennen.«

Owen wartete. Babikr scharrte betreten mit den Füßen.

»Aber sie kannten Sie nicht, Babikr. Wie denn auch, wenn Sie die ganze Zeit über solche Dinge auszubrüteten? ›Kann das der Babikr sein, den wir zu kennen glaubten?‹, fragen sie. Und sie sind verwirrt. Sie können einfach nicht begreifen, wie das geschehen konnte. Sie sagen, wenn wir nur gewusst hätten, warum er das getan hat, könnten wir ihn vielleicht verstehen.«

Babikr stand mit gesenktem Kopf da; er wirkte wie ein Häufchen Elend.

»Warum haben Sie das getan, Babikr?«

Er wartete, doch Babikr gab keine Antwort.

»Ihre Tat ist etwas Schlimmes. Dafür müssen Sie bezahlen. Aber Sie müssen einen Grund dafür gehabt haben, und wenn Ihre Freunde ihn wüssten, wären ihre Herzen nicht mehr so verwundet. Sie hatten doch Freunde unter ihnen, Babikr. Können Sie nicht mit ihnen sprechen?«

»Nein, das kann ich nicht«, antwortete Babikr leise.

»Sie haben sie beschämt. Jetzt müssen sie mit dieser Scham leben. Wenn ihre Kameraden wüssten, warum

Sie es getan haben, würde ihnen das vielleicht helfen. Können Sie ihnen nicht helfen, Babikr?«

Owen spürte, dass seine Worte dem Mann unter die Haut gingen, doch er war immer noch nicht zum Sprechen bereit.

»Sie sagen, vielleicht waren wir diejenigen, denen er schaden wollte. Vielleicht haben wir etwas falsch gemacht.«

»Nein, nein!«, rief Babikr. »Nein!«

»Oder vielleicht Macrae Effendi. Oder Ferguson Effendi.«

»Nein.«

»Warum dann, Babikr? Niemand tut so etwas ohne Grund. Können Sie ihnen den Grund sagen? Sie haben einen Abgrund in ihren Herzen hinterlassen, Babikr. Können Sie die Schmerzen nicht wenigstens lindern?«

»Ich kann nicht«, stöhnte der Mann gequält.

»Warum nicht? Babikr, ich weigere mich zu glauben, dass Sie für die Gefühle Ihrer Freunde unempfänglich sind.«

»Effendi, das bin ich nicht. Glauben Sie mir, das bin ich nicht!«

»Gut, Babikr, das werde ich ihnen so sagen. Wenigstens das werden sie gern hören.«

»Danke, Effendi«, murmelte der Mann todtraurig.

»Aber können Sie mir nicht mehr verraten?«

»Glauben Sie mir, Effendi, das kann ich nicht. Ich würde gern, aber …«

»Was ist es, das Sie daran hindert?«

Babikr schüttelte verzweifelt den Kopf.

»Liegt es daran, dass Sie nicht allein waren? Dass Sie auf andere Rücksicht nehmen? Dass …« – fiel es Owen mit einem Geistesblitz ein – »Sie ihnen verpflichtet sind?«

»Ich habe einen Eid geleistet«, flüsterte der Mann mit kaum hörbarer Stimme.

Owen überlegte einen Moment lang. An dieser Stelle konnte das Gespräch leicht kippen.

»Dann kann ich Sie verstehen«, sagte er schließlich sanft. »Darf ich das Ihren Freunden ausrichten, Babikr? Dass Sie einen Eid geleistet haben?«

»Das dürfen Sie, Effendi. Ich wäre Ihnen sehr dankbar.«

»Gut, das mache ich. Aber, Babikr, manche Eide sind gut, manche schlecht. Sie werden die Gewissheit haben wollen, dass es ein guter Eid war. Was soll ich ihnen sagen?«

»Sagen Sie, dass ich daran gebunden bin.«

»Ah, war es eine Schuld, die Sie abstatten mussten?«

»Ja, Effendi.«

»An einen Mann, oder an mehrere?«

Babikr sah ihm fest in die Augen und schüttelte den Kopf.

Owen begriff, dass er fürs erste nicht weiterkommen würde.

Owen saß noch an seinem Schreibtisch und dachte über das Verhör nach, als Yussef, sein Bursche, ankündigte, dass ihn jemand zu sprechen wünschte. Damit war Owen bereits klar, dass es sich um einen gewöhnlichen Araber handeln musste. Die meisten anderen, genauer gesagt, diejenigen, die keine Araber waren oder sich nicht als gewöhnlich betrachteten, bezeichneten sich als Effendi. Und Effendis, die um einen Termin bei Owen baten, gingen normalerweise schnurstracks zu Nikos, dem offiziellen Sekretär des Mamur Zapt. Ein gewöhnlicher Araber ließ sich von der gewaltigen Fassade der Bab-el-Khalk einschüchtern und wartete so lange draußen auf der Treppe, bis er endlich genügend Mut zusammengekratzt hatte, um einen Boten anzusprechen, der ihn dann in herrschaftlicher Manier vor dem Dienstbotenzimmer warten hieß, bis diese Respektpersonen zu entscheiden geruhten, was mit ihm geschehen sollte.

Der Besucher bestätigte Owens Vermutung, als Yussuf ihn hereinführte. Fast. Er war nicht der Niederste der Niederen, denn er trug aus gutem Stoff geschneiderte Kleider. So war das um seinen Tarbusch geschlungene weiße Turbantuch aus reinem Kaschmir. Allerdings trug er eben diesen Turban und nicht den topfähnlichen Tarbusch allein, der ihn als Effendi ausgewiesen hätte; außerdem hatte er keinen Anzug an, sondern eine *Galebeah*.

Owen erhob sich, um ihn zu begrüßen, und führte ihn zu den zwei Bambusstühlen vor dem Fenster, wo man wenigstens eine Chance hatte, so etwas wie einen Luftzug zu bekommen. Die Fensterläden waren wegen der Sonne geschlossen, doch durch die Ritzen strich gelegentlich ein Hauch herein, der nicht ganz so schwül war.

Yussef hielt sich noch in der Tür auf. Owen wusste, warum. Sein Diener überlegte, ob der Besucher einen Kaffee verdiente. Offenbar kam er zu dem Entschluss, dass das der Fall war, denn wenig später hörte Owen erneut das Trappeln bloßer Füße und roch den Kaffee. Das allein hatte schon einiges zu besagen, denn Yussef hatte in solchen Dingen normalerweise ein feines Gespür. Dennoch hatte dieser Mann etwas leicht Befremdliches an sich, mit dem Owen nicht vertraut war.

Er stellte sich als Al-Sayyid Hannam vor und erklärte, er sei wegen seines Sohnes gekommen.

»Sie sind Suleimans Vater?«

»Ja.« Er seufzte. »Und manchmal frage ich mich, was ich nur verbrochen habe.«

»Das tun alle Väter.«

»Alle Väter setzen ihre Hoffnungen in ihre Söhne; und wenn sie dann enttäuscht sind, fragen sie sich, warum.«

»Manchmal liegt es nur an ihrer Jugendlichkeit.«

»Das habe ich mir auch gesagt. Bis diese törichte Geschichte mit dem Mädchen dazwischenkam.«

»Sie wussten Bescheid?«

Der Mann nickte. »Seit er in die Stadt gezogen ist, lebt Suleiman bei der Familie eines Geschäftsfreundes von mir. Als der erfuhr, was los war, machte er sich große Sorgen und redete mit mir. Ich habe ihm gesagt: ›Lass es einfach geschehen. Er ist noch jung. Das geht von selbst vorbei.‹« Aber da wusste ich noch nicht, wer oder was sie war.«

»Die Tochter eines Wasserträgers?«

»Das an sich wäre schon schlimm genug. Ich hatte doch viel mehr für ihn erwartet. Als ich ihn in die Stadt schickte, hatte ich gehofft, er würde es besser treffen als sein Vater.« Er hob den Blick zu Owen. »Nicht dass ich mich beschwere. Gott hat es gut mit mir gemeint, und ich bin wohlhabend geworden. Aber ich arbeite auf dem Land. Meine Familie arbeitet seit jeher auf dem Land. Nun, das ist gut so, aber die Arbeit ist schwer, und als Vater wünscht man sich nun mal was Besseres für seinen Sohn. Ich habe Freunde und die besorgten ihm eine Stelle beim Wasseramt. Das ist eine gute Stellung, habe ich ihm gesagt; Wasser ist etwas für die Zukunft und hat gleichzeitig eine lange Vergangenheit. Du wirst mit der Zukunft aufsteigen.«

»Das ist er schon«, erwiderte Owen, »wenn das, was er mir erzählt hat, zutrifft.«

»Ich sage ja nichts über seine Leistungen in der Arbeit. Mich beunruhigt nur das, was er tut, wenn er nicht arbeitet.«

Owen war es gewohnt, dass die Leute ihm ihre Familienprobleme anvertrauten. Yussef tat das; sein Friseur tat das; Nuri Pasha tat das; alle Ägypter taten das. Die Familie war das Hauptthema jedes Gesprächs, so wie in England das Wetter. Allerdings fragte er sich, ob Suleimans Vater wusste, welche Ausmaße diese Angelegenheit angenommen hatte.

»Sie haben sicher gehört«, sagte er, »was dem Mädchen geschehen ist …«

»Ich habe gehört, dass sie tot ist. Nun, das ist schlimm, und auch wenn ihr Vater mir das nicht zutrauen mag, trauere ich mit ihm um sie. Ich trauere auch mit meinem Sohn, weil ich mir nicht vorstellen kann, dass seine Liebe zu ihr nicht ehrenhaft war. Töricht vielleicht, aber nicht unehrenhaft. Trotzdem mischt sich unter all mein Mitgefühl auch eine gewisse Erleichterung.«

»Sie haben gehört, woran sie gestorben ist?«

Der Mann nickte.

»Ich habe zwei Dinge vernommen. Das erste ist schrecklich, aber wenn Gott es so will, muss es eben sein. Ich bin wegen des zweiten zu Ihnen gekommen.«

»Was haben Sie gehört?«

»Dass das Mädchen erwürgt wurde. Und dass mein Sohn unter Verdacht steht.«

»So weit würde ich nicht gehen. Das *Parquet* verdächtigt jeden, solange seine Unschuld nicht erwiesen ist. So verhält es sich auch mit Ihrem Sohn. Er wird nicht mehr oder weniger verdächtigt als andere.«

»Aber immerhin wird er verdächtigt! Nun, mein Freund hatte Recht. Es war höchste Zeit für mein Kommen.«

»Es gibt mächtige Leute, die sich für ihn einsetzen.«

Der alte Mann lächelte. »Aber nicht so mächtig wie der Mamur Zapt.«

Er war gekommen, um sich auf die seit Menschengedenken geachtete Weise für seinen Sohn zu verwenden. Und auf die seit Menschengedenken geachtete Weise war er zum Mamur Zapt gegangen, nicht um Gerechtigkeit zu erlangen, denn die war seit Menschengedenken das Vorrecht des Kadi, sondern um Gnade zu erlangen, weil sie das Vorrecht der Macht war, und der Mamur Zapt war seit Jahrhunderten die rechte Hand des Khedive und gleich nach ihm der mächtigste Mann in der Stadt. Natürlich hatten sich die Dinge geändert – doch auf dem Land hatte man das nicht mitbekommen.

»Die Zeit ist noch nicht reif für ein Eingreifen«, erklärte Owen. »Vielleicht wird das auch überhaupt nicht nötig sein. Dennoch muss das Gesetz seine Fragen stellen.«

»Das Fragen«, sagte Suleimans Vater, »birgt Gefahr in sich.«

»Der Mann, der fragt«, entgegnete Owen, »ist ein Mann von Ehre. Aber vielleicht wäre es gut, einen anderen Mann auf der Seite des Gesetzes zu finden, der auf Ihren Sohn aufpasst und ihm mit seinem Ratschlag zur Seite steht.«

»Das habe ich schon getan. Darum geht es mir auch gar nicht. Sondern vielmehr darum ...« – Al Sayyid

Hannam zögerte –, »dass die Fragen zu tief dringen könnten.«

»Warum sollten sie zu tief dringen?«

»Weil diese Dinge ihre Wurzeln haben. Das Blut zwischen mir und dem Vater des Mädchens ist vergiftet.«

»Und wie könnte sich das auf ihren Sohn auswirken?«

»Es hat sich schon auf ihn ausgewirkt. Es ist der Grund, warum der Vater des Mädchens ihn zurückgewiesen hat. Wäre das Blut nicht vergiftetet gewesen, wäre von diesen Dingen vielleicht gar nichts geschehen. Das ist der Grund, warum ich mich frage, was ich nur verbrochen habe.«

»Sie sollten sich keine Vorwürfe machen. Solche Dinge kann man nicht bis zu ihrer letzten Ursache zurückverfolgen. Sie ruhen alle in der Vergangenheit.«

»Wenn sie das nur täten!«, stöhnte der Mann. »Wenn sie das nur täten! Ich habe es nie gewollt – aber manchmal holen uns diese Dinge eben ein.«

»Wie ist es zu diesem vergifteten Blut zwischen Ihnen gekommen?«

»Wir stammen beide aus demselben Dorf. Unsere Äcker grenzten aneinander. Einmal kam es zu einem Streit über Wasser. Ich dachte, ich hätte Recht, er meinte, er hätte Recht. So sind wir zum Kadi gegangen, und der hat zu meinen Gunsten entschieden.« Der alte Mann zuckte die Schultern. »Es wurden bittere Worte gewechselt. Ich war jung und heißblütig und habe das Gesetz bis auf den Buchstaben durchgesetzt. Das hatte zur Folge, dass er kein Wasser bekam. Er musste das Dorf verlassen. Für mich war das der Anfang. Danach gediehen meine Geschäfte, so dass ich jetzt mehr Land besitze als der ganze Rest des Dorfs je hatte. Für ihn dagegen, so scheint es, war es das Ende …«

»Gott hat es so entschieden.«

»Aber manchmal verfolgt Er solche Dinge bis zu ihrem letzten Ende und lässt nicht bei uns Seine Gerechtigkeit walten, sondern bei unseren Kindern. Davor habe ich Angst.«

»Wer kann schon Gottes Absichten durchschauen?«, seufzte Owen.

Die Debatte lief nicht gut für die Regierung, zu seiner eigenen Überraschung geriet der Minister unter Beschuss. Auch wenn ihm die Versammlung die zusätzlichen Mittel letztlich bewilligen würde – die Regierung verfügte über eine überwältigende Mehrheit –, so erwies sich die Lage doch als unerwartet verzwickt.

»Das ist eine Aufgabe von nationaler Bedeutung«, hielt er den Abgeordneten empört vor.

Ein Mann erhob sich von den Oppositionsbänken. »Das bezweifelt niemand«, erklärte er. »Was wir anfechten, sind die Kosten Ihres Antrags.«

Da es höchst ungewöhnlich war, dass die Opposition die Kosten eines Projekts beschränken wollte – normalerweise forderten sie deren Erhöhung –, verlor der Minister den Faden. Er murmelte irgendetwas von technischen Gründen.

»Aber genau das ist ja das Problem!«, donnerte sein Gegenüber. »Man erwartet von uns, dass wir diese technischen Argumente unbesehen glauben. Ist überhaupt ein unabhängiges Gutachten eingeholt worden?«

»Angebote werden in der üblichen Weise ausgeschrieben«, sagte der Minister.

»Und wer hat die Aufgabenbeschreibung erstellt?«

»Die Berater der Behörde …«

»Briten! Und der Auftrag wird an die Briten vergeben. Ist auch einmal erwogen worden, die Aufgabenbeschreibung von unabhängigen Beratern vornehmen zu lassen?«

»Das würde die Kosten in die Höhe treiben.«

»Es würde die Kosten wohl eher senken. Die Schätzungen der Regierung sind normalerweise überhöht. Warum wendet sich der Minister nicht an eine Behörde außerhalb der Regierung, um Rat einzuholen? Ja, warum nicht sogar außerhalb des Landes? Es handelt sich um einen Großauftrag, und ausländische Firmen könnten interessiert sein.«

»Sie werden Gelegenheit bekommen, sich zu bewerben.«

»Aber zu Bedingungen, die die britischen Berater der Regierung stellen. Dagegen erheben wir Widerspruch.«

Es war die übliche Taktik der Nationalisten. Sie wollten keine Briten im Land; und obwohl sie gewiss auch keine anderen Fremden ins Land holen wollten, war der Internationalismus ein willkommener Prügel, um damit auf die Regierung einzudreschen.

»Dieser Kostenvoranschlag ist doch ohnehin schon viel zu knapp«, flüsterte Macrae empört ins Ohr Owens. »Der Kerl hat von Tuten und Blasen keine Ahnung. Wer ist das überhaupt?«

»Mohammed Jubbara«, raunte Owen. »Er ist ein großes Tier in der Nationalistischen Partei.«

Der Minister brummelte etwas über den Faktor Zeit. »Das ist ein Notfall!«, donnerte er.

Jemand anderes von den Oppositionsbänken erhob sich.

»Hamad el Sid«, flüsterte Owen.

»Hoffentlich denkt die Regierung bei all ihrem Eifer, schnell mit ausländischen Interessenten ins Geschäft zu kommen, auch an die Auswirkungen ihrer grandiosen Maßnahmen auf die Armen.«

»Wir denken immer an die Armen«, beteuerte der Minister.

»Und daran, wie Sie sie noch tiefer ins Elend stürzen können, ich weiß«, konterte Hamad el Sid.

Der Minister gab sich schockiert. Er drehte sich zu seinen hinter ihm sitzenden Kabinettskollegen um. »Mit diesen Maßnahmen, die Hamad el Sid so herabwürdigt, wurde immerhin eine Verdreifachung der Getreideproduktion bewirkt; die Verfünffachung der Baumwollproduktion; die Ver ...«

»Aber um welchen Preis«, fiel ihm Hamad el Sid ins Wort, »im Hinblick auf die Gesundheit der Armen! Ist dem Minister bewusst, dass mittlerweile fünfundachtzig Prozent der männlichen ägyptischen Bevölkerung von Bilharziose und der Hakenwurmkrankheit befallen sind? Wäre er auch bereit, zu beziffern – da er ja so auf Zahlen erpicht ist –, welche Entwicklung die durch Wasser übertragenen Krankheiten in den letzten wenigen Jahren genommen haben? Und sie mit den öffentlichen Projekten, auf die er so stolz ist, in Zusammenhang zu stellen?«

Es war fast so, dachte Owen, als hätte er mit Cairns-Grant gesprochen. Vielleicht war das sogar der Fall. Oder vielleicht hatte Cairns-Grant mit ihm gesprochen.

Macrae rutschte nervös auf seinem Stuhl hin und her. »Aye«, sagte er, »aber ...«

Die Nationalisten setzten nach. Traf es zu, begehrte ein Dritter zu wissen, dass ...

»Al-Faqih Mas'udi«, flüsterte Owen.

»… dass der geplante neue Regler die Opferung eines beträchtlichen Teils der Gärten am Wehr erfordern wird? Gärten, die für die gewöhnlichen Bürger Kairos eine Quelle der Erholung und Freude waren …?«

So ging es endlos weiter. Irgendwann lud Owen Macrae und Ferguson zu einer Tasse Kaffee ein. Im Korridor erkannte er Labiba Latifa. Sie winkte ihm zu.

»Wir halten eine Besprechung ab«, erklärte sie. »Möchten Sie sich dazusetzen?«

»Danke, aber ich nehme selbst an einer teil«, sagte Owen.

Als sie wieder im Parlament Platz nahmen, debattierten die Mitglieder gerade über die Folgen des Assuanstaudamms für den Tempel von Philae.

»Was hat das mit dem Ersatz für das Reglertor am Manufiya-Kanal zu tun?«, fragte der Minister verzweifelt.

Zu guter Letzt war die Sitzung vorbei, und die Mehrheit für die zusätzlichen Mittel trotz der Geburtswehen unter Dach und Fach. Macrae und Ferguson waren in Jubelstimmung.

»Das heißt, dass wir weitermachen können, oder?«

»Gute Güte, nein!«, rief Owen. »Jetzt muss das erst nach London.«

»Aber … aber das dauert Jahre!«

»Aye«, seufzte Owen.

Eine Tür ging auf und Zeinab kam hereingeschneit.

Owen verschlug es die Sprache. Bisher hatte sie noch nie auch nur das geringste Interesse an den Abläufen der parlamentarischen Demokratie gezeigt. Macht war das Eine, und daran war sie sehr wohl interessiert, eine parlamentarische Demokratie, zumal in Ägypten, etwas ganz Anderes. Sie war eine wahre Tochter ihres Vaters. Nuri Pasha war einmal Minister gewesen; ja, er hegte sogar Hoffnungen, wenn auch schwindende, es erneut zu werden. Freilich wusste er, dass das nichts mit etwas derart Unverlässlichem wie einer Abstimmung zu tun hatte. Vielmehr hing es davon ab, dass man sich rechtzeitig die Gunst des Khedive sicherte. Das war – in Zeinabs Augen – das Einzige, wozu Regierungen da waren.

»Was machst du denn hier?«

»Ich bin bei einer Versammlung.«

Das war der nächste Schock. In Ägypten gingen Frauen nicht zu einer Versammlung, schon gar nicht zu einer im Parlament. Selbst dann nicht, wenn sie wie Zeinab von Kopf bis Fuß schwarz gekleidet und mit einem Schleier vermummt waren. Es sei denn …

»Labiba?«, fragte Owen.

Zeinab nickte.

»Beschneidung?«

»Bestimmt nicht! Im Parlament? Die wären ja schockiert!«

»Ich habe gemeint, ob ihr über Beschneidung gesprochen habt. War das das Thema eurer Versammlung?«

»Die Leute wären immer noch schockiert. Nein, Gesundheit. Gesundheit von Frauen. So wird man die Tattergreise los, die sonst gekommen wären, um sich anzuhören, wie lange ihr Herz es noch macht. Zugegebenermaßen kommen dafür andere merkwürdige Männer, aber Labiba weiß mit ihnen umzugehen.«

»Führt sie den Vorsitz?«

»Nein, dieser Schotte. Du weißt schon, der, der die Leute aufschneidet.«

»Cairns-Grant?«

»Wahrscheinlich. Er hat Hände wie ein Arbeiter. Aber die braucht er wohl auch.«

»Wie läuft die Versammlung?«

»Sie geht jetzt langsam dem Ende zu. Ich bin lieber ein bisschen früher gegangen, weil sich der Mann neben mir für meinen Geschmack zu sehr aufgeregt hat.«

»Das kann ich ihm nicht verdenken.« Owen warf einen Blick auf den Flur. Niemand war zu sehen. Er legte einen Arm um sie.

»Doch nicht hier!«, rief Zeinab erschrocken.

Die Tür des Besprechungszimmers ging auf und sie lösten sich schnell voneinander. Mohammed Jubbara, Hamad el Sid und al-Faqih Mas'udi kamen heraus. Owen war sich nicht sicher, ob sie ihn gesehen hatten. Unmittelbar hinter ihnen folgte Suleiman. Seine Augen brannten.

Mas'udi blieb stehen. »Darf ich Ihnen eine *Arabeah* besorgen?«, fragte er Zeinab.

»Nein, danke«, entgegnete sie zuckersüß. »Es gibt da ein, zwei Dinge, die ich dem Mamur Zapt zu sagen habe.

Mas'udi sah ihn bestürzt an.

Wieder in ihren Gemächern, hatte sie tatsächlich ein, zwei Dinge zu sagen.

»Du hast einen ungesunden Geist«, schloss sie streng, »in einem übergesunden Körper.«

Beim Wehr draußen drehten sich kleine Papyrusstängel in der Sonne; als sie dem Wehr näher kamen, hielten sie einen Moment lang unsicher inne, um dann ihren Weg zu den Pfeilern beschleunigt fortzusetzen. Unmittelbar bevor sie sie erreichten, sog die Strömung sie nach unten und sie verschwanden durch das Gitter.

Im seichten Uferbereich beluden zwei Männer einen Esel mit Wasserschläuchen. Als sie damit fertig waren, führten sie ihn aufs Trockene. Dort befestigte einer von ihnen einen großen korbartigen Käfig über den Wasserschläuchen und hockte sich darauf. Der andere Mann schlug dem Esel mit der flachen Hand gegen die Flanke.

Von dem Klatschen aufgeschreckt, flatterten die in den Palmen hockenden Tauben nervös auf. Dabei ging es ihnen doch gut, dachte Owen. Da hatten ihre im Käfig gefangenen Artgenossen schon eher Grund zur Sorge.

Owen folgte dem Esel zu den Gärten. Die waren diesmal nicht so bevölkert wie bei seinen vorangegangenen Besuchen, aber vielleicht lag das nur daran, dass die Sonne senkrecht am Himmel stand und die Leute sich in den Schatten zurückgezogen hatten.

Beim Reglertor drüben machte sich Ferguson, besorgt aussehend, mit weißem Maßband und Zollstock zu schaffen. Er winkte dem vorbeigehenden Owen zu.

Wie Owen gehofft hatte, aßen die Arbeiter gerade zu Mittag. Er hockte sich zu ihnen.

»Sie wieder hier?«

»Babikr hat mich gebeten, Ihnen seine Grüße auszurichten.«

Die Männer nahmen das schweigend zur Kenntnis. Obwohl Owen ihre Reaktion bei Babikrs Verhör etwas ausgeschmückt hatte, hatte er ihre Gefühle wahrscheinlich richtig wiedergegeben.

»Er hat mich gebeten, Ihnen zu sagen, dass er einen Eid geleistet hatte.«

Die Männer sahen auf.

»Einen Eid?«

»Ja, er hat gesagt, er sei daran gebunden.«

»Ah!«

Sie wandten sich wieder ihrem Essen zu.

»Ich betrachte ihn jetzt in einem besseren Licht«, erklärte Owen. »Trotzdem mache ich mir immer noch Sorgen.«

Er wusste, dass sie zuhörten.

»Warum das?«, fragte einer.

»Nun, was für eine Art Eid kann das nur sein, den man geheim halten muss?«

»Ein übler Eid«, meinte jemand

»Genau das habe ich auch gedacht. Und dann habe ich mich gefragt: Wo sind die Grenzen eines üblen Eids?«

»Was Babikr betrifft, sind sie erreicht«, meinte einer.

»Fürs erste. Aber wie weit will der Mann, der diesen Eid erzwungen hat, noch gehen? Warum kann Babikr nicht sein Schweigen brechen und uns sagen, was dieser Eid alles verlangt?«

»Wenn es ein übler Eid war, hat er vielleicht Angst«, schlug einer vor.

»Deswegen habe ich weiterhin große Sorgen«, sagte Owen. »Und darum frage ich: Wem könnte er diesen Eid geleistet haben? Wissen Sie es?«

Allgemeines Kopfschütteln. Das überraschte Owen nicht. Er fand es auch nicht beunruhigend. Keiner würde sich vor den anderen hervorwagen, doch später konnte es durchaus sein, dass ihn der eine oder andere aufsuchte, entweder von sich aus oder nach einer Beratung innerhalb der Gruppe. So hatten sie es zuvor ja auch schon gehandhabt.

»Verstehen Sie«, sagte er, »wenn der Eid noch gilt, könnte weiteres Unheil geschehen. Babikr. Uns allen.«

»Ja«, sagte Georgiades, »aber du hast *mir* noch nie Blumen gegeben.«

Der Gärtner musterte ihn kritisch. »Du kommst mir nicht so vor wie einer, der Blumen herschenkt.«

»Habe ich etwa keine Frau?«

Die zwei waren dicke Freunde geworden. Gemeinsam saßen sie am Rand eines Gadwal und tranken Tee, den der Gärtner in typisch orientalischer Gastfreundlichkeit auch Owen anbot.

»Vielleicht schenke ich auch dir Blumen«, ließ sich der Gärtner erweichen.

»Babikr hast du auch welche geschenkt«, hielt ihm Georgiades vor.

»Nicht geschenkt, sondern *gegeben*. Damit er sie jemand anderem schenken kann.«

»Ach, eine Frau ist im Spiel? Und nicht seine Frau. Denn seine Frau lebt im Dorf.« Georgiades schüttelte betrübt den Kopf. »Dass ein Mann wie du das Laster unterstützt …«

»Ich habe kein Laster unterstützt!«, verteidigte sich der Gärtner gekränkt. »Ich habe ihm nur ein paar Blumen gegeben. Die er mir mit zehn Millimen bezahlt hat.«

»Und das hast du getan, ohne zu wissen, wer sie bekommt? Wer weiß, am Ende kriegt sie noch der Echsenmensch!«

»Der Echsenmensch kriegt sie bestimmt *nicht*!«

»Bist du sicher? Ich würde das nicht ausschließen. Babikr war doch ein Freund des Echsenmenschen, oder?«

»Babikr hatte auch andere Freunde.«

»Hier in der Stadt etwa?«

»Hör zu«, sagte der Gärtner, »ich weiß, wer die Blumen kriegen sollte, und es ist nicht der Echsenmensch.«

»Flüstere es mir ins Ohr«, lockte Georgiades, »dann glaube ich dir.«

Der Gärtner öffnete den Mund.

Dann schloss er ihn wieder.

Fest.

»Wenn ich es dir verrate«, sagte er, »hört mich der Echsenmensch womöglich noch!«

8

Zu den Sehenswürdigkeiten Kairos zählten unter anderem die Wasserkarren. Jeden Morgen und manchmal auch zu anderen Zeiten rumpelten sie durch die Straßen und befeuchteten den Staub. Sie waren mit einem Tank ausgestattet, aus dem das Wasser in kleinen Fontänen rundum spritzte. Kleine Kinder flitzten unentwegt unter den Strahlen hindurch und wenn der Karren vorbeigezogen war, blieb die Luft noch einen kurzen Moment lang durchdrungen vom Geruch der Küste nach Wasser auf heißem Sand. Die Kairoer liebten diese Momente und traten jedes Mal vor ihre Türen, um wie Hunde zu schnüffeln.

Vor sich sah Owen nun einen Wasserkarren. Doch dieser spritzte kein Wasser über die Straßen, vielmehr stand er an einer Ecke, und Wasserträger füllten daraus ihre Schläuche.

»Nächste Woche wird das nicht mehr nötig sein«, wandte sich Owen an den Kutscher. »Dann wird im Kanal genug Wasser fließen. Was machen Sie dann?«

»Der alte Fayoum wird den Karren dann ganz einfach in einen anderen Teil vom Gamaliya-Viertel schaffen«, erklärte einer der Wasserträger anstelle des Kutschers.

»Ach, er gehört Omar Fayoum?«

»Allerdings. Und es heißt, dass er bald noch so einen bekommt.«

»Dann muss sein Geschäft blühen.«

»Ihm ist es noch nie besser gegangen, sagt er. Vor

allem in den letzten Monaten. Andererseits verstehe ich nicht, wie er das nur schafft. Das Wasser ist doch dasselbe. Und es dauert bei jedem gleich lang, es zu tragen.«

»Ach, wirklich?«, fragte sein Nebenmann und bückte sich nach seinen Schläuchen.

»Was meinen Sie damit?«, fragte Owen.

»Na ja, es wird gemunkelt, er hätte eine andere Stelle gefunden, wo er es holt.«

»Alles Unsinn!«, bellte einer auf der anderen Seite des Karrens. Owen konnte ihn nicht richtig sehen, glaubte aber, Ahmed Uthman zu erkennen, den Ehemann der Frau, die Leila aufgenommen hatte.

»Es muss doch in jedem Fall aus dem Fluss kommen, oder etwa nicht?«, meinte der daneben Stehende. Den konnte Owen sehr wohl sehen. Es war Leilas Vater.

»Na ja, das ist mehr als wir wissen«, brummte der Wasserträger, der als erster mit Owen gesprochen hatte.

»Dann weißt du aber nicht sehr viel!«, schnaubte Ahmed Uthman.

»Hast du ein Problem?«, griff nun auch der Kutscher des Karrens den Mann an. »Hast du was gegen unser Wasser?«

»Gegen das Wasser habe ich nichts. Nur gegen den Preis habe ich was.«

»Tja, keiner zwingt dich, ihn zu zahlen«, sagte der Kutscher. »Erklär's du ihm, Ahmed!«

»Warum haust du nicht einfach ab?«, rief Ahmed und kam um den Karren herumgelaufen.

»Genau!«, pflichtete ihm Leilas Vater bei. »Warum bist du noch da?«

»He, was soll das?«

»Dir passt das Wasser nicht? Keiner zwingt dich, es zu nehmen!«

»Gut, dann nehme ich es auch nicht. Nicht für diesen Preis!«

»Wir haben es sowieso bald nicht mehr nötig, nicht nach dem Durchstich«, kam ihm sein Freund zu Hilfe.

»Uns passt euer Wasser auch nicht«, knurrte Leilas Vater. »Egal wo es herkommt, wir wollen es im Gamaliyaviertel nicht sehen!«

»Ich hole mein Wasser, wo ich will!«

»Ach wirklich? Wenn das so ist …« Der Mann baute sich bedrohlich vor dem Konkurrenten auf. Plötzlich bemerkte er Owen. »Ahmed, das ist er!«, rief er.

»Er!«

Ahmed Uthman erholte sich als erster von dem Schreck. »Weg hier!« befahl er dem Kutscher. »Schnell!«

Der Kutscher griff nach der Peitsche. Ahmed Uthman und Leilas Vater warfen ihre Schläuche auf den Karren und sprangen auf die Ladefläche. Der Karren machte einen Satz nach vorne.

»Nehmt euch bloß in Acht!«, schrie Leilas Vater die zwei Wasserträger vom davonfahrenden Karren aus an.

»Wir werden euch schon finden!«, fauchte Ahmed Uthman

Die zwei Wasserträger starrten ihnen benommen nach.

»Worum geht es da überhaupt?«

»Ich habe keine Ahnung. Warum müssen die sich so verhalten?«

»Ahmed Uthman war schon immer so. Aber was ist nur in Ali Khedri gefahren?«

»Das hat wohl mit seiner Tochter zu tun.«

»Er hat doch nie zwei Millime auf sie gegeben! Das

Einzige, was ihn interessiert, ist eine Arbeit auf diesem Karren!«

»Tja, damit dürfte es vorbei sein. Omar Fayoum wird nichts mehr von ihm wissen wollen, weil er das Mädchen jetzt nicht mehr heiraten kann.«

»Der ist was erspart geblieben, würde ich sagen. Aber es wäre so oder so aus gewesen, selbst wenn sie nicht hätte sterben müssen.«

»Das kann gut sein. Weißt du, was Marriam mir gesagt hat? Sie hat gesagt, lieber tot als mit diesem schmutzigen alten Scheißkerl verheiratet.«

»Hm, ja, so was zu sagen, ist das eine ...«

Die zwei Männer schulterten ihre Schläuche und entfernten sich.

Owen zögerte kurz, dann eilte er ihnen nach. »Verzeihen Sie mir, meine Freunde!«, rief er. »Ich fürchte, das habe ich Ihnen eingebrockt.«

»Sie brauchen sich nicht zu entschuldigen«, wiegelten sie höflich ab. »Das haben wir uns selbst zuzuschreiben. Aber warum die so ....«

»Es hat ihnen nicht gepasst, als Sie wissen wollten, wo Omar Fayoum sein Wasser holt.«

»Da ist bestimmt was faul an der Sache!«

»Woher bezieht er es denn überhaupt?«

»Er geht es nicht immer im Fluss holen, das steht schon mal fest. Was meinst du, Selim?«

»Tja, es würde mich nicht wundern, wenn er ins es-Zekir ginge und es aus dem Teich dort holte.«

Der andere lachte. »Dann hätte er die Gärtnern bestechen müssen.«

»Zuzutrauen wär's ihm.« Der Mann sah Owen an. »Man darf aus den Teichen kein Wasser holen«, erklärte er. »Und auch aus keinem anderen stehenden Gewässer. Das ist heutzutage nicht mehr möglich. Es sei nicht sauber genug, heißt es. Nicht zum Trinken geeignet. Aber was Omar Fayoum tun sollte und was er tatsächlich tut, das sind zwei grundverschiedene Dinge.«

Wie es der Zufall wollte, war Owen ohnehin schon auf dem Weg ins Gamaliya. Er wollte einen weiteren Versuch unternehmen, eine friedliche Lösung für den Streit zwischen den moslemischen und den jüdischen Totengräbern herbeizuführen. Für die vertagte Besprechung war noch kein neuer Termin anberaumt worden, aber zufällig hatten Owen und Paul McPhee sich im Sporting Club getroffen und dort vereinbart, unabhängig von irgendwelchen Beschlüssen mit den zwei Seiten zu reden.

McPhee wollte den Juden in aller Deutlichkeit sagen, dass sie den Durchstich vornehmen könnten, da sie ja an der Reihe waren, aber nicht gegen eine Extrazulage; wenn ihnen die Arbeit wegen des Sabbaths nicht möglich wäre, dann würden sie eben die Moslems übernehmen.

Owen wollte seinerseits nicht minder streng mit den Moslems sprechen und ihnen klar machen, dass man beschlossen hätte, zur traditionellen Verfahrensweise zurückzukehren und den Juden den Auftrag zu erteilen, da sie nun mal an der Reihe wären – dass man ihnen aber keinen Zusatzlohn geben und die Arbeiten den Moslems anbieten würde, falls die Juden nicht einverstanden wären. Gäbe es aber auch von ihrer Seite Schwierigkeiten, könnten britische Soldaten einspringen.

Die Idee war, dass die Aussicht auf den Zuschlag im Falle einer Absage durch die Juden die Moslems glücklich machen würde, während die Juden angesichts der schwierigen Entscheidung zwar nicht unbedingt glücklich, aber zumindest beschäftigt wären. Mit etwas Glück konnte man vielleicht beide Seiten bis zum letzten Moment hinhalten – bis es zu spät für sie wäre, noch für große Unruhe zu sorgen.

So sah die Idee aus. Sie in die Tat umzusetzen, war allerdings nicht ganz so leicht.

»Angenommen, die Juden weigern sich nicht?«, wandten die moslemischen Totengräber ein. »Angenommen, die Kerle stimmen trotz allem doch noch zu?«

»Nun, dann müssen sie es eben tun. Sie sind ja an der Reihe.«

»Ich bin mit diesem an der Reihe sein nicht einverstanden«, brummte einer. »Warum kommen die überhaupt dran?«

»Weil es schon immer so war« – normalerweise ein schlagendes Argument in Kairo – »und weil es zu spät ist, das jetzt zu ändern.«

»Wir können das genauso gut erledigen wie die!«

»Dessen bin ich mir sicher. Aber das ist auch der Grund, warum wir es abwechselnd machen lassen. In dem einen Jahr seid ihr es, im nächsten die Juden. Diesmal sind sie dran.«

»Sicher, aber dieses Jahr ist es das letzte Mal. Wir werden benachteiligt.«

»Ihr werdet nicht benachteiligt. Es ist reiner Zufall, dass es so aufhört.«

»Ja, aber wenn nächstes Jahr Schluss wäre, wären *sie* benachteiligt!«

»Niemand wird benachteiligt. Beide Seiten haben es« – ein Gedankenblitz – »gleich oft gemacht!«

Alle sahen einander wie vom Donner gerührt an.

»Wirklich?«

»Unbedingt.«

Keiner hatte die Möglichkeit zu widersprechen. So gaben sie grummelnd nach.

Doch dann kamen sie zurück.

»Na gut, aber es wäre nicht Schluss, wenn sie nicht gewesen wären.«

»Was soll das heißen?«

»Weil sie das Mädchen dorthin geschafft haben. Seitdem ist das alles verkehrt.«

»Das hat doch überhaupt nichts damit zu tun. Und mit den Juden ebenso wenig. Die Abschaffung des Durchstichs ist längst von der Regierung beschlossen worden. Und das aus guten Gründen. Der Kanal ist ein Gesundheitsrisiko.«

Hilfe kam von einer Seite, mit der Owen nicht gerechnet hatte.

»Ich glaube nicht, dass jetzt alles verkehrt sein soll, weil sie das Mädchen dort abgeladen haben, Mustapha«, meldete sich einer der Totengräber schüchtern zu Wort. »Wäre dadurch nicht eher alles gut geworden?«

»Na ja, nur wenn es eins von ihren Mädchen gewesen wäre. Aber es war eins der unseren. Das können wir uns doch nicht gefallen lassen, oder?«

»Das Mädchen hat nichts damit zu tun!«, erklärte Owen mit Nachdruck. »Ihr Tod lässt sich überhaupt nicht mit dem Durchstich in Verbindung bringen. Und sie ist auch nicht von den Juden umgebracht worden!«

»Wer hat sie dann umgebracht?«, fragte einer.

»Das wissen wir noch nicht so genau«, musste Owen zugeben. »Aber fest steht, dass es nicht die Juden waren.«

»Wenn wir uns da nur sicher sein könnten«, meinte einer der nachdenklicheren Totengräber.

Auf dem Weg zum Ezbekiya-Park, wo er mit Zeinab verabredet war, durchquerte Owen das Quartier Rosetti und kam infolgedessen auch zum Kanalbett. Zu seiner Überraschung entdeckte er dort unten mitten im Unrat Mahmoud.

»Hallo!«, rief er. »Was ist hier los?«

Mahmoud sah auf. In seiner Miene spiegelte sich eine gewisse Erleichterung, als er Owen erkannte. Er kletterte zu ihm nach oben.

»Ich verfolge die Schleifspur, die es gegeben haben muss, als die Leiche hierher geschafft wurde«, erklärte er. »Es ist ein entsetzlich weiter Weg. Daraus habe ich den Schluss gezogen, dass sie unmöglich allein hierher gelaufen sein kann.«

»Es ist ein weiter Weg für jemanden, der ein solches Gewicht schleppt«, bestätigte Owen und ließ den Blick über das Kanalbett in die Ferne schweifen. »Ganz zu schweigen von der Gefahr, gesehen zu werden.«

»Gerade deswegen wäre dem Täter nichts anderes übriggeblieben, als unten im Kanalbett zu gehen«, sagte Mahmoud. »Außerdem war es dunkel.«

»Dann hätte er ja vorher wissen müssen, dass er die Strecke bei Dunkelheit zurücklegen würde. Bei all dem Unrat hier.«

»Letzteres stelle ich gerade fest«, antwortete Mahmoud trocken.

Owen bot ihm an, ihn zu begleiten. Sein Rendezvous mit Zeinab war erst um sieben Uhr.

Der Weg durch das Kanalbett führte sie vorbei an den Rückfassaden einiger alter Mamelukenhäuser, deren

Vordertür zur Sharia Es-Sureni führte. Jetzt ihre Rückseite zu sehen, grenzte an eine Offenbarung, denn während sie vorne solide und schmucklos wirkten, boten sie sich von hinten als wahre Orgie der Phantasie des 16. Jahrhunderts dar. Herrliche Treppen führten hinab zum Kanal, wo früher vermutlich Anlegestege für Boote gewesen waren, und darüber erhoben sich Fensterbalkons und Terrassen, geschmückt mit zierlichen Palmen und Laubengängen, an denen sich immergrüne Kletterpflanzen hochrankten.

Sie hatten einmal zu den begehrtesten Häusern der Stadt gehört und ihre Rückfronten zu den begehrtesten Ausblicken. Owen fühlte sich an Venedig erinnert, aber das hier war ein Venedig der Wüste, wo Wasser verzweifelt gebraucht wurde, ja, als Element des Paradieses galt; und das fast im wahrsten Sinne des Wortes, weil Paradies der alte arabische Ausdruck für Garten war, eine Vision von Schatten, Grün und Fruchtbarkeit inmitten von Sand und Hitze, eine Oase in der Wüste.

Jetzt waren diese Häuser jedoch der Auflösung und dem Verfall anheimgegeben und die Treppen lagen unter einer schmierigen Schmutzschicht. Die schweren schachtelartigen Fensterbalkone über dem Wasser boten mit ihrem Gitterwerk keinen Schutz vor Moskitos, und der Gestank allein genügte, um die Bewohner in die auf der Straßenseite gelegenen Zimmer zu treiben.

Unterhalb der Treppen verliefen längs des Kanals schwere Metallrohre, die sichtlich nicht aus dem Mittelalter stammten und oft genug von herabgefallenem Mauerwerk oder verfaulten Pflanzen zugedeckt waren.

Vorbei an Schutt, herabgerutschter Erde, angewehtem Sand, Küchenabfällen und gelegentlich einem Tierkadaver bahnten sich die zwei Beamten ihren Weg, als sie plötzlich vor sich eine Gestalt bemerkten. Der Mann drehte sich um und begrüßte sie, sobald sie ihn erreicht hatten. Es war der junge Suleiman.

»Sie sehen«, sagte er, »ich bin wieder da.«

»Was ist es diesmal?«

»Immer noch dasselbe. Ich überprüfe die Wasserrohre.« Suleiman warf verzweifelt die Arme hoch. »Sofern ich sie unter all dem Müll überhaupt noch finden kann.«

»Hast du keine Instrumente?«

»Doch. Sie zeigen an, dass es in diesem Teil das Systems einen enormen Wasserschwund gegeben hat. Das wollen wir klären, bevor wir die neuen Rohre verlegen.«

»Kennst du den Kanal gut?«

»Diesen Teil davon« – er rümpfte die Nase – »nur zu gut.«

Suleiman wandte sich die ganze Zeit an Mahmoud und schien es zu vermeiden, Owen ins Gesicht zu sehen. Das kam dem Briten merkwürdig vor, da Mahmoud immerhin derjenige war, der ihn am härtesten unter Druck setzte. Offenbar irritierte ihn etwas an Owen. Lag das an Zeinab? Hatte er sie außerhalb des Sitzungszimmers in der Nationalversammlung gesehen? Hatten sie etwa sein Schamgefühl verletzt? Oder seine Empfindungen als Araber den Engländern gegenüber? Woran immer es liegen mochte, Owen fand es schwieriger, ein väterliches Gespräch mit ihm zu führen.

»Was halten Sie davon?«, fragte Suleiman abrupt Mahmoud. »Ich meine diese Sache mit der Beschneidung von Frauen.«

»Äh, ich ...«, stammelte Mahmoud verlegen.

»Labiba sagt, Sie würden vielleicht Verständnis für unser Anliegen zeigen.«

»Ich habe Verständnis«, erklärte Mahmoud nach kurzem Überlegen, »aber das muss ich von meiner Arbeit trennen.«

»Sie sind doch Mitglied der Nationalistischen Partei, nicht wahr? Labiba sagt, die jüngeren Mitglieder würden allmählich einsehen, dass die Beschneidung etwas Schlechtes ist. Sie sagt, dass es noch eine Zeitlang dauern wird, aber wenn die Schlüsselfiguren unter den Jüngeren überzeugt werden können, dann wird eine nationalistische Regierung, die an die Zukunft denkt, handeln.«

»Es gibt vieles, das entschlossenes Handeln erfordert«, erwiderte Mahmoud in neutralem, aber durchaus nicht verständnislosem Ton.

Er und Owen setzten ihren Weg fort. Es war, wie Mahmoud gesagt hatte, eine lange Strecke. Und selbst bei Tageslicht schwer zu bewältigen. Wie wäre es dann erst bei Dunkelheit? Man müsste den Kanal in der Tat sehr gut kennen.

Owen erwartete eigentlich, dass Mahmoud noch einmal darauf Bezug nehmen würde, stattdessen sagte der Ägypter: »Warum sollte jemand sie so weit tragen? Der Mann muss gute Gründe gehabt haben. Wissen Sie, so langsam rücke ich von meinem Standpunkt ab. Fast frage ich mich, ob nicht doch ein Zusammenhang mit dem Durchstich besteht.«

Als sie beim provisorischen Damm, der den Kanal noch bis zum Durchstich vom Fluss trennte, die Böschung hochkletterten, stellte Owen fest, dass sich das

Straßenbild seit seinem letzten Besuch enorm verändert hatte. Überall waren grell-bunte Pavillons aus dem Boden geschossen, von denen viele mit Teppichen behangene Zäune aufwiesen, die die Vornehmen von der Masse abschirmen sollten. Verkäufer von Süßigkeiten, Gebäck, Erdnüssen und Zuckerrohr bauten ihre Stände auf. Mit Wimpeln behangene Boote tummelten sich zunehmend vor der Mündung des Kanals auf dem Fluss. Und überall wimmelte es von Menschen, ein kleiner Teil davon Arbeiter, ein größerer Händler, aber die überwältigende Mehrheit Schaulustige, die einem im Weg standen.

Eine gewaltige Menge drängte sich im Kanalbett am Fuß des Erdkegels. Über die Köpfe der Leute hinweg erblickte Owen inmitten eines Rings von Polizisten McPhee mit seinem geröteten, entschlossenen Gesicht.

Er sah auf und erkannte Owen. »Ah, Owen, gut, Sie zu sehen, sehr gut sogar.«

Owen wühlte sich durch die Masse zu ihm vor. »Was gibt's für ein Problem?«

McPhee deutete auf den Sockel des Kegels. »Das da!«

In die Erde war eine Art Furche gegraben worden, die aussah, als wäre sie ein Werk von Hasen, wenn es hier denn Hasen gegeben hätte.

»Ich sehe da kein Problem.«

»Wie ist das gemacht worden?«

»Ein Hund?«

»Und wozu?«

»Menschenskind, das weiß ich doch nicht. Vielleicht hat er einen Knochen gesucht?«

»Oder mehrere. Sie glauben, dass hier noch eine Frau begraben worden ist.«

»Das war nichts als ein Hund!«

»Der vielleicht etwas gerochen hat.«

»Verdammt noch mal, ist das etwa wahrscheinlich?«

»Die Leute sehen es so. Die erste Leiche ist ausgegraben worden, sagen sie, also muss noch eine andere reingelegt worden sein.«

»Das waren die Juden!«, rief jemand aus der Menge.

»Wir werden graben müssen«, sagte McPhee. »Um es ihnen zu zeigen.«

Owen nickte.

»Gut.« McPhee hob die Stimme. »Der Bimbashi und ich sind davon überzeugt, dass hier niemand verscharrt wurde! Aber um euch das zu beweisen und euch zu beruhigen, fangen wir jetzt an zu graben. Ist jemand dabei, der gut ...«

Ein Mann drängte sich vor. »Effendi, ich bin ein Fachmann!«

Owen erkannte einen der moslemischen Totengräber. »Nur einer! Gibt es noch mehr wie dich?«

Mehrere Fellachen traten bereitwillig vor.

»Spaten?«

Die Polizisten räumten eine Fläche und bildeten, die Arme ineinander verschränkt, einen Ring, um die Menge zurückzudrängen. Die Leute halfen ihnen eifrig, wobei sie immer wieder die Hälse reckten, um über ihre Schultern einen besseren Blick auf das Geschehen zu erhaschen.

Der Totengräber packte einen Spaten und rammte ihn voller Begeisterung in die Erde.

»Allah, was für eine Kraft!«, rief die Menge beeindruckt.

Sich in Pose werfend verdoppelte der Totengräber seine Anstrengungen.

»Wozu werden noch Leute gebraucht, wenn wir

Männer haben, die so arbeiten können?«, fragte Owen rhetorisch geschickt.

»Wozu werden Juden gebraucht?«, rief der Totengräber über die Schulter hinweg.

»Ist das die Stelle, wo sie gefunden wurde?«, fragte Mahmoud, der sich einen Weg zu Owen gebahnt hatte.

»Genau dieselbe Stelle!«, rief die Menge im Chor.

»War es nicht die andere Seite?«, zweifelte einer der Polizisten das an.

Mahmoud drehte sich zu ihm um. »Waren Sie vor Ort?«

»Ja, Effendi. Ich war im Revier, als wir die Meldung erhielten. Ich bin mit dem Mamur hierher gekommen.«

»Und Sie glauben, dass sie auf der anderen Seite lag?«

»Ich bin mir ziemlich sicher, Effendi. Und sie lag auch nicht wirklich unter dem Hügel, sondern eher daneben.«

»Wo?«

Der Polizist zeigte es ihm mit ausgestrecktem Arm.

»Unter ihren Füßen?«

Die Leute, die dort standen, wichen erschrocken zurück.

»Ja, Effendi.«

»Abdul, ich mag hier nicht stehen!«, rief eine besorgte Stimme. »Was ist, wenn sich die Erde auftut?«

»Tja, dann würdest du reinfallen«, knurrte der Polizist.

»Aber wenn dort noch eine Leiche liegt …?«

»Wäre sie hier drüben«, fauchte Owen erbost. »Dieser Scheißköter ist kein Goldgräber!«

»Vorsicht!«, mahnte McPhee. »Wir wollen doch nicht, dass der ganze Hügel einstürzt.«

»Nein, auf unsere Köpfe bestimmt nicht!«, riefen die Polizisten. Mit verstärkter Entschlossenheit drängten sie die Menge zurück, die inzwischen das gesamte Kanalbett füllte. An der Böschung kletterten Männer auf die Schultern ihrer Vorderleute, um das Geschehen besser verfolgen zu können. Über ihnen säumten Menschen das Ufer.

Der Spaten des Totengräbers stieß auf einen harten Gegenstand.

»Knochen!«, heulte die Menge.

Der Totengräber griff mit bloßer Hand danach, ehe Owen ihn zurückhalten konnte. »Stein!«, verkündete er angewidert und hielt ihn hoch.

Enttäuscht wandte er sich ab, um jemand anderen ans Werk zu lassen.

»Leite ihn an!«, forderte ihn Owen auf. »Wir wollen doch nicht, dass alles einbricht.«

»Dafür werden eben Fachleute gebraucht«, sagte der Totengräber bescheiden.

»Wenn die Tote neben dem Hügel gefunden wurde«, fragte Mahmoud den Polizisten, »warum haben sie dort dann noch gegraben?«

»Das ist nun mal ihre Vorgehensweise. Sie graben darum herum und schichten die Erde auf dem Gipfel auf.«

»In welcher Haltung lag die Tote da?«

»Ich habe nicht so genau hingeschaut«, gestand der Polizist. »Sie war fürchterlich aufgebläht. Wie der Bauch eines Kamels.«

»Warum war sie aufgebläht? Hatte sie im Wasser gelegen?«

»Wasser gab es noch genug. Sie graben an dieser Stelle das Kanalbett nämlich immer aus, darum ist es hier tiefer als anderswo und das Wasser steht länger.«

»Man hätte sie also ins Wasser werfen können?«

»Ja, Effendi.«

»Und gar nicht zu verscharren brauchen?«

Das hatte die Menge aufgeschnappt. »Gar nicht verscharren?«

»Sie wurde einfach reingeworfen«, stellte Mahmoud fest. »Das hätte überall geschehen können.«

»Typisch Juden!«, schimpfte der Totengräber. »Nicht mal das haben sie sauber hingekriegt!«

»Das waren nicht die Juden«, erklärte Mahmoud. »Das war irgendein böser Mensch.«

Die Menge war merklich enttäuscht. Und die Grabenden, die Mahmoud auch gehört hatten, begannen zu verzagen.

»Möchte es noch jemand versuchen?«, rief einer. Niemand schien dazu bereit zu sein.

Jetzt befielen sogar den moslemischen Totengräber Zweifel. »Wie lange sollen wir das denn noch machen?«, brummte er.

»Bis wir die Leute restlos beruhigt haben«, beschied ihn Owen streng.

»Ich finde, wir haben sie schon genug beruhigt«, meinte er.

»Nein. Wir müssen weitermachen, bis alle zufrieden sind. Zur Not auch die ganze Nacht.«

»Die ganze Nacht? Hören Sie ...«

»Es sei denn ...« Owen sah um sich. »Die fachkundigen Herren ...«

Diejenigen, die ganz vorne standen, kamen zu der Erkenntnis, dass sie sich fachkundig genug gemacht hatten und zogen nach und nach ab.

»Keine Frau«, sagte einer im Gehen. »Das ist nun wirklich eine Enttäuschung.«

»Na ja, man kann eben nicht immer Glück haben«, meinte sein Nachbar.

»Beim ersten Mal hatten wir auch kein Glück«, murmelte der andere, »wenn das, was der Effendi gesagt hat, stimmt.«

»Nein, wirklich nicht«, stimmte ihm der Nachbar niedergeschlagen zu.

Owen, der das hörte, war sehr zufrieden.

Mahmoud wandte sich zu ihm um. »Ich muss weiter. Ich muss wieder ins Gamaliya gehen. Dort möchte ich jemanden aufsuchen.«

»Wen denn?«

»Den Vater. Vergessen Sie nicht, sie kannte ihren Mörder.«

McPhee war immer noch umringt von einem kleinen Menschenknäuel. Im Vorbeigehen hörte Owen jemanden sagen: »Hm, gut, wenn es keine Frau war, was war es dann?«

»Es war überhaupt nichts«, versicherte ihm McPhee. »Irgendein Tier eben.«

»Wozu sollte ein Tier Furchen in die ›Braut‹ graben?«

»Keine Ahnung. Wahrscheinlich war es nur ein Hund.«

»In meinen Augen hat das nicht nach einem Hund ausgesehen. Die graben doch nicht so tief. Was meinst du, Ahmed?«

»Für mich sah es eher so aus wie die Art von Loch, die eine Echse graben würde.«

»Zu groß. Außer, es ...«

Beide hatten gleichzeitig denselben Gedanken.

»Ein Echsenmensch!«

Owen nahm eine Arabeah ins Ismailiya-Viertel, wo er sich mit Zeinab zum Mittagessen verabredet hatte. Nicht in einem arabischen Restaurant – dort wurde eine Frau scheel angesehen, selbst wenn sie die Tochter eines Paschas war –, sondern einem französischen. Zeinab liebte die französische Küche, so wie sie auch die französische Mode bevorzugte. Französisch war normalerweise sogar die Sprache, in der sie sich unterhielt, und in ihren Gesprächen wechselten Owen und sie je nach Anlass zwischen Englisch und Französisch. Die Kultur der ägyptischen Oberschicht war stark von der französischen geprägt. Von der Lebensart der normalen Ägypter trennte sie ein Abgrund so tief wie der zwischen den Staudämmen, die von den Briten gebaut wurden, und – nun ja – der Mär vom Echsenmensch.

Heute indes war sie in anti-französischer Stimmung. Unter den Arm hatte sie mehrere intellektuelle Zeitschriften geklemmt, die zwar französisch waren, aber nicht zu ihrer sonst üblichen Lektüre gehörten. Mit bedeutungsschwerer Geste pochte sie auf eine davon.

»Napoleon war gegen die Frauen«, erklärte sie düster. »Das habe ich gelesen.«

»Nun ja, aber man muss doch die Zeit berücksichtigen.«

Zeinab ging nicht darauf ein. »Es steht im Code Napoléon.«

Der nach wie vor die Grundlage des ägyptischen Rechtssystems bildete. Als der Khedive Ismail die Justiz seines Landes hatte reformieren und modernisieren wollen, hatte er ganz einfach den Code Napoléon komplett übernommen.

»Ich glaube nicht, dass man ihn in Bausch und Bogen verurteilen kann«, wandte Owen ein. »Das islamische Recht …«

Zeinab legte die Stirn in Falten. Sie grübelte. »Islamisches Recht ist Männerrecht! Das Schlimme ist nur: Worauf stößt man, wenn man eine Alternative sucht? Wieder auf Männerrecht!«

»Das Gesetz ist für jeden gleich«, erklärte Owen. » Wer einen Mord begeht, wird dafür gehängt. Egal ob es ein Mann oder eine Frau ist.«

»Sicher, aber bestimmte Dinge beeinträchtigen die Frauen mehr als die Männer.«

»Hast du in letzter Zeit mit Labiba Latifa gesprochen?«, fragte Owen.

»Über Beschneidung zum Beispiel«, sagte Zeinab.

»Das ist ein gesellschaftlicher Brauch, aber kein Gesetz. Warum sprichst du nicht mit Mahmoud?«

»Das werde ich«, kündigte Zeinab an.

Owen hatte eigentlich nicht vor, an diesem Tag erneut ins Gamaliya zu gehen, doch bei seiner Rückkehr ins Büro wartete Georgiades auf ihn. Der Grieche glaubte, die Person ermittelt zu haben, die Babikr aufgesucht hatte.

»Das ist ein Fiki«, sagte er. »Ein Teil der Arbeiter geht regelmäßig zu ihm. Er hat früher in ihrem Dorf gelebt, aber als er älter wurde, ist er hierher zu seinem Sohn gezogen. Im Dorf behalten sie ihn aber nach wie vor in guter Erinnerung, und wenn die Männer zur Flutung herkommen, bringen sie ihm immer etwas mit.«

»Ein Fiki?«, sinnierte Owen. »Dann weiß er vielleicht etwas über den Eid, selbst wenn er nicht vor ihm geleistet worden ist.«

Ein Fiki war ein professioneller Koransänger oder -vorleser und da er ein Mann von (gewisser) Bildung und (gewisser) Heiligkeit war, gehörte er zu den Personen, an die man sich wandte, wenn man einen Eid ablegen wollte und dafür einen hochangesehenen Zeugen benötigte.

Er lebte in einer kleinen Gasse im Gamaliya nicht weit von der Moschee. Der Sohn wirkte gelinde erschrocken, als er die Besucher zu ihm führte.

»Es geht«, erklärte Owen, »um einen Ihnen bekannten Mann, der Ihnen früher in Ihrem Heimatdorf gelauscht hat.«

Der Fiki nickte.

»Wie ich weiß, besuchen die Männer Sie jedes Jahr, wenn Sie zur Flutung herkommen, um Ihnen Grüße aus dem Dorf zu überbringen.«

Erneut nickte der Fiki.

»War auch Babikr dabei?«

»Babikr!«, rief der Fiki.

»Sie wissen es?«

»Ich weiß es.«

»Gehörte er zu den Leuten, die Sie besucht haben?«

Der Fiki überlegte einen Moment lang. »Ja.«

»Ist es möglich, dass er dabei von einem Eid gesprochen hat?«

Der Fiki überlegte erneut. »Das glaube ich nicht.«

»Es könnte sich um einen handeln, den er schon im Dorf geleistet hat. Erinnern Sie sich an einen solchen?«

»Er hat mehrere Eide geleistet. Das tun alle.«

»Erinnern Sie sich an den Inhalt dieser Eide?«

»Sie haben mit Hochzeitsverträgen zu tun. Einmal ging es um einen Ochsen, glaube ich. Das waren eben die üblichen närrischen Streitereien.«

»Erinnern Sie sich daran?«

»Das sind sie nicht wert.«

»Trotzdem kann ich mir nicht vorstellen, dass Babikr zu denen gehört, die so etwas auf die leichte Schulter nehmen.«

»Das tut er nicht«, bestätigte der Fiki, der nun langsam lebhafter wurde. »Er hat stets Wort gehalten.«

»Und hätte es auch gehalten«, sagte Owen, »selbst wenn das, wozu er sich verpflichtet hat, unklug war.«

»Höchstwahrscheinlich.« Der Fiki verstummte und dachte nach. »Warum wollen Sie all das wissen?«, platzte er unvermittelt heraus.

»Ich glaube, dass er sich zu etwas sehr Unklugem verpflichtet hat; und dass es ihm zu spät dämmerte, dass er es nicht zurücknehmen konnte.«

»Sie glauben, dass der Anschlag auf den Damm unklug war?«

»Äh, ja«, antwortete Owen erschrocken. »Es war ein Anschlag auf alle. Zum Schaden des Gemeinwohls.«

»Ich halte die Sprengung im Gegensatz zu Ihnen sehr wohl für klug«, erklärte der Fiki. »Diese neuen Dämme haben uns doch nichts Gutes gebracht, sondern nur Schaden.«

»Sie wollen doch nicht ...«

»Schaden!«, wiederholte der Fiki mit Nachdruck. »Sie haben uns Krankheit gebracht und nicht Wohlergehen. Als ich jung war, fühlte sich jeder im Dorf kräftig und gesund. Und das war auch nötig, weil uns die Paschas damals hart arbeiten ließen. Aber keiner war krank. Jetzt sind sie schon von Geburt an krank. Die Kinder wachsen mit roten Augen heran. Die Arbeiter schleppen sich über die Felder. Nennen Sie das etwa gut? Soll es etwa so sein? Das haben wir nur den Dämmen zu verdanken. Und da behaupten Sie, dass Babikr unklug gehandelt hat!«

»Die Dämme haben doch Wohlstand gebracht«, sagte Owen.

»Aber um welchen Preis!«, entgegnete der Fiki.

»Nicht der Wohlstand ist schlecht«, erklärte Owen, »sondern die Art und Weise, wie er verwendet wird.«

Der Fiki zuckte die Schultern. »Jedenfalls kommt er nie bis zu uns.«

»Nicht die Dämme sind schlecht, sondern die Menschen.«

»Man sieht keine Menschen«, konterte der Fiki, »sondern nur immer Dämme.«

»Und das ist ein Grund, darauf Anschläge zu verüben?«

»Sie haben das Gleichgewicht zerstört. In der alten Zeit hat es eine Ernte jährlich gegeben, und die Leute waren gesund. Jetzt gibt es drei, und die Leute sind krank. Ich möchte das Gleichgewicht wieder herstellen.«

Darauf erwiderte Owen nichts.

»Neues!«, wetterte der Fiki. »Immer gibt es nur Neues! Wozu brauchen wir diese neuen Dämme? Waren die alten nicht gut genug? Gab es damals etwa nicht genauso Wasser für die Feldern wie heute? Sie sagen uns, das sei dieses Jahr das letzte Mal, dass sie den Durchstich machen. Sie wollen das Kanalbett aufschütten, heißt es, und eine Straßenbahn drüber fahren lassen. Zu welchem Zweck? Der Kanal hat der Stadt und uns hier im Gamaliya Wasser gebracht. Und jetzt wollen sie ihn aufschütten. Man kann keine Straßenbahnen trinken.«

»Es wird weiter Wasser geben, besseres Wasser sogar. Sie verlegen Rohre …«

»Rohre!«, schnaubte der alte Mann verächtlich. »Wo einmal ein Kanal war, den jeder sehen konnte! Nicht den Durchstich sollten sie abschaffen, sondern all diese neuen Dämme!«

»Nicht alle sehen das so wie Sie«, widersprach ihm Owen leise. Er erhob sich. »Ich hatte gehofft, Sie würden mir helfen, Babikr die schwere Last zu erleichtern, denn ich glaube nicht, dass es seine Hand allein war, die diesen Damm zerstört hat.«

Der Fiki wirkte auf einmal bestürzt. »Ich würde Babikr helfen, wenn ich es könnte«, sagte er. »Aber ich weiß nicht, vor wem er seinen Eid geleistet hat.«

Im Gehen drehte sich Owen noch einmal zu dem alten Mann um. »Hat Babikr Ihnen Blumen gebracht?«, wollte er wissen.

»Blumen?«, fragte der Fiki entgeistert und starrte Owen an, als hätte dieser den Verstand verloren.

Owen überquerte gerade den Bab-el-Khalk-Platz, als ein Bote des *Parquet* auf ihn zugestürzt kam.

»Effendi! Eine Nachricht! Für sie persönlich. Dringend!«

Sie stammte von Mahmoud und lautete:

Ali Khedri von örtlicher Polizei verhaftet. War in Aufruhr verwickelt. Ist jetzt im Polizeirevier des Gamaliyaviertels. Warte dort auf Sie.

9

Ich will ihn nicht sehen!«, schrie Ali Khedri. »Ich will ihn nie wieder sehen! Was will er überhaupt von mir?«

»Er ist gekommen, um Ihnen als Freund die Hand zu reichen«, sagte Owen in tadelndem Ton.

»Ich spucke auf seine Hand! Er bringt meine Frau um, er bringt meine Tochter um, er nimmt mir mein Land weg! Und dann spricht er von Freundschaft!«

»Hören Sie, das sagen Sie im Zorn. Wenn er Ihnen Unrecht getan hat, möchte er Wiedergutmachung leisten.«

»Was für eine Wiedergutmachung kann es geben nach all dem, was er mir angetan hat?«

»Das alles liegt in der Vergangenheit.«

»Sie haben mein Haus gesehen. Sie wissen, wie ich lebe. Ist das vielleicht Vergangenheit?«

»Nicht an allem ist die Vergangenheit schuld.«

»Ich habe versucht, die Vergangenheit hinter mir zu lassen, und dann schickt er seinen Sohn zu mir!«

»Was reden Sie da?«

»Er hat seinen Jungen geschickt.«

»Suleiman?«

»Heißt er so? Ich weiß, dass der Teufel viele Namen hat, aber diesen höre ich zum ersten Mal.«

»Das sagen Sie im Zorn. Was hat der Junge schon getan?«

»Er hat mir meine Tochter geraubt. Hat ihm mein Land nicht gereicht? Musste er wirklich auch noch meine Tochter rauben?«

»Wenn Ihnen das Land geraubt wurde, hatte das nichts mit dem Jungen zu tun.«

»Und der Junge hat nichts mit seinem Vater zu tun?«

»Nicht in diesem Fall. Der Vater wusste von nichts. Suleiman hatte Angst davor, es seinem Vater zu sagen. So, wie Leila Angst davor hatte, es Ihnen zu sagen.«

»Und das soll ich Ihnen glauben? Dass der Teufel seine eigenen Werke nicht kennt?«

»Dieses Gerede vom Teufel ist doch dumm. Die Liebe des Jungen war völlig unschuldig. Er hat sie angeschaut, sonst nichts.«

»Und sie hat zurückgeschaut. Ist das auch unschuldig?«

»Sie hat doch nur geschaut.«

»Und gelächelt. Ist das auch unschuldig?«

»Mit einem reinen Herzen – ja. Und ihres war rein.«

»Sie haben miteinander geredet. Ist das auch unschuldig?«

»Sie haben nur geredet. Ohne Hintergedanken.«

»Er hatte sehr wohl Hintergedanken.«

»Nicht mehr als jeder andere junge Bursche.«

»Er wusste, wer sie war. Und trotzdem bleiben Sie dabei, dass er keinen Hintergedanken gehabt haben soll?«

»Er hat eine Spielgefährtin aus seiner Kindheit wiedererkannt. Das war alles.«

»Und er wollte wieder mit ihr spielen!«

»Sein Herz war so unschuldig wie ihres. Sie waren beide wie Kinder.«

»Er wusste, wer sie war, und sie wusste, wer er war, und das nennen Sie unschuldig?«

»Sie wollten die Vergangenheit hinter sich lassen. Und das sollten auch Sie tun.«

»Sie glauben wirklich, dass er das wollte?«

»Natürlich.«

»Warum hat er sie dann ausgespäht?«

»Er hat sie nicht ausgespäht. Er hat sie zufällig gesehen.«

»In dieser großen Stadt, wo keiner den anderen kennt und wo es Millionen von Gesichtern gibt, soll er sie zufällig gefunden haben?«

»Das halte ich für wahrscheinlicher als Ihre Vermutung, dass er sie ausgespäht hätte.«

»Sie kennen ihn nicht«, verkündete Ali Khedri im Brustton der Überzeugung. »Genauso wenig wie seinen Vater.«

Bei seinem Eintreffen im Haus des Wasserträgers hatte Mahmoud es leer und das ganze Viertel in Aufruhr vorgefunden. Kurz davor hatte die Polizei Ali Khedri ins Revier geschafft, nicht unbedingt weil er sich auf Suleimans Vater gestürzt hatte – bei Schlägereien auf den Straßen nahm die Polizei es nicht so genau –, sondern vor allem weil er sich danach nicht hatte bändigen lassen. Schließlich hatten die Polizisten ihm in letzter Verzweiflung eins mit dem Knüppel überziehen müssen. Danach hatten sie ihn, wie sie Mahmoud erklärten, nicht einfach liegen lassen dürfen – »sonst hätte sein Widersacher zurückkommen und ihn erstechen können« – und ihn mit aufs Revier genommen.

Ohne sich weiter um knifflige juristische Aspekte zu kümmern, waren sie drauf und dran gewesen, Suleimans Vater zusammen mit Ali Khedri in dieselbe Zelle zu sperren, als glücklicherweise Mahmoud eingetroffen war.

Er und Owen wechselten einen Blick. Sie hatten schon oft gemeinsam Verhöre geführt und brauchten sich nicht mehr abzusprechen. Mahmoud übernahm die Befragung.

»Warum hätte er sie ausspähen sollen?«

»Um mich zu zerstören.«

»Sie sehen zu viel dahinter«, brummte Mahmoud. »Es war der Zufall, der sie zusammengeführt hat.«

»War es etwa der Zufall, der ihn ins Gamaliya gebracht hat?«, brauste Ali Khedri auf. »War das etwa Zufall, dass er hier immer rumgeschlichen ist? Dass er mich ausspioniert hat, so dass ich gar nicht mehr aus dem Haus gehen konnte, ohne mich beobachtet zu fühlen?«

»Er kam doch nur, um Ihre Tochter anzuschauen. Er war nichts anderes als ein liebestolles Kalb.«

»Ach, so war das?« Ali Khedri spielte den Überraschten. »Sonst steckte nichts dahinter? Und ich hatte gedacht, er suche einen Weg, um mich zu zerstören!«

»Das ist krankhafte Einbildung!«, fuhr ihn Mahmoud an.

»Als ob das nicht mehr als genug gewesen wäre«, flüsterte Ali Khedri mehr für sich als an Mahmoud gewandt. »Von dem anderen ganz zu schweigen.«

»Was für anderem?«

Ali Khedri achtete nicht darauf.

»Hätte das nicht genügt, um meine Hoffnung zu zerstören?«

»Hoffnung?«

»Auf Entkommen«, sagte Ali Khedri. »Auf ein neues Leben. Darauf, nicht wie ein Hund zu enden.«

»Durch die Verheiratung Ihrer Tochter mit Omar Fayoum?«

»Die Hoffnung war da«, flüsterte Ali Khedri. »Dicht bei mir. Und diese Fatima hat sie mir geraubt.«

»Sie hat Ihnen die Hoffnung nicht geraubt«, entgegnete Mahmoud. »Sie haben sich selbst darum gebracht.«

»Sie hat mich betrogen.«

»Sie hat Sie nicht betrogen. Sie hat den Jungen weggeschickt.«

Ali Khedri machte eine wegwerfende Geste. »Zu spät. Bis dahin wusste es schon die ganze Welt. Omar Fayoum wusste es.«

»Der Junge wollte zu Ihnen kommen. Er wollte um Leilas Hand anhalten. Er hätte ihr mehr gegeben als Omar Fayoum.«

»Glauben Sie das wirklich?«, fragte der Wasserträger mit einem bitteren Lächeln.

»Er hätte die Einwilligung seines Vater bekommen. Sein Vater liebt ihn.«

»Liebt ihn?«, knurrte Ali Khedri. Es klang fast so, als wäre das ein Fremdwort für ihn.

»Sein Vater kam zu Ihnen«, erinnerte ihn Mahmoud, »weil er eine Möglichkeit suchte, Wiedergutmachung zu leisten.«

Ali Khedri starrte ihn einen langen Moment an, dann beugte er sich betont langsam zur Seite und spuckte aus. »So viel halte ich von seiner Wiedergutmachung.«

Suleimans Vater war nicht ernsthaft verletzt worden. Von den Schreien aufgeschreckt, waren die Nachbarn herbeigerannt und hatten ihn von Ali Khedris Würgegriff befreit. Mahmoud fragte ihn, ob er ihn verklagen wolle.

»Was für einen Sinn hätte das?«, seufzte Al Sayyid Hannam.

Owen und Mahmoud inspizierten das Gamaliya. Im Viertel war es jetzt ruhig. Vor Ali Khedris Baracke stand jedoch immer noch eine kleine Menschentraube. Mahmoud ging hinüber.

»Kehren Sie in Ihre Häuser zurück«, forderte er die Leute auf. »Für einen Abend hat es heute schon genug böses Blut gegeben.«

»Was ist mit Ali Khedri?«, wollte einer wissen.

»Er bleibt die Nacht über im Gefängnis.«

»Es war nicht seine Schuld. Warum musste dieser Mann da kommen und ihn belästigen?«

»Er ist gekommen, um ihm die Hand der Freundschaft zu reichen.«

Einer spuckte voller Verachtung in die Dunkelheit. Owen glaubte, in ihm Fatimas Mann zu erkennen. Er konnte inzwischen sehen, dass die Gruppe zum größten Teil aus Wasserträgern bestand.

»Wenn er wirklich Freundschaft im Sinn hat, warum schleicht hier dann ständig sein Sohn herum?«, fauchte einer.

»Er ist ein liebestoller Narr. Sein Herz hat Leila gehört.«

»Leila ist tot«, widersprach ein anderer. »Und trotzdem schleicht er immer noch durch die Gegend.«

»Sagen Sie ihm, dass er sich vom Gamaliya fernhalten soll«, forderte ein weiter hinten Stehender Mahmoud auf. Wieder nahm Owen an, dass es sich wohl um Fatimas Mann handeln müsse.

»Lassen Sie es nicht noch mal zu einem Aufruhr kommen!«, forderte Mahmoud die Männer streng auf. »Sonst leisten noch mehr Leute Ali Khedri im Gefängnis Gesellschaft!«

Die Gruppe löste sich auf. Zwei Männer überquerten

die Straße an der Stelle, wo Owen stand. Sie hatten ihn vorher nicht gesehen. Einer von ihnen war Fatimas Mann. Er starrte Owen mit vor Hass verzerrtem Gesicht an.

»Und unser Rat gilt auch für dich!«, knurrte er.

»Effendi«, murmelte Owens Diener Yussef schüchtern, als er am nächsten Morgen zu Owen ins Büro kam. »Ich glaube, dass Sie das vielleicht brauchen könnten.«

»Was ist das?«

»Ein magischer Talisman. Meine Frau hat ihn genäht. Er enthält einen heiligen Stein, den der Scheich gesegnet hat.«

»Schön, richte ihr meinen herzlichen Dank aus – und auch *dir* vielen Dank –, aber wozu benötige ich ihn gerade jetzt?«

»Wenn es bloß die Juden wären, dann wäre das nicht schlimm. Sie sind zwar gerissen und listenreich, aber andererseits sind ja auch Sie gerissen und listenreich. Doch wo Sie es jetzt mit diesem …«

»Moment mal!«, rief Owen. »Womit habe ich es zu tun?«

Yussef legte den Zeigefinger längs auf den Nasenrücken.

»Sprechen wir das Wort nicht aus. Aber ich bin bei Ihnen, Effendi. Wir alle sind bei Ihnen. Ich habe meiner Frau gesagt: ›Jetzt hat er es wirklich mit ihm zu tun.‹ Und Sie hat gesagt: ›Lass uns für ihn beten.‹ Und dann ist ihr das magische Amulett eingefallen. ›Lass uns alles tun, was wir können‹, hat sie gesagt. Wir alle wollen nämlich den Durchstich retten. Besonders meine Frau. Wie ich Ihnen ja schon mal gesagt habe, hängt es vom Durchstich ab, dass sie Kinder bekommen kann.«

»Das ist sehr liebenswürdig, Yussef. Aber ich verstehe nicht ganz … Was genau …?«

»Da war zuerst das mit dem Reglertor. Das an sich ist schon schlimm genug – glauben Sie mir, ich kenne die Bedeutung des Wassers, weil auch meine Familie aus dem Delta stammt –, aber wer hätte gedacht, dass er es auf den Durchstich abgesehen haben könnte? Ich habe gesagt, er muss übergeschnappt sein! Aber der Scheich sagt nein, er sei nicht übergeschnappt, sondern nur sehr wütend. Und das liege daran, dass so vieles in der Welt nicht mehr stimme, vor allem bei den Dämmen. Wir hätten es ein bisschen zu weit getrieben, und daran würde er uns jetzt eben erinnern. Na gut, das mit dem Reglertor kann ich ja verstehen, aber warum auch noch der Durchstich? Es hätte ihm doch bestimmt nicht weh getan, wenn er noch eine Woche gewartet hätte.«

»Moment mal, Yussef, wer – oder was – ist ›er‹? Wer – oder was – hat es auf den Durchstich abgesehen?«

»Aber, Effendi, Sie haben es doch selbst gesehen! Er hat sich an der ›Braut‹ vergangen. Der Echsenmensch!«

Auch die Zeitungen ließen den Echsenmenschen wieder aufleben. Sie fanden gar kein anderes Thema mehr. Der unglückselige Babikr geriet dabei ganz in Vergessenheit, weil jetzt der Echsenmensch in direkten Zusammenhang mit dem Manufiya-Verschluss gestellt wurde. Nur ein, zwei Blätter erwähnten Babikr insofern, als sie in ihm einen Komplizen oder Strohmann des Echsenmenschen sahen, doch die meisten verloren ihn vollständig aus den Augen und behandelten den Vorfall als ungelöstes Rätsel. Oder vielmehr als ein Rätsel, bei dem man genau wusste, wer das Verbrechen begangen hatte, den Täter aber nicht zu fassen bekam.

Und schon tauchte er an allen Ecken und Enden auf, eine Art Robin-Hood-Gestalt mit heroischer Aura, und drehte dem Gesetz die Nase! Und wie Robin Hood war er auf eine verquere Art und Weise ein Vertreter der Armen. Beim Lesen wurde Owen immer klarer, dass diese Gestalt die Zweifel der Öffentlichkeit an den neuen Dämmen bündelte, dabei nicht so sehr Ablehnung erzeugend, sehr wohl aber Sorgen und Misstrauen, kurz: das Gefühl, das Gleichgewicht sei durcheinander gebracht worden, so wie es auch schon der Fiki formuliert hatte.

An dem Glauben, der Echsenmensch hätte es jetzt auf den Durchstich abgesehen, schieden sich die Geister und damit war für neuen Zündstoff gesorgt. Während hinsichtlich der Dämme noch Zweifel bestanden, gab es bezüglich des Durchstichs keine mehr. So verwandelte sich der ›Anschlag‹ auf den Durchstich bei vielen in etwas Positives. Das bedeute nicht, behaupteten sie, dass der Echsenmensch gegen den Durchstich sei. Im Gegenteil, er sei dafür! Dies sei eben seine Art, sein Missvergnügen über die Pläne, ihn abzuschaffen, auszudrücken.

Welchen Standpunkt man jedoch auch bezog, Owen stellte zufrieden fest, dass damit die Juden nicht mehr in der Schusslinie standen. So spielte er schon mit dem Gedanken, die moslemischen Totengräber aufzusuchen und sie aufzufordern, sich besser aus der ganzen Affäre herauszuhalten, da ja nun der Echsenmensch die Sache in die Hand genommen habe.

Aber die Reaktionen der Zeitungen verrieten noch etwas anderes, aus dem Owen nicht schlau wurde. Der größte Teil der Presse war stark nationalistisch orientiert, so dass sie in der Regel einer progressiven, modernen Politik das Wort redete. Einerseits wagte sie es nicht, bei so beliebten Dingen wie dem Durchstich ins Fettnäpfchen zu treten, versuchte sie doch normalerweise, zu allem Distanz zu wahren, was einen auffälligen Anstrich von rückwärts gewandtem Aberglauben an sich hatte. Diesmal ließ sie sich jedoch von der Volksmeinung mitreißen und vereinnahmte den Echsenmenschen nach allen Regeln der Kunst!

Was noch merkwürdiger war: Die Presse benutzte die Situation, um etwas scharf zu kritisieren, was sie normalerweise unterstützte, nämlich die neuen Dämme und die Ausweitung des Bewässerungssystems. Warum änderten die Nationalisten auf einmal den Kurs?

Owen begab sich zum Schauplatz des Durchstichs, um nach dem Rechten zu sehen. Vor ihm war McPhee auf dieselbe Idee gekommen. Bei Owens Ankunft war er gerade dabei, Polizisten auf dem provisorischen Damm rund um den Erdhügel aufzustellen.

»Wahrscheinlich ist das zu viel des Guten«, meinte McPhee, »aber …«

»Wollen Sie sie über Nacht hier draußen lassen?«

»Sie sind nicht sonderlich davon erbaut«, gab McPhee zu. »Dieser Unsinn von dem Echsenmenschen …«

McPhee erging sich über sein Verständnis von Ritual und Mythos, als Owen einen Polizisten erkannte, mit dem er früher zusammengearbeitet hatte.

»Warum reden Sie nicht mit Selim?«

Selim strahlte Owen an, als er sah, dass dieser ihn erkannt hatte, und winkte ihm zu.

Owen ging zu ihm hinüber. »Selim, ich möchte, dass du das Kommando über ein paar Männer übernimmst, die …«

»Gewiss, Effendi. Diese Dummköpfe! Ich weiß schon, wie ich sie behandeln muss. Ein kräftiger Tritt in den Hintern …«

»Wir wollen hier die ganze Nacht Wachposten aufstellen und ich würde dir gern die Verantwortung dafür übertragen.«

»Über Nacht? Hier?« Selim schluckte. »Natürlich, Effendi«, brachte er tapfer hervor. Gleichwohl kehrte er geknickt auf seinen Posten zurück.

Einige Zeit später sprach er Owen noch einmal an. »Effendi, was diese Nachtschicht betrifft …«

»Ja?«

»Ich wäre gern dazu bereit. Ja, ich würde es sogar liebend gern machen. Unglücklicherweise sind in meiner Familie schlimme Sachen dazwischengekommen, die mich daran hindern …«

»Also wirklich, Selim, vor zehn Minuten gab es die noch nicht!«

»Es geht um meine Großmutter, Effendi. Sie kommt aus dem Süden, verstehen Sie? Aus dem Dinkaland, wo es nichts gibt außer Schilf. Und weit und breit keine Frauen. Außer eben meine Großmutter. Na ja, dort unten ist alles furchtbar primitiv. Es ist kein Ort, wo Sie gern leben würden, glauben Sie mir, Effendi. Und ich genauso wenig.«

»Selim …«

»Wie gesagt, dort ist alles schrecklich primitiv. Und jede Sippe hat ihr eigenes Totem. Können Sie sich das vorstellen, Effendi? Diese rückständigen Einfaltspinsel! Na gut, das Totem meiner Großmutter ist – ob Sie's glauben oder nicht, Effendi – eine Echse! Darum komme ich für diese Aufgabe leider nicht in Frage.«

»Ich verstehe nicht, warum …«

»Nun ja, Effendi, so ist es einfach doppelt so schwer für mich. Normalerweise würde ich ihn natürlich im Handumdrehen vertreiben. Was kann ein Echsenmensch denn schon einem Mann wie mir anhaben? Pah! Aber, verstehen Sie, Effendi, weil das nun mal das Totemtier meiner Großmutter ist, müsste ich ihn zweimal erschlagen. Und das ist bei einem Echsenmenschen ein bisschen viel verlangt.«

»Das wäre es in der Tat, Selim, wenn es sich denn wirklich um das Totemtier deiner Großmutter handeln würde. Nur glaube ich, dass man dich möglicherweise falsch informiert hat. Ich kenne nämlich die Totems im Dinkaland, weißt du, und Echsen gehören nicht dazu. Folglich musst du nur einmal zuschlagen. Für einen Mann wie dich ...«

»Effendi«, murmelte Selim bedrückt, »selbst ein Mann wie ich könnte Probleme mit einem Echsenmenschen bekommen.«

»Ich weiß«, antwortete Owen besänftigend. »Und darum helfe ich dir auch. Zufällig habe ich ein magisches Amulett dabei, das ich dir um unserer Freundschaft willen gerne leihen möchte.«

»Effendi!«, rief Selim überglücklich. »Dann trete ich dem Echsenmenschen in die Eier!«

»Das wird vielleicht gar nicht nötig sein. Weißt du, wenn Probleme auftreten, dann höchstens wegen der moslemischen Totengräber ...«

»Effendi, was soll ich ihnen brechen: Das Kreuz oder das Genick?«

»... oder der Juden.«

»Oder allen alles?«

»Achte nur darauf, dass du nichts zerstörst, was mit dem Durchstich zu tun hat, das genügt mir schon.«

Selim salutierte und trat entzückt ins Glied zurück.

»Selim, du hast ja zugesagt«, hörte Owen die Männer neben ihm flüstern.

»Was kann der Echsenmensch denn schon einem wie mir tun?«, rief Selim.

»Aber, Selim, er wird dir den Hintern abbeißen!«

»Das soll er mal versuchen! Andererseits ...« – Er musterte seinen Nachbarn – »beißt er dir vielleicht den deinen ab.«

»Warum meinen, Selim?«

»Weil du mich begleiten wirst, Abdul.«

Als Owen die Straße hinunterschlenderte, fiel ihm ein kleiner Stein fast direkt vor die Füße. Überrascht schaute er nach oben, konnte aber niemanden sehen. Kurz überlegte er, ob ihn vielleicht ein diebischer Vogel hatte fallen lassen. Doch dieser Stein war nun wirklich nicht so glänzend, als dass er einen Vogel hätte interessieren können. Im nächsten Moment schlug schon wieder ein Stein neben ihm auf, so dicht, dass er ihn fast getroffen hätte. Owen wirbelte herum. Erneut konnte er niemanden ausmachen. Bestimmt Kinder, dachte er; dennoch verblüffte es ihn.

Er ging weiter, bog um eine Ecke und trat schnell in einen Hauseingang. Bald darauf hörte er das vorsichtige Trappeln nackter Füße.

Als ein Junge um die Ecke kam, packte er ihn.

»Warum hast du das getan?«

»Au, Effendi. Warum tun Sie mir weh? Ich hab doch nichts getan!«

Owen hielt ihn mit festem Griff am Arm. Nicht am Galabeya – Stoff riss schnell.

»Wie heißt du?«

»Ali, Effendi«, antwortete der Junge verdrießlich. Er war etwa zwölf Jahre alt.

»Wo wohnst du?«

Der Junge deutete mit der Hand. »Dort drüben, Effendi.«

Erst jetzt nahm Owen die verfallenen Häuser am Ende der Straße wahr. Ihm dämmerte, dass er sich in der Nähe des Kanals befand.

»Welches Haus?« Owen schob den Jungen vor sich her.

»Auf der anderen Seite, Effendi.« Der Junge deutete über das ausgetrocknete Kanalbett auf ein verlassenes Lagerhaus, das vor einem Schutthaufen am Ufer stand.

»Das ist doch kein Wohnhaus.«

»Ich hab kein Zuhause«, sagte der Junge.

»Hast du Vater oder Mutter?«

»Ich glaube nicht.«

»Wer gibt dir dann zu essen?«

»Die Männer. Manchmal.

»Haben dir die Männer befohlen, einen Stein nach mir zu werfen?«

Der Junge blieb stumm.

»Warum hast du das getan?«

»Sie sind unerwünscht. Und zwar hier im Gamaliya.«

Einem Impuls folgend, sprang Owen ins Kanalbett und zerrte den Jungen hinter sich her. Zornig stapfte er zur anderen Seite und kletterte durch den Schutt zum Lagerhaus hinauf. Darin stand ein Wagen, an dem sich mehrere Männer zu schaffen machten. Sie starrten Owen verdattert an.

»Wenn Sie mich mit Steinen bewerfen wollen«, blaffte Owen sie wütend an, »dann benutzen Sie nicht einen Jungen dafür!«

»Er hat nichts mit uns zu tun«, brummte einer nach einer Schrecksekunde.

»Das will ich auch hoffen«, knurrte Owen. Jetzt sah er, dass es sich bei dem Wagen um einen Wasserkarren handelte und erkannte den Kutscher. Es war derjenige, mit dem er kürzlich gesprochen hatte. »Was machen Sie hier?«, bellte er.

»Ich stelle meinen Wagen immer hier ab«, antwortete der Mann. »Stimmt was nicht damit?«

Ein anderer trat aus dem Schatten. »Genau«, sagte er. »Stimmt was nicht damit?«

Auch ihn erkannte Owen. Es war Ahmed Uthman, Fatimas Mann. Er baute sich vor den Männern auf. »Zweimal«, sagte er, »hatte ich es in den letzten Tagen mit Ihnen zu tun. Wenn es noch mal Ärger mit Ihnen gibt, bin nicht ich derjenige, den man in den Straßen des Gamaliya nicht mehr sehen wird!«

Er stand so dicht vor ihnen, dass sie allmählich zurückwichen. »Komm schon, Farag!«, schrie einer. »Willst du das Pferd überhaupt nicht mehr einspannen?«

Achselzuckend wandte sich der Kutscher ab und setzte das Anschirren fort. Nach einer Weile drehte sich auch Ahmed Uthman um und entfernte sich. Im Gehen spuckte er mit Bedacht aufs Stroh.

Owen wusste, dass er jetzt reagieren musste. Sein Blut kochte. Er jagte dem Mann hinterher und riss ihn zu sich herum.

Sie starrten einander in die Augen.

»Und?«, fragte der Wasserträger.

»Ich präge mir nur dein Gesicht ein«, sagte Owen.

Er ließ den Mann los, bedachte die anderen noch einmal mit einem finsteren Blick und ging hinaus.

Hinter sich hörte er ein Getrappel. Er trat beiseite und schnappte sich erneut den Jungen.

»Ich bin Ihnen bloß gefolgt«, protestierte der Kleine. »Ich wollte wirklich keine Steine mehr werfen!«

Owen ließ ihn los.

»Das sind böse Männer«, erklärte er, »und auf dem besten Weg ins Gefängnis. Pass auf, dass du nicht auch noch dort landest!«

Der Junge nickte.

Owen setzte seinen Weg fort. Als der Junge ihm erneut folgte, wühlte Owen in der Tasche nach einem Piaster und gab ihn dem Kleinen. Der Junge salutierte zum Dank und blieb stehen.

»Verrate mir nur noch eins«, bat Owen über die Schulter hinweg. »Wessen Lagerhaus ist das?«

»Das von Omar Fayoum«, antwortete der Junge.

Als Owen in die Straße einbog, sah er vor sich die zwei Wasserträger, die gestern an dem Streit mit dem Kutscher des Karrens und Ahmed Uthman beteiligt gewesen waren.

»Hallo!«, begrüßte Owen sie. »Sie zeigen sich also noch weiter im Gamaliya?«

»Ja«, antwortete einer von ihnen. »Allerdings suchen wir unsere Straßen sorgfältig aus.«

»Und wir gehen immer gemeinsam«, ergänzte der andere.

Owen nickte. »Es ist schlimm, wenn man zu so etwas gezwungen wird. Wie lange ist es hier schon so?«

»Es wird langsam immer gefährlicher«, antwortete einer. »Aber so wie jetzt ist es erst seit kurzem.«

»Warum das?«, fragte Owen.

Der Mann hob die Schultern. »Das weiß ich nicht.

Vielleicht will Omar Fayoum seinen Schlauch füllen, bevor die Rohre kommen.«

Ein Stückchen weiter unten traf Owen auf Suleiman, der gerade aus einem Badehaus kam. Als der Junge den Briten bemerkte, überquerte er eilig die Straße und versuchte, einfach an ihm vorbeizugehen.

Owen hielt ihn auf. »Ist es klug, dorthin zurückzukehren, wo man Feinde hat, Suleiman?«

»Ich habe keine Angst vor Ali Khedri!« fauchte der Junge.

»Das vielleicht nicht. Aber hier im Gamaliya hat Ali Khedri viele Freunde.«

»Ich habe auch vor seinen Freunden keine Angst!«

»Einige seiner Freunde sind mir gut bekannt. Meiner Meinung nach tätest du gut daran, in den nächsten ein, zwei Monaten nicht ins Gamaliya zu kommen.«

»Ich muss meine Pflicht erfüllen.«

»Soll ich mit dem Wasseramt sprechen? Die werden bestimmt bereit sein, dich in einem anderen Bezirk einzusetzen.«

Zu Owens Überraschung blitzte ihn der Junge böse an. »Nein«, sagte er.

»Ich bin nur um dein Wohlergehen besorgt.«

Der Junge murmelte irgendetwas und versuchte sich loszureißen.

»Warum möchtest du nicht woanders eingesetzt werden? Es wäre wirklich das Beste, weißt du. Nicht nur wegen Ali Khedris Dummheit, du könntest dann auch alles andere hinter dir lassen.«

»Jeder sagt mir, ich soll alles hinter mir lassen!«, stieß Suleiman bitter hervor. »Aber was ist, wenn ich das überhaupt nicht will?«

»Leila kommt nicht mehr zurück, Suleiman. So schön das auch wäre!«

Der Junge trat von einem Fuß auf den anderen. Sein Blick war auf den Boden gesenkt. »Darum geht es mir nicht«, räumte er widerstrebend ein. »Es ist mehr. Ich weiß selbst, dass sie nicht mehr zurückkommt, und ich will ja auch die Vergangenheit hinter mir lassen. Aber nicht … aber eben nicht so, wie Sie das meinen. Es war die Vergangenheit, die Leila getötet hat, und ich will die Vergangenheit töten. Hier im Gamaliya. Ich will die Ignoranz und die Dummheit töten, die Leila umgebracht haben. Und …«, fügte Suleiman hinzu, »das werde ich tun, indem ich meine Leitungen hier in Ordnung halte.«

»Gut so. Aber das Töten überlass anderen.«

»Nein!«, begehrte Suleiman auf. »Ich will es selbst tun! Und zwar nicht nur aus dem Grund, den Labiba anführt, nämlich dass ich arbeiten muss, um dem Elend und der Unwissenheit ein Ende zu bereiten, damit es nicht noch mehr Leilas gibt. Das ist alles schön und gut und ich will mich auch danach richten. Aber ich will mehr.«

»Reicht das denn nicht?«

»Nein. Ich weiß nämlich etwas, wovon Labiba keine Ahnung hat. Sie weiß, dass man die Welt zu einem besseren Ort macht, wenn man den Leuten Wasserleitungen in die Häuser bringt. Aber ich weiß auch, dass man bestimmten Menschen damit schadet. Tja, und mir ist jetzt schon klar, wem die neuen Rohre am meisten weh tun. Und«, sagte Suleiman, »gerade denen will ich noch mehr weh tun.«

»Bringen Sie den Jungen fort von hier!«, rief Owen. »Im Viertel treibt eine Bande ihr Unwesen, und die haben was gegen ihn.«

»Gewiss«, sagte der Leiter des Wasseramtes. »Ich spreche morgen mit ihm.« Er zögerte. »Es kann aber sein, dass er nicht unbedingt dazu bereit sein wird. Es ist nämlich so, dass ich schon versucht habe, ihn woanders einzusetzen. Nach dem Tod von ... Sie wissen doch über das Mädchen Bescheid?«

»Ja.«

»Nun, ich dachte ... ich hielt es für ratsam, ihn zu versetzen. Wir hatten eine freie Stelle im El Hilmiyah, aber er hat sich geweigert.«

»Ein untergeordneter Angestellter? Warum haben Sie es ihm nicht einfach befohlen?«

»Ich habe es nicht übers Herz gebracht. Und außerdem ... außerdem hat er gedroht zu kündigen. Das hätte ich für das größere Übel gehalten.«

»Glauben Sie wirklich, er würde kündigen?«

»Er weigerte sich mit größtem Nachdruck. Aber morgen spreche ich mit ihm und versuche es noch einmal.«

»Ihm droht Gefahr für Leib und Leben, wenn er im Gamaliya bleibt.«

»Ich werde alles in meiner Macht Stehende tun. Aber was ist, wenn er sich hartnäckig zeigt und kündigt?«

Owen überlegte.

»Er ist, wie Sie sagen, ein untergeordneter Angestellter«, fuhr der Leiter der Behörde fort. »Und normalerweise würden wir nicht so viel Geduld aufbringen, aber sein Vater ist ein Cousin meiner Frau und ich möchte mein Möglichstes tun, um ihm zu helfen.«

»Ganz recht. Aber, hören Sie, wenn er tatsächlich kündigt, tun Sie alles, um ihn hinzuhalten. Sagen Sie ihm, dass er an Fristen gebunden ist. Und treiben Sie bis dahin irgend etwas außerhalb des Gamaliya für ihn auf. Es gibt noch andere Leute, die ihn vielleicht beeinflussen können. Ich werde mit ihnen sprechen.«

»Wir wollen keinen Mord«, sagte der Leiter der Behörde. »Das Verlegen der Rohre ist auch so schon überaus schwierig. Sie bringen für jeden nur Vorteile mit sich, aber Sie ahnen nicht, wie viele Leute dagegen sind.«

»Natürlich kann ich mit ihm reden«, versprach Labiba. »Aber ich bezweifle, dass er auf mich hören wird.«

»Sie haben größeren Einfluss auf ihn, als Sie denken.«

»Vielleicht. Aber ich sehe auch meine Grenzen. Trotzdem will ich mein Bestes tun. Und ich werde auch mit Mas'udi sprechen, mit dem er sich in letzter Zeit oft getroffen hat. Suleiman hilft ihm bei seiner Arbeit.«

»Was für eine Art von Arbeit?«

»Sie sind sehr misstrauisch, Captain Owen. Bescheidene Schreibarbeiten am Abend, könnte ich mir vorstellen. Abgeordnete haben einen großen Bedarf an Hilfe – unbezahlter, wohlverstanden. Aber ich denke, dass Suleiman ihm auch seinen Rat als Fachmann für Wasser erteilt. Im Augenblick zeigen die Nationalisten erhöhtes Interesse am Wasser.«

»O ja«, sagte Owen. »Das habe ich auch schon gemerkt.«

Owen begab sich zum Wehr, wo er Georgiades in den Gärten unter einem Baum liegend vorfand.

»Ich bin den ganzen Tag durch das Gamaliya gelaufen«, sagte Owen in vorwurfsvollem Ton.

»Es ist auch hier ganz schön heiß«, entgegnete Georgiades hastig und rappelte sich auf.

Tatsächlich war es in den Gärten entsetzlich heiß. Als

Owen vom Fluss hierher gekommen war, hatte ihn die Hitze wie ein Fausthieb ins Gesicht getroffen. Der Sand glühte förmlich, so dass er ihn durch die Schuhsohlen hindurch spürte. Und es wurde auch nicht kühler, als er die Rasenflächen erreichte. Die großen Wälle, bedeckt mit Bougainvilleen und Stechapfelsträuchern, wirkten sich jetzt wie Sonnenfallen aus, und über dem Gras flimmerte und tanzte die Hitze.

Owen rettete sich sofort in den Schatten der Bäume. Dort hielten sich schon die Limonadeverkäufer, die Erdnusshändler, die Verkäufer von türkischem Honig und Geflügel, die Wasserträger und jeder andere auf, den es zufällig um diese Zeit in die Gärten verschlagen hatte. Aller nicht unbedingt benötigten Kleidungsstücke einschließlich der Hosen entledigt, lagen sie ausgestreckt unter den Banyan- und Casuarinabäumen. Selbst die Vögel schienen um Luft zu ringen.

»Wo ist die Stelle?«, verlangte Owen zu wissen.

Widerwillig führte ihn Georgiades, der sich nicht unbedingt durch Schnelligkeit auszeichnete, durch die Bäume in Richtung des Reglertores. Vor sich konnten sie die blauen Wasser des Nils im Sonnenlicht schimmern und hier und dort auch hinter dem Wehr sich bildende Strudel aufblitzen sehen.

Schließlich erreichten sie die weißen Bänder des Landvermessers, die Owen schon am Vortag aufgefallen waren und die den Verlauf des neuen Kanals markierten. Erstaunt registrierte Owen, was für einen großen Teil der Gärten sie einnahmen.

»Das alles?«

Georgiades nickte und setzte die Führung fort, mitten durch in Haufen herumliegende Stile und Blüten von Bougainvilleen und Clerodendron, die man bereits gnadenlos weggehackt hatte, um Platz für die Bänder zu schaffen. Am anderen Ende, in unmittelbarer Nähe des ursprünglichen Kanals waren die Pfähle, an denen man die Bänder befestigt hatte, schon wieder herausgerissen und die Markierungen zerfetzt worden. Ein lose auf der Erde liegendes Band führte zum Kanal.

Da, wo es endete, schien das Kanalufer beschädigt zu sein. Jemand hatte die Erde war weggekratzt, so dass ein flacher Graben zum Wasser hin verlief. Er erinnerte an eine künstlich geschaffene Tränke für Wasserbüffel, nur war er zu schmal für ein solches Ungetüm. Fast wirkte es so, als hätte hier ein Tier gescharrt. Auch das Flechtwerk, das die Böschung verstärkte, war aufgebrochen und zurückgebogen worden.

Eine kleine Gruppe von Männern stand über die Stelle gebeugt und besah sich den Schaden. Dazu gehörten Macrae, Ferguson und auch der Ghaffir und der Gärtner.

»Das war irgendein Hund oder so was«, erklärte Macrae. »Stellen Sie am besten im Dorf Nachforschungen an.« Er wandte sich an den Ghaffir. »Und wenn Sie ihn hier oben sehen, erschießen Sie ihn auf der Stelle.«

Der Ghaffir schluckte. »Effendi, für mich sieht das aber nicht nach einem Hund aus.« Er berührte das Flechtwerk. »Welcher Hund wäre schon dazu in der Lage?«

»Gut, was war es dann Ihrer Meinung nach?«

Der Ghaffir und der Gärtner sahen einander bestürzt an. »Der Echsenmensch«, erklärten sie einstimmig.

10

Unweit des Kanalufers stand eine alte Trauerweide. Sie bot nicht viel Schutz vor der Sonne, war jedoch der einzige Baum in der Nähe. Wie auf ein Kommando lenkten sie die Schritte in Richtung ihres gesprenkelten Schattens. Die im Boden gespeicherte Hitze war so groß, dass man es um diese Zeit, kurz vor Mittag, nicht lange im Stehen aushielt.

Die Erde am Fuß der Weide war mit den Jahren abgetragen worden, und unter und zwischen ihren bloßliegenden Wurzeln flitzten Eidechsen hin und her. Bisweilen erstarrten sie für einen Moment, und dann konnte man ihre Herzen unter der glänzenden Haut pochen sehen.

»Tja«, brummte Macrae, »eine von diesen hier war es jedenfalls nicht.«

»Vielleicht nicht«, gab der Gärtner zu, »aber ich wette mit Ihnen, dass sie auch irgendwie damit zu tun haben.«

»Wie denn das?«

Der Gärtner ergriff ihn jäh am Arm. »Nehmen Sie sich in Acht!«, warnte er. »Die hören das und melden es weiter.«

»Was ich gerne wissen würde«, sinnierte der Ghaffir, »wie hat es nur sein Vater hingekriegt?«

»Was hingekriegt? Wessen Vater?«

»Der Vater des Echsenmenschen. Er muss mit einer Echse geschlafen haben. Und jetzt will ich wissen, wie er das geschafft hat.«

»Du Vollidiot!«, rief Macrae.

»Vielleicht war er winzig klein, Ibrahim«, schlug der Gärtner vor.

»Das muss wohl so gewesen sein.«

»Oder vielleicht war die Echse besonders groß«, meinte Owen.

Sie zogen es ernsthaft in Betracht.

»Das könnte die Lösung sein«, beschloss der Ghaffir.

»Um Himmels willen, Mann!«, schrie Macrae entnervt.

»Irgendwo draußen in der Wüste«, erwog der Ghaffir.

»Jedenfalls nicht in meinen Gärten«, erklärte der Gärtner. »So große haben wir hier nicht.«

»Drum sagte ich ja in der Wüste draußen. Man weiß nie, was es dort alles gibt.«

»Ich kann Ihnen jedenfalls sagen, was es hier nicht gibt«, knurrte Ferguson. »Nämlich einen Mann, der mit Eidechsen kopuliert.«

»Sind Sie denn schon in der Wüste draußen gewesen, Effendi? Verzeihen Sie, dass ich Sie das frage.«

»Ja. Oft sogar.«

»Wie weit sind Sie gekommen, Effendi? Bis Siwa.«

»Unter anderem.«

»Vielleicht war es ja etwas weiter im Süden«, spekulierte der Gärtner. »In Richtung Darfur. Dort unten sind sie nämlich fürchterlich primitiv.«

»Genau. Dort gibt es auch Skorpione so groß wie Felsbrocken.«

»Dann haben wir ja die Lösung. Bei einer derart großen Echse wäre das kein Problem mehr.«

»Richtig. Und er könnte von normaler Größe sein. So wie Sie und ich.« Der Ghaffir lächelte Macrae zufrieden an. »Da haben Sie die Antwort, Effendi. So ist es zustande gekommen.«

»Hm, gut, vielen Dank. Und was hat der Echsenmensch dort draußen gewollt?«

Der Ghaffir und der Gärtner wechselten einen Blick.

»Es ist nun mal so, Effendi, dass ...«

»Ja?«

»Es ist nun mal so, dass ihm nicht gefällt, was hier geschieht«, sagte der Ghaffir.

»Die Idee, mitten durch die Gärten einen Kanal zu bauen, gefällt ihm nicht«, ergänzte der Gärtner.

»Ach, glauben Sie? Dann hat ihm vielleicht auch nicht gefallen, dass das Reglertor die Gärten mit Wasser versorgt hat, hm? Ganz zu schweigen vom Delta?«

»Ich glaube, Effendi«, antwortete der Gärtner zögernd, »ich glaube, dass ihm die Dämme bisher ganz gut gefallen haben. Aber jetzt nehmen die Dämme überhand. Er sagt sich, dass wir es ein bisschen zu weit treiben.«

»Was so ziemlich der einzige vernünftige Satz von den Kerlen war«, brummte Owen hinterher.

»Dass wir es zu weit treiben? Mann, haben Sie die Berichte nicht gelesen?«

»Äh, nein ... Das heißt, nicht bis ins Detail. Nein, nicht bis ins Detail. Aber ich denke, es ist richtig, dass die Stimmung im Volk allmählich gegen die Dämme umschlägt.«

»Da täuschen Sie sich«, erklärte Macrae bestimmt. »Das ist schließlich ein Land, in dem die Leute den Wert des Wassers kennen. Und zwar jeder Einzelne! Sie nehmen dieses Geschwätz doch nicht für bare ...?«

»Das über den Echsenmenschen? Bestimmt nicht.

Das ist purer Aberglaube, in den sich die Leute hineingesteigert haben. Aber sie haben sich gerade deshalb hineingesteigert, weil sie ein Ventil brauchen, durch das sie ihr Unbehagen über die Dämme ableiten können.«

»Und Sie glauben, dass der Anschlag auf den Regler auch damit zu tun hat?«

»Ich glaube«, sagte Owen, »dass es dringend geboten ist, herauszufinden, wer die Hintermänner hinter Babikrs sind.«

Auf dem Rückweg traf Owen zu seiner Überraschung Suleimans Vater. Der ältere Mann betrachtete im Schatten eines Casuarinabaumes stehend das Reglertor. Als er Owen bemerkte, ging er ihm lächelnd entgegen.

»Ich habe mir gedacht, ich könnte es mir mal ansehen, wenn ich schon da bin.«

»Das Reglertor?«

»Ja. Es ist schließlich dazu da, die Kanäle im Delta zu versorgen, wissen Sie. Für mich ist es sehr wichtig. Meine Felder hängen davon ab.«

»Sie sind also unmittelbar von diesem Anschlag betroffen?«

»Ja. Bis zu einem bestimmten Grad. Hätte Macrae Effendi nicht so schnell gehandelt, wäre mehr passiert.«

»Sie sind einer von vielen, wie ich annehme?.«

»O ja. Aber ich bin unmittelbarer betroffen als die meisten, weil meine Felder direkt am Kanal liegen. Die anderen beziehen ihr Wasser größtenteils über Bewässerungsgräben.«

»Bedeutet das jetzt einen großen Unterschied für Sie?«

»Eigentlich nicht. Verstehen Sie, wir waren ja darauf eingestellt. Die Schleusen sollten ohnehin nächste

Woche geöffnet werden; darum hatten wir unsere Vorbereitungen getroffen. Als wir dann hörten, dass die Flutwelle vorzeitig kam, brauchten wir nur die Sperren vor unseren Gräben zu öffnen. Natürlich hat es auch viele ungeplante Überschwemmungen gegeben, aber das hat nicht übermäßig gestört. Wasser ist Wasser. Wir freuen uns darüber, egal wann es kommt.«

»Es hat also nicht viel Schaden angerichtet?«

»Doch, teilweise schon. Und es hätte noch mehr zerstören können, wenn wir nicht in der Lage gewesen wären, rechtzeitig Schritte dagegen zu ergreifen. Was uns letztlich gerettet hat, war das Telefon. Diese modernen Erfindungen, Effendi! Man kann darüber sagen, was man will, aber sie machen einen gewaltigen Unterschied aus. Neulich erst habe ich eins installieren lassen, wahrscheinlich als einziger Bauer in der ganzen Provinz! Und wie froh ich jetzt darüber bin! Aber verstehen Sie, das war wieder Macrae Effendi. Er hat jemand beauftragt, jeden anzurufen, der ein Telefon besitzt, und ihn zu warnen. Die Wunder der modernen Welt sind wirklich groß, Effendi, aber ohne die Hilfe der modernen Menschen wären sie nichts!«

Bei den Bäumen drüben herrschte plötzlich reger Zulauf.

»Ah«, sagte Suleimans Vater, »das wird Mas'udi sein.«

»Der Mann von der Volksversammlung?«

»Ja. Er ist der Abgeordnete unseres Bezirks. Wir haben uns hier verabredet.«

Es war tatsächlich Mas'udi, bekleidet mit einem soliden schwarzen Anzug – an Tagen wie diesem die denkbar ungünstigste Ausstattung für die Gärten – und dem üblichen Tarbusch des wohlhabende Effendi. Er tupfte sich mit einem großen Seidentuch das Gesicht ab.

»Hannam!«

»Mas'udi!«

Die zwei Männer umarmten sich.

»Sie kennen den Mamur Zapt?«

Mas'udi musterte Owen neugierig.« Natürlich. Ich hatte nur nicht damit gerechnet, ihn hier anzutreffen.«

»Wir sind uns zufällig begegnet«, erklärte Owen. »Ich habe mir gerade das Reglertor angesehen.«

»Wir wollen es uns auch ansehen.«

»Ach, richtig. Mr. Hannam hat es mir erzählt. Das Land gehört natürlich zu Ihrem Bezirk.«

»Genau. Eine Angelegenheit, die mir ein großes und unmittelbares Anliegen ist. Und natürlich meinen Wählern.«

»Das ist sie ganz gewiss«, bestätigte Suleimans Vater.

»Ich hielt es für das Klügste, Al-Sayyid hierher einzuladen und ihm den Stand der Dinge zu zeigen.«

»Dafür möchte ich mich bei Ihnen bedanken, Mas'udi«, sagte Suleimans Vater.

»Nun«, antwortete Mas'udi bescheiden, »das war ich nicht allein, aber ich habe in der Tat auf Eile gedrungen.«

»Nach ihren Äußerungen in der Versammlung neulich », sagte Owen mit feiner Ironie, »hätte ich eher gedacht, sie hätten gewisse Vorbehalte dagegen, Mr. Mas'udi.«

»Die habe ich, die habe ich, aber nicht gegen die Renovierung des Reglertors. Die muss sofort in Angriff genommen werden. Koste es, was es wolle!«

Suleimans Vater nickte zustimmend.

»Aber es ist das Geld der Steuerzahler, Captain Owen! Da müssen wir wachsam bleiben!«

»Aufgrund Ihrer Äußerungen dachte ich nur, dass …«

»Vorbehalte? Gegen die Renovierung? Himmel, nein!« Mas'udi schüttelte den Kopf heftig. »Diejenigen unter uns, die im Delta leben, wissen nur zu gut um die Bedeutung solcher Dinge!«

»Dennoch hatte ich den Eindruck, dass Sie und Ihre Parteifreunde angesichts der Regierungsvorschläge zur Bewässerung plötzlich den Standpunkt gewechselt haben.«

»Wenn dem so war, dann nur, weil wir uns mit der öffentlichen Meinung wandeln. Etwas, das die Regierung leider unberührt lässt!«

Er warf einen hastigen Seitenblick auf Suleimans Vater. Hannams Gesicht verriet jedoch keinerlei Regung.

»Wie auch immer, wir sind nicht gegen die Beibehaltung einer elementaren Infrastruktur. Das Reglertor für den Manufiya-Kanal muss selbstverständlich ersetzt werden. Darauf werde ich bestehen. Es sind nur übereilte und törichte Maßnahmen, die wir kritisieren. Und dann sind natürlich auch andere Fragen gestellt worden. Über die Gesundheit zum Beispiel …«

»Im Delta hat es schon immer Bilharziose gegeben«, meldete sich Suleimans Vater zu Wort.

»Genau. Und es ist höchste Zeit, dass etwas dagegen unternommen wird.«

»Ich weiß von nichts, das …«

»Moderne Methoden, mein lieber Hannam. Solche, wie sie Ihr Sohn in einem anderen, doch verwandten Gebiet vorbereitet.«

»Suleiman?«

»Er ist mir eine enorme Hilfe, Hannam. Eine unschätzbare Quelle an Ratschlägen.«

»Wirklich?«, rief Suleimans Vater erfreut.

»Ich wiederhole gern vor Ihnen, was ich schon so vielen anderen gesagt habe, mein lieber Hannam. Dieser Junge, habe ich gesagt, ist die Zukunft unseres Landes!«

»Er ist gewiss weit vorangekommen ...«

Mas'udi führte sie zu dem Teil des Ufers gegenüber dem Reglertor und begann, ihnen äußerst sachkundig, wie es Owen erschien, das Ausmaß der Schäden an den Toren zu erläutern.

Suleimans Vater, der sichtlich nicht unbeschlagen war, ging zur anderen Seite und schritt das gegenüberliegende Ufer ab, um einen besseren Ausblick zu bekommen.

Owen ergriff die Gelegenheit beim Schopf und sprach Mas'udi auf ein anderes Thema an: »Hatten Sie schon Gelegenheit, mit dem Jungen zu reden?«

»Mit dem Jungen zu reden?«

»Wollte Labiba Latifa Ihnen nicht ...?«

»Ach ja. Sie hat es mir gegenüber erwähnt. Ging es nicht um eine Versetzung? Nun, ich denke, der Junge ist dort, wo er im Moment ist, ganz glücklich.«

»Das ist nicht das Problem. Sein Leben ist möglicherweise in Gefahr. Dort draußen gibt es eine Bande ...«

»Bande?«, fragte Mas'udi. »Leben in Gefahr? Dann sind doch sicher Sie derjenige, der das in die Hand nimmt!«

Ein paar Arbeiter hatten ein Chamäleon gefangen. Sie hatten am Kanalufer eine Mulde im Sand freigeschaufelt und so eine Arena mit hohen Wänden geschaffen, die breit genug war, damit es sich darin bewegen konnte. Dort hatten sie es zusammen mit einer Heuschrecke hineingesetzt und jetzt drängten sie sich im Kreis, um den Kampf zu verfolgen.

Es sollte eindeutig ein äußerst ungleicher werden. Die Heuschrecke konnte dem Chamäleon nichts antun, doch das Chamäleon konnte der Heuschrecke sehr viel antun. Es ging nur darum, wie lange die Heuschrecke überleben würde.

Ihre Chancen waren jedoch nicht unbeträchtlich. Das Chamäleon konnte seine Zunge zehn bis zwölf Zentimeter vorschießen lassen, um sie wie ein Lasso um seine Beute zu schlingen. Wenn nun die Heuschrecke wiederum ihre Sprünge geschickt genug ausführte, konnte sie der Zunge entgehen. Hielt sie das lange genug durch, ermüdeten die Zunge des Chamäleons irgendwann, und man würde die Heuschrecke zum Sieger erklären.

Der Wettkampf lief bereits, als Owen an dem Kreis der Männer vorbeischlenderte, und offenbar hatte sich die Heuschrecke so wacker geschlagen, dass beträchtliche Beträge auf sie gesetzt wurden. Owen sah die Münzen auf einem schmutzigen Taschentuch aufgereiht liegen.

Ein Arbeiter berührte ihn am Arm. »Er ist schon mal hier gewesen«, sagte der Mann und deutete mit dem Kinn in Richtung Mas'udi und Al Sayyid Hannam.

»Welcher?«

»Der Effendi dort.«

Mas'udi. Owen nickte.

»Wann?«

»Bevor das Reglertor kaputt ging.«

Owen nickte erneut und ließ eine Hand in seine Tasche gleiten. »Hat er mit jemandem gesprochen?«

»Er war zusammen mit jemand da.«

»Wem?«

»Einem Jungen. Ein Effendi.«

Owen ließ die Münzen in seiner Tasche klimpern. »Haben sie mit noch jemand anderem gesprochen?«

»Das glaube ich nicht.«

»Babikr?«

»Sicher nicht.«

Owen zog seine Hand heraus. »Was haben sie dann gemacht?«

»Sich nur was angeschaut.«

»Das Reglertor?«

»Das Reglertor.«

Owen drückte dem Mann ein paar Münzen in die Hand; sie wurden sofort auf das Chamäleon gesetzt.

Owen nahm eine Feluke zurück in die Stadt. Um diese Tageszeit gab es nicht viele Passagiere, nur eine kleine Gruppe von Fellachen mit einem Käfig voller Hühner. Die Männer hockten angeregt miteinander schwatzend auf dem Deck, neben ihnen stand ein mit Klee für die Zugpferde der Stadt beladener Esel. Owen saß hinten am Heck, wo der Steuermann lässig auf dem Boden lagerte und eine Hand auf dem Ruder ruhen ließ.

Am Nil wehen die Winde vorwiegend aus dem Norden, während die Strömung aus dem Süden kommt – ein günstiger Umstand, denn er hat zur Folge, dass bei etwas Glück eine Bootsbesatzung sehr wenig zu tun hat, egal in welche Richtung sie fährt. Heute war der Wind gerade kräftig genug, um die Strömung zu überwinden, so dass die Feluke gemächlich flussaufwärts glitt.

Auf dem Nil draußen gab es keinerlei Schutz vor der

Sonne und weil das Wasser ihre Strahlen reflektierte, waren die Augen dem grellen Licht schutzlos preisgegeben. Owen dachte normalerweise nie an seine Sonnenbrille, doch heute wünschte er sich, er hätte sie dabei.

Der Steuermann hielt die Hand ins Wasser und bespritzte sich das Gesicht. Dann fragte er Owen, ob er etwas trinken wolle. Als der Brite bejahte, tauchte er eine leere Bierflasche in den Fluss, zog sie wieder heraus und reichte sie Owen.

»Versuchen Sie das«, sagte er. »Solches Wasser bekommen Sie in ganz Kairo nicht!«

Einer der Fellachen sah auf. »Das stimmt«, bestätigte er. »Wissen Sie, was man immer sagt? Das beste Wasser kommt aus der Mitte des Flusses!« Er streckte die Hand nach der für Owen bestimmten Flasche aus.

»Und das Schöne daran ist«, sagte der Steuermann, »es ist umsonst.«

»Hier draußen ist es umsonst«, merkte der Fellache an, »aber in der Stadt bald nicht mehr.«

»Warum das?«

»Es heißt, dass man Wasser in Zukunft nur noch aus Rohren bekommen kann. Und es ist doch wohl logisch, dass man es dann nicht einfach so kriegt.«

Der Steuermann zuckte die Schultern. »Der Fluss wird trotzdem bleiben, oder? Und es wird weiter Wasserträger geben.«

»Ach, bist du dir da sicher?«, fragte der Fellache.

Einem Impuls folgend, beschloss Owen, das Boot nicht in Bulak zu verlassen, sondern erst gegenüber auf der Insel Roda, wo er besser sehen konnte, wie die Vorbereitungen für den Durchstich gediehen.

Bereits jetzt war die Mündung des Kanals mit derart

vielen Booten verstopft, dass kaum noch genug Platz für die Barke des Kadi blieb, die am Höhepunkt der Zeremonie durchfahren sollte. Owen sah sie vor der Insel vertäut auf dem Wasser schaukeln. Arbeiter hatten alle Hände voll damit zu tun, sie auf Hochglanz zu bringen. Von der Takelage hingen Laternen herab, die verzierten Stühle standen schon auf dem Deck und vorne am Bug thronte auf einer erhöhten Plattform die Kanone.

Beide Kanalufer säumten mittlerweile dichte Mauern aus Buden. Für Zuschauer schien es da überhaupt keine freien Stellen mehr zu geben; und trotzdem hatten sich dort schon einige Unentwegte niedergelassen, um bis zum Durchstich auszuharren.

Im Kanalbett unten tollten kleine Jungen herum und machten sich einen Spaß daraus, zu versuchen, den Polizeiriegel um den Erdhügel herum zu durchbrechen und auf die Spitze zu klettern. Gelegentlich gelang das einem oder zweien sogar beinahe, doch dann wurden sie von Beamten eingefangen und kräftig gescholten. Die Atmosphäre schien freilich überaus freundlich zu sein.

Owen bemerkte Selim. Der Polizist plauderte auf der anderen Seite des Hügels mit Erdnussverkäufern, die sich das Haar grell mit dem Saft der Hennapflanze gefärbt hatten. Sie bogen sich vor Lachen über einen Witz von ihm. Als er Owen erkannte, ließ Selim die Männer stehen und ging zu ihm hinüber.

»Effendi«, begann er, »sie waren da.«

»Wer?«

»Die Totengräber. Sie haben gesagt, sie wollten die Stelle in Augenschein nehmen. Es könne ja sein, dass die Juden doch noch ausfielen.«

»Hast du sie denn gelassen?«

»Ja, aber nicht zu nahe ran. Ich habe ihnen gesagt – das wird Ihnen gefallen, Effendi – ich habe gesagt: ›Mein Chef wird euch in den Arsch beißen.‹ Da haben sie geantwortet: ›O ja, natürlich; und wer ist dein Chef?‹ Ich habe gesagt – jetzt kommt's, Effendi: ›Der Echsenmensch!‹ Und sie haben gefragt: ›Was zum Teufel hat der damit zu tun?‹ Und ich habe gesagt: ›Er macht das, was ihr gerade tut; er will sich die Vorbereitungen anschauen.‹ Tja, das hat ihnen ganz und gar nicht gefallen. Schließlich haben sie mich gefragt, woher ich das weiß, und ich habe gesagt: ›Er hat letzthin in der Nacht rumgeschnüffelt und sein Zeichen hinterlassen.‹ Und das hat ihnen auch nicht gerade geschmeckt. ›So, meine kleinen Blüten‹, habe ich dann gesagt, ›passt darum lieber gut auf euren Hintern auf!‹ Auf einmal haben sie eine dicke Lippe riskiert und behauptet, er sei nicht der einzige, der sich diesmal für den ganzen Ablauf interessieren würde, und alle anderen müssten sich vorsehen, aber sie nicht. Trotzdem, Effendi, ich konnte sehen, dass sie besorgt waren. Abgesehen davon, Effendi, ist der größte von ihnen im Vergleich zu mir nichts als ein Floh.«

»Angenommen«, sinnierte Zeinab, »sie wäre tatsächlich an den Folgen der Beschneidung gestorben: Was hätten Sie dann gemacht?«

Mahmoud rutschte unbehaglich auf seinem Stuhl herum. »Diese Frage stellt sich nicht«, erklärte er.

»Aber sie muss sich doch die ganze Zeit stellen«, wandte Zeinab ein. »Die Beschneidung von Frauen ist gängige Praxis in den Armenvierteln und angesichts der Zustände dort geht es zwangsläufig sehr oft schief.«

»Diese Praxis ist kein Gesetzesverstoß«, sagte Mahmoud.

»Also würden Sie nichts unternehmen?«

»Ich würde mir die Begleitumstände ansehen, um festzustellen, ob sie rechtliche Folgen nach sich ziehen könnten.«

»Rechtliche Folgen wären also möglich?«

Owen konnte vorhersehen, dass Mahmoud in Schwierigkeiten geraten würde.

Nun, er hatte dieses Treffen auf Zeinabs Bitte hin organisiert. Frauen luden Männer nicht ein, und Mahmoud hätte der Schlag getroffen, wenn sie persönlich an ihn herangetreten wäre. Er empfand es auch so schon als schwierig genug, mit Zeinab zu reden. Sie war nicht nur eine Frau, sondern darüber hinaus die Tochter eines Pascha; und sie war nicht die Tochter irgendeines Pascha, sondern die eines überaus freidenkerischen, und dazu erzogen, die Konversation mit einer Ungezwungenheit zu führen, die Mahmoud schockierte.

Die Beschneidungsfrage war beispielsweise ein Thema, über das eine Frau unter keinen Umständen mit einem Mann reden durfte, es sei denn, sie war mit ihm verheiratet. Zugegebenermaßen war auch Owen anwesend, doch er war streng genommen nicht Zeinabs Mann. In höchster Verzweiflung warf Mahmoud ihm einen gequälten Blick zu.

»Vermutlich könnte sträfliche Fahrlässigkeit vorliegen«, soufflierte Owen.

Voller Dankbarkeit stürzte sich Mahmoud darauf. Zur Beschneidung von Frauen wäre ihm nichts eingefallen, was er hätte sagen können, ohne gegen den Anstand zu verstoßen; zum Thema Recht hingegen konnte er ewig reden. Er erging sich in einer überaus akademischen Erklärung auf dem sicheren Boden der Logik.

»Sie erwarten doch bestimmt nicht, dass eine Frau im Gamaliya das alles versteht?«, hielt ihm Zeinab entgegen.

»Äh … nein, sie müsste einen Advokaten zu Rate ziehen.«

»Sie zum Beispiel.«

»Nun …«

Allein schon bei diesem Gedanken ergriff ihn Panik. Und bei anderen Gelegenheiten hätte ihn Zeinab genüsslich gequält, doch heute galt ihr ganzes Interesse dem Gesetz, nicht dem Juristen.

»Ich finde, der Versuch, Abhilfe zu schaffen, taugt von vornherein nicht«, erklärte sie. »Das ist zu kompliziert. Die Praxis selbst gilt es anzugreifen.«

Eine kleine Pause entstand.

»Ich glaube, da kann ich Ihnen zustimmen«, sagte Mahmoud zu ihrer Überraschung.

»Wirklich?«

Zeinab sah ihn fast zärtlich an.

»Das Problem daran ist nur«, räumte Mahmoud mit einem diskreten Schulterzucken ein, »dass ich nicht weiß, wie das geschehen soll.«

»Erziehung«, meinte Owen. »Der Frauen.«

»Der Männer«, sagte Zeinab.

»Die Gesetzgebung«, murmelte Mahmoud, »wäre natürlich eine Antwort.« Er sah Zeinab an. »Könnte Ihr Vater …?«

»Selbstmord«, entgegnete Zeinab mit fester Stimme. »Politischer Selbstmord. Zumindest würde er es so sehen. Abgesehen davon hat es keinen Sinn, von der alten Garde etwas zu erhoffen. Aber die Nationalisten könnten vielleicht …«

Sie sah Mahmoud an.

»Nicht bei so etwas«, seufzte Mahmoud betrübt. »Noch nicht jedenfalls.«

Beide blickten sie in Owens Richtung.

»Die Regierung?«

»Ich glaube nicht, dass der Khedive …«

»Die Briten«, erklärte Zeinab, deren Kenntnis der politischen Situation zwar bruchstückhaft, aber realistisch war.

»Es wäre sicher nicht richtig, wenn wir bei einer Angelegenheit wie dieser in örtliche Gepflogenheiten eingreifen würden«, brummte Owen.

»Bei Frauen greift ihr aber ein«, fauchte Zeinab.

»Aber«, sagte Mahmoud, »es lag doch nicht an der Beschneidung. Sie ist erdrosselt worden.«

Er und Owen waren noch geblieben und schlürften ihren Kaffee. Während Zeinab zu irgendwelchen Kunstgalerien aufgebrochen war, brachte Mahmoud Owen auf den neuesten Stand seiner Ermittlungen im Hinblick auf Leilas Ermordung.

Die Schlüsselinformation bestand seiner Meinung nach darin, dass Leila laut einer Markthändlerin den *Souk* in Begleitung eines Mannes verlassen hatte, den sie allem Anschein nach kannte. Nun gab es allerdings nicht viele Männer, die sie hätte kennen können – oder dürfen, wie Mahmoud streng hinzufügte. Das war eben die Kehrseite der Isolierung der moslemischen Frauen.

»Es sind nicht alle wie Zeinab«, meinte Mahmoud – vielleicht aus gekränktem Stolz.

Leila stammte aus einem armen Haus und erledigte

jeden Tag die Einkäufe, so dass Leute wie die Standbesitzer auf dem *Souk* sie kannten, was freilich nicht notwendigerweise bedeutete, dass sie irgendwann ihr Gesicht gesehen hatten. Ihre Gestalt kannten sie, auch die Stimme, und ihre Frauen waren teilweise auch in Al Khedris Haus gewesen, wo sie sie vielleicht unverschleiert gesehen hatten. Außerdem erinnerten sich einige ältere Leute noch, ihr Gesicht gesehen zu haben, als sie klein gewesen war und mit anderen Kindern auf den Geröllhaufen vor den verlassenen Häusern gespielt hatte.

»Sie hatte ein sanftes Wesen«, erklärten sie.

Diese Meinung teilte das gesamte Viertel. Schüchtern und zurückhaltend mochte sie gewesen sein, vielleicht hatte sie sich hinter dem langen schwarzen Schleier auch für unsichtbar gehalten, doch jeder schien sie gekannt zu haben. Und in einem waren sie sich alle einig: Eine lasterhafte Frau war sie auf keinen Fall gewesen.

»Die?« schnaubte eine der Frauen. »Sie war so züchtig, dass sie keinen Mann auch nur angeschaut hat.«

Und doch war sie mit einem gesehen worden, ja, offenbar war sie mit ihm sogar irgendwohin gegangen.

»Na gut, aber selbst wenn das stimmt, können wir sicher sein, dass nichts daran unzüchtig war«, erklärte eine Frau, die der von Um Fattouha zusammengetrommelten Gruppe angehörte.

»Immerhin ging sie mit diesem Jungen«, hatte Mahmoud ihr vorgehalten.

Jede lächelte vor sich hin. Offenbar zählte so etwas nicht. Im tiefsten Herzen waren die Bewohnerinnen des Gamaliya Romantikerinnen.

»Sie waren wie kleine Kinder!«

»Ich bezweifle, dass es bei ihnen über Händchen halten hinausgegangen ist.«

»Wussten Sie etwa über alles Bescheid?«, fragte Mahmoud perplex.

»Wir sind nicht von gestern!«

»Man konnte es seinem Gesicht ablesen!«

»Sie haben immer aufeinander gewartet.«

»Einmal war sie furchtbar verärgert, weil er nicht da war. Und als er dann völlig außer Atem herbeigestürzt kam, schaute sie ihn überhaupt nicht an. Er musste sogar hinter ihr gehen.«

Das war allerdings die große Ausnahme gewesen.

»Aber später hat ihr das wohl leid getan, oder?«

»Nach gerade mal zwei Schritten!«

Sie brachen in Lachen aus und schlossen jede Möglichkeit, dass Suleiman ihr Gewalt angetan haben könnte, kategorisch aus.

»Dazu ist er einfach nicht in der Lage.«

Mahmoud war sich dessen nicht so sicher.

Zumindest schloss er nichts aus. Denn wer hätte es gewesen sein können, wenn nicht Suleiman?

»So gering der Verdacht auch sein mag«, erklärte er, »man muss jeden Mann, den sie kannte, unter die Lupe nehmen.«

Folglich hatte er ihren Vater aufgesucht.

Vorher hatte er jedoch peinlich genau andere Möglichkeiten überprüft. Hatte sie Onkel? Cousins?

»Nicht hier«, sagten die Frauen. »Im Dorf vielleicht. Aber von denen lässt sich bei uns niemand blicken.«

»Doch, manchmal«, wiedersprach eine andere. »Ich erinnere mich, einmal einen Cousin gesehen zu haben.«

»Stimmt, aber der war nur hier, um seine *Corvée* zu leisten. Er ist sie nicht wirklich besuchen gekommen.«

In der Tat schauten gelegentlich Männer aus dem Dorf vorbei, wenn sie zufällig in Kairo waren. Das war meistens dann der Fall, wenn sie ihre jährlichen Pflichten bei der Ausbesserung der Nilufer und der Dämme verrichteten. Es war auch praktisch nie derselbe, sondern irgendein Dorfbewohner, der zufällig gerade hergeschickt wurde und dann die Grüße der Verwandten und das eine oder andere kleine Geschenk überbrachte.

»Sie hatten nicht regelmäßig Besuch?«

Nicht, soweit sie sich erinnerten.

Freunde? Gab es sonst irgendwelche Freunde?

»Freunde?«, fragte eine der Frauen. »So was hatte dieser alte Dreckskerl doch nie!«

»Dessen bin ich mir nicht so sicher«, murmelte Owen und nippte an seinem Kaffee. »Wie steht es um Fatimas Ehemann? Er und Ali Khedri scheinen viel zusammenzustecken.«

»Ich habe mich über ihn erkundigt«, erklärte Mahmoud. »Fatima hat gesagt, dass sie eigentlich nicht allzu eng befreundet wären.«

»Eng genug, um Leila bei sich aufzunehmen, als ihr Vater sie rausgeworfen hatte«, knurrte Owen.

»Das ging von ihr aus, nicht von ihm. Sie hatte Leila schon als kleines Mädchen gekannt. Aber die zwei Männer hatten eben nie viel miteinander zu tun. Erst letztes Jahr hat sich das nach und nach geändert. Ansonsten sieht sie es genauso wie die anderen Frauen: Ali Khedri hatte keine Freunde.«

»Nicht mal unter den Wasserträgern?«

»Anscheinend nicht.«

»Sie sind eine verschworene Gemeinschaft dort unten im Gamaliya«, brummte Owen.

»Schon, aber die anderen mögen ihn nicht. Er sei zu verbittert, sagen sie.«

Einen »griesgrämigen Teufel« hatte ihn eine der Frauen genannt.

»Vor dem Tod seiner Frau war er umgänglicher.«

»Sie war eine Heilige. Und Leila ähnelte ihr.«

»Nie ein böses Wort!«

»Böse Worte hätten ihm nicht geschadet. Vor allem nach dem Tod seiner Frau nicht. So wie er dieses Mädchen behandelt hat!«

»Sicher, aber so hat er jeden behandelt.«

»Es wurde so schlimm, dass niemand mehr sein Haus betreten wollte.«

»Wie war das, wenn trotzdem Leute gekommen sind?«, erkundigte sich Mahmoud. »Haben sie dann Leila besucht?«

»Bestimmt nicht. Er war fürchterlich streng. Wenn jemand kam, hat er sie immer rausgeschickt. Weil nur ein Zimmer zur Verfügung stand, musste sie im Hof warten.«

»Und es gab keinen Mann, der ein Auge auf sie geworfen hatte?«

»Wie denn? Bei welcher Gelegenheit.«

»Omar Fayoum?«

Die Frauen sahen einander an.

»Ich weiß nicht, wie er sie bemerkt hat. Vielleicht hat er sie auf der Straße gesehen. Sie brachte ja ihrem Vater immer das Essen. Jede Wette, dass ihm das gefallen hat! Wird sich gedacht haben, so ein Mädchen könnte er gut brauchen!«

Geduldig hatte sich Mahmoud mit sämtlichen Männern befasst, die sie hätte kennen können. Am Ende war nur noch der Vater übrig geblieben.

»Er hatte mit ihr gestritten«, erklärte Mahmoud. »Und zwar so heftig, dass er sie rausgeworfen hat. Nachdem er so viel auf sie gesetzt hatte – und dann alles zusammengebrochen war. Dafür gab er ihr die Schuld.«

»Äh, sicher, aber …«

»Ich weiß. Trotzdem geschehen die meisten Morde nun mal innerhalb der Familie. Und das war eben keine ausgesprochen gute Familie. Wie auch immer, ich habe nachgeprüft, wo er in der fraglichen Nacht überall war. Fatima hatte sich bei ihm nach Leila erkundigen wollen, weil das Mädchen nicht zurückgekommen war. Und er war zu Hause. Das wissen wir, weil unbefangene Zeugen das bestätigt haben. Sie hörten sie streiten. Aber das war vermutlich schon nach dem Mord. Die Frage ist nur, was hat er davor gemacht?«

Das hatte Mahmoud von Ali Khedri wissen wollen.

»Was geht das Sie an?«, war Ali Khedris trotzige Erwiderung gewesen.

Mahmoud hatte es ihm gesagt.

Wiederstrebend hatte ihm Ali Khedri zu verstehen gegeben, dass er seine Runde an diesem Tag früher beendet und danach Omar Fayoums Kutscher beim Ausschirren geholfen hätte. Sie seien noch eine Weile plaudernd beisammen geblieben.

»Wie lange?«, setzte Mahmoud nach.

»Woher soll ich das wissen?«

Zwei Stunden ungefähr, hatte er schließlich gemeint.

»Wer war noch dabei?«

Omar Fayoum, der Kutscher, Ahmed Uthman und noch ein, zwei andere.

Wann waren sie gegangen?

Als es dunkel wurde. Also etwa zu der Zeit, als Leila zum *Souk* gelaufen war.

»Hat ihn jemand begleitet?«

Ahmed Uthman. Aber dann war jeder zu sich nach Hause gegangen.

»Das hat Ahmed Uthman bestätigt«, sagte Mahmoud. »Aber wir wissen natürlich nicht, was geschehen ist, nachdem sie sich getrennt hatten.«

Laut seiner Aussage war Ali Khedri zu Hause geblieben. Er hatte sich ein Abendessen gekocht und das Haus nicht mehr verlassen. Niemand war zu ihm gekommen. Bis eben diese dumme Ziege von Fatima bei ihm hereingeplatzt war und ihn angekreischt hatte.

»Ich habe Leute mit dem Auftrag losgeschickt, nachzuprüfen, ob ihn jemand in dieser Nacht gesehen hat«, fuhr Mahmoud fort. »Bisher ohne Erfolg.«

»Warum fragen Sie mich das alles?«, hatte ihn Ali Khedri zum Schluss angefaucht.

»Sie haben einen Mann angegriffen«, hatte Mahmoud erwidert. »Könnten Sie da nicht auch andere angreifen?«

»Meine eigene Tochter etwa?«

»So wie Sie über sie gesprochen haben«, konterte Mahmoud, »ja.«

»Nicht mit mir müssen Sie reden!«, hatte Ali Khedri geschrien. »Sondern mit diesem Jungen!«

11

Es war das letzte Mal – wenigstens hofften das alle Anwesenden –, dass sie sich treffen mussten; der letzte Anlass, wie McPhee mit einem Hinweis auf das Historische daran betonte, zur Zusammenkunft des Durchstich-Komitees.

»Wann wird mit der Auffüllung des Kanals begonnen?«, erkundigte sich der Kadi.

»Ach, das dauert noch ein paar Monate«, antwortete der Minister. »Wir sind uns über die Finanzierung noch nicht völlig im Klaren.«

»Besteht eine Möglichkeit, das Ganze zu verschieben?«, fragte der Kadi. »Wenigstens noch um ein Jahr? Das wäre eine sehr populäre Entscheidung.«

»Das bezweifle ich«, sagte der Minister. »Die Verträge sind schon unterschrieben.«

Sie hatten noch einmal die Planungen für den Tag des Durchstichs überprüft. Es sollte früh losgehen. In der Nacht sollten die Arbeiter so viel vom Damm abtragen, dass nur noch eine Schicht, nicht stärker wie ein Fuß, übrig blieb. Bei Sonnenaufgang würde dann die Barke des Kadi herangleiten, von der aus der Würdenträger eine Proklamation verlesen wollte.

»Leider das übliche schwülstige Gerede«, entschuldigte sich der Kadi.

Dann musste ein Boot den Rest des Erdwalls durchstoßen.

»Doch hoffentlich nicht meins?«, fragte der Kadi besorgt.

»Nein, ein kleines«, beruhigte ihn McPhee. »Mit einem Offizier darin.

»Tapferer Kerl«, murmelte der Kadi erleichtert.

»Das Wasser wird durch die Lücke schießen und ›die Braut‹ niederreißen.«

»Das wird doch hoffentlich klappen? Ich meine, wird sie garantiert fortgeschwemmt?«

»O ja!«

»Wir müssen unbedingt verhindern, dass etwas schief geht. Immerhin war ›die Braut‹ dieses Jahr nicht gerade mit Glück gesegnet.«

»Hören Sie«, sagte McPhee, »die machen das seit fast zweitausend Jahren.«

»Wollte mich nur vergewissern.«

»Was ist mit Gold?«, fragte McPhee.

»Gold?«

»Früher wurde immer Gold an die Leute verteilt.«

»Nun, dieses Jahr aber nicht!« rief Paul. »Die von der Kämmerei würde der Schlag treffen.«

»Und der Polizeieinsatz?«, erkundigte sich Garvin.

»Alles geregelt, Sir«, meldete McPhee. »Ich habe diesmal eine zusätzliche Einheit aufgestellt. Angesichts ... na ja, Sie wissen schon.«

»Wie sieht es damit aus?«, hakte Paul nach. »Wissen wir inzwischen, wer nun den Durchstich machen wird?«

»Ist noch in der Schwebe. Die Juden beratschlagen weiter, ob sie ohne Zulage dazu bereit sind. Und die moslemischen Totengräber hoffen immer noch, dass sie ablehnen.«

»Tja, bis morgen Abend müssen sie es sich überlegt haben.«

»Genau deshalb müssen wir mit Problemen rechnen«, brummte Owen.

»Wir werden vorbereitet sein«, versprach McPhee mit grimmiger Miene.

»Dazu habe ich einen Vorschlag«, sagte Owen.

»Solange er kein Geld kostet!«, meinte der Minister.

»Nun, er braucht kein zusätzliches Geld zu kosten. Es ist eher eine Frage der Umschichtung.«

»Mein Gott!«, stöhnte Paul. »Sie reden wie ein Buchhalter! Und ich hatte Sie für einen Freund gehalten!«

Owen wandte sich an den Minister. »Sie selbst haben mich darauf gebracht, als Sie von einem Anschlag auf die Staatskasse sprachen, um das Geld für das Reglertor aufzutreiben.«

»Also bitte, ein Anschlag ist genug!«

»Nein, nein, darauf wollte ich gar nicht hinaus. Es ist nur so, dass der Kanal aufgefüllt werden muss. Und man wird die Leute, die das machen, bezahlen müssen. Nun, warum versprechen wir diese Arbeit nicht den Juden und den Totengräbern? Allerdings nur unter der Bedingung, dass sie morgen nicht für Ärger sorgen. Irgendjemand muss diese Arbeit schließlich ausführen.«

»Ihre Idee gefällt mir eigentlich ganz gut«, meinte Paul.

»Dann wären wir aus dem Schneider«, bestätigte Garvin.

»Würden damit die Probleme nicht bloß verschoben?«, merkte der Kadi an. »Ich will sagen, sie werden trotzdem Schwierigkeiten damit haben, zusammenzuarbeiten.«

»Sie würden ja nicht gemeinsam arbeiten müssen«, beschwichtigte Owen. »Die Juden könnten an dem einen Ende anfangen, und die moslemischen Totengräber am anderen.«

»Eine hervorragende Idee!« rief der Kadi. »Wir könnten einen Wettkampf daraus machen!«

»Wer es als Erster schafft, erhält eine Belohnung, meinen Sie es so?«, fragte der Minister.

»Ich dachte eher an Ehre und persönliche Genugtuung«, entgegnete der Kadi in tadelndem Ton.

»Ich dachte mir eigentlich, dass es besser wäre, wenn sie zu verschiedenen Zeitpunkten fertig werden«, erklärte Owen. »Dann gäbe es keine Streitereien.«

»Sie wissen«, sagte Paul, »dass dieser Vorschlag beträchtliche Vorteile mit sich bringt.«

»Ein Vorschlag«, rief der Kadi bewundernd, »der eines Mamur Zapt würdig ist!«

»Schön«, sagte Paul abrupt. »Ist das dann geregelt? Sonst noch was?«

»Nun ja«, begann der Kadi, da wäre noch der Echsenmensch.«

»Genau«, sagte der Minister. »Da wäre noch der Echsenmensch.«

Paul starrte ihn entgeistert an. »Echsenmensch?«

»Treibt offenbar bei der ›Braut des Nil‹ sein Unwesen.«

»Dort habe ich einen Wachtposten aufgestellt«, meldete McPhee.

»Wegen des Echsenmenschen?«, fragte Paul.

»Hoffentlich werden keine Leute von den Dämmen abgezogen«, warnte der Minister. »Dort werden nämlich auch Wächter benötigt, wissen Sie.«

»Ich dachte, der Verursacher des Dammdurchbruchs säße im Gefängnis.«

»Nein, nein, Dammwächter wegen des Echsenmenschen.«

»Moment mal«, bat Paul, um Beherrschung kämpfend. »Wir haben überall Wachtposten wegen des Echsenmenschen aufgestellt?«

»Auf alle Fälle beim Durchstich.«

»Warum eigentlich – können Sie mir bitte erklären, wozu und weshalb – ist es für nötig befunden worden, Wachtposten wegen eines – zum Schutz vor einem – Echsenmenschen aufzustellen?«

»Es sind Gerüchte im Umlauf, dass er es dieses Jahr auf den Durchstich abgesehen hat.«

»Es ist nicht der Durchstich, um den es mir geht«, brummte der Minister. »Es sind die Dämme. Wir haben dort sehr viel Geld reingesteckt, verstehen Sie. Wenn noch einer kaputtgemacht …

»Ich denke, dem Durchstich droht die größere Gefahr«, widersprach der Kadi.

»Wie kommen Sie darauf, dass ein … ein Echsenmensch eine Gefahr darstellt, ob für den Durchstich oder für die Dämme?«

»Es hat bestimmte Vorfälle gegeben«, rechtfertigte sich der Kadi.

»Wirklich?« Paul sah Owen an.

»Gewissermaßen.«

»Er hat eine Sprengladung angebracht – oder anbringen lassen«, sagte der Minister. »Das könnte noch einmal passieren.«

»Aber ich dachte …?«

»Ich bezweifle, dass die kleineren Zwischenfälle an sich etwas zu bedeuten haben«, sagte Owen. »Das Problem ist nur, dass die Öffentlichkeit es sehr wohl so sieht.«

»Ich verstehe. Und nun hoffen Sie, dass die Leute erleichtert aufatmen, wenn sie einen Wachtposten entdecken?«

Owen nickte. »Ja.« Allerdings ist die Lage noch ein bisschen verzwickter. Wie gesagt, die Zwischenfälle selbst haben meiner Meinung nach nichts zu bedeuten, aber das, was sie auf eine gewisse Weise zum Ausdruck bringen, das ist sehr wohl wichtig.«

»Und was ist das?«

»Ressentiments gegen die Regierung«, sagte der Kadi.

»Ressentiments gegen die Briten«, korrigierte ihn der Minister eilig.

»Glauben Sie, dass der Echsenmensch ein Ägypter ist?«, fragte Paul.

»Äh, nein«, gab der Minister zu. »Es ist nur so, dass die Abschaffung des Durchstichs die Gemüter erhitzt hat und man die Schuld dafür …«

»Auch die Dämme haben die Gemüter erhitzt«, warf der Kadi ein.

»Gut.« Paul begann seine Unterlagen einzusammeln. »Ich weiß nicht, ob das Komitee in der Lage ist, diese Probleme zu lösen. Was aber die Frage des Echsenmenschen betrifft« – er vermied es, Owen anzusehen – »die gehört nach meinem Dafürhalten zu den Dingen, die beim Mamur Zapt am besten aufgehoben sind.«

Als Owen in die Bab-el-Khalk zurückkehrte, machte sich sein Bursche Yussef gerade in seinem Büro zu schaffen und wechselte unter anderem das Wasser im Tonkrug aus, der wie in sämtlichen Kairoer Büros auf dem Fensterbrett im Schatten des Gitterwerks stand. Der Theorie nach kühlte der Wind den Krug ab, aber das klappte natürlich nur, wenn es einen Wind gab. Heute regte sich kein Lüftchen, und das Wasser war eher warm als lauwarm. Darüber hinaus schwamm eine Fliege darin herum, die Yussef umgehend zusammen mit dem Nass zum Fenster hinaus beförderte. Danach füllte er den Krug aus einer Kanne mit Messingschnabel auf.

»Es ist das Beste, Effendi«, versicherte er Owen. »Frisch aus dem Fluss.«

»Oh, gut.« Owen nippte daran. Jäh stellte er das Glas ab. »Frisch aus dem Fluss, sagst du?« Erst seit neuestem dachte er über solche Dinge nach.

»Es ist wirklich gut, Effendi«, beschwor ihn Yussef besorgt. »Es ist nicht grün.«

›Grünes Wasser‹ stammte direkt von der ›neuen Flut‹ und wurde wegen seiner grünlichen Färbung so genannt, die entweder von den im Sudd schwimmenden Pflanzen oder den Algen des Sobat stammten (darüber waren die Meinungen geteilt). Geteilt waren die Meinungen auch über die Eigenschaften des ›grünen‹ Wassers. Löste es Liebeskummer aus? Oder war es lediglich die Ursache von Durchfall?

Ob grün oder nicht, in der Stadt gab es kein anderes Wasser, zumindest nicht in der Bab-el-Khalk, und Owen trank es seit zwei, drei Jahren ohne Beschwerden. Jetzt aber nippte er misstrauisch daran.

»Effendi!«, rief Yussef eifrig, vielleicht auch, um ihn abzulenken. »Draußen wartet ein Mann, der Sie sprechen möchte.

»Ach ja?« Owen stellte das Glas ab. »Wie lange steht er schon da?«

»Es ist ja nur ein Fellache«, meinte Yussef mit einer wegwerfenden Handbewegung. Yussef war selbst ein Fellache gewesen, doch da er jetzt in schwindelerregende Höhen aufgestiegen und Diener geworden war, schaute er neuerdings auf seine Vettern vom Land herab.

»Führ ihn rein!«

Mit schüchternen Schritten trat Suleimans Vater ein.

»Effendi …«

»Mr. Hannam!« Und um Yussef zu zeigen, was sich gehörte, bestellte Owen Kaffee.

»Effendi, bitte verzeihen Sie die Störung, wo Sie doch bestimmt viel zu tun haben, aber Labiba Latifa hat mir gesagt …«

»Labiba Latifa? Sie haben sie getroffen?«

»Ja, und sie hat mir gesagt, dass sie sich Sorgen machen wegen … Effendi, ich habe versucht, ein Wörtchen mit ihm zu reden, ich habe sogar meine Autorität als Vater eingesetzt, obwohl die heutzutage anscheinend nicht mehr viel gilt …«

»Worum geht es?«

»Um meinen Sohn. Sie haben Labiba …«

»O ja, in der Tat. Ich habe ihr geraten, ihren Einfluss auf ihn geltend zu machen und den Jungen für einige Zeit aus dem Gamaliya zu holen. Und Sie? Haben Sie auch das Ihre dazu getan?«

»Nun ja, Effendi. Allerdings ohne Erfolg. Er hört einfach nicht auf mich. Er hört nicht auf seinen Vater! Er sagt, er sei drauf und dran, etwas Wichtiges herauszufinden, das seine Vorgesetzten sehr freuen würde und das ihn in seinem Beruf weit voranbringen könnte. Er fragt mich, ob ich wirklich sein Bestes will, oder ob es mir etwa nicht gefällt, dass er vorankommt und im Beruf Erfolg hat. Aber ich will doch sein Bestes, Effendi. Deswegen habe ich ihn ja hierher geschickt. Das Wasser ist unser Lebenselixier, habe ich ihm gesagt, aber es kommt in verschiedenen Gestalten vor. Auf den Feldern ist es Schweiß, in der Stadt ist es Geld. Effendi, ich habe auf den Feldern hart gearbeitet und bin dabei erfolgreich gewesen, aber für meinen Sohn möchte ich etwas anderes. Und jetzt kommt er zu mir und sagt: ›Vater, ich habe getan, was du wolltest, und jetzt, wo ich vor dem ersten Erfolg stehe, forderst du mich auf, wegzugehen.‹ – ›Du kannst auch woanders etwas erreichen‹, habe ich ihm geantwortet. Aber er hat mir widersprochen: ›Nein, Vater. Wir haben nur eine Chance im Leben – das hast du mir selbst gesagt – und die habe ich jetzt und nur hier!‹ Raten Sie mir, Effendi, was soll ich nun tun? Was soll ich ihm sagen? Deswegen bin ich zu Ihnen gekommen.«

»Hat er sich über die Entdeckung, vor der er jetzt steht, geäußert?«

»Nein, Effendi. Aber es hat mit seiner Arbeit zu tun.«

»Ich glaube zu wissen, worum es sich handelt. Es ist wichtig, doch nicht so wichtig wie sein Leben.«

Suleimans Vater starrte Owen bestürzt an. »Glauben Sie wirklich, dass es so gefährlich werden kann?«

»Hoffentlich nicht. Trotzdem hat er Feinde im Gamaliya. So wie auch Sie.«

»Er ist zu jung, um Feinde zu haben. *Solche* Feinde!«

»Das sehe ich auch so. Deshalb sollte er das Gamaliya besser verlassen.«

»Langsam wünsche ich mir, ich hätte ihn nie hierher geschickt. In der Stadt geschehen ja schreckliche Dinge. Erst das Mädchen. Und jetzt das!«

»Es geschehen auch gute Dinge. Und die kann auch er erleben. Trotzdem finde ich, es wäre das Beste für ihn, wenn er sich in der nächsten Zeit nicht im Gamaliya blicken ließe. Er ist drauf und dran, etwas zu entdecken, haben Sie gesagt. Was heißt das wohl genau? Ist das eine Frage von Tagen? Oder Wochen?«

»Das weiß ich nicht. Wohl eher Tage.«

»Wenn es wirklich nur ein, zwei Tage sind, kann es ja vielleicht gut für ihn ausgehen, vorausgesetzt, er passt gut auf sich auf.«

»Das werde ich ihm sagen«, seufzte Suleimans Vater erleichtert.

»Aber es darf sich nicht hinauszögern!«, warnte Owen.

»Auch das werde ich ihm sagen. Und ich werde ihm klarmachen, dass die Autorität eines Vaters nicht gering geschätzt werden darf!«

Yussef brachte Kaffee. Das würzig riechende Getränk vermochte Suleimans Vater schnell zu beruhigen.

»Was doch alles in der Stadt geschieht, Effendi«, stöhnte er. »Was doch alles in der Stadt geschieht!«

»Auf dem Land geschieht auch vieles«, meinte Owen. »Und etwas, das mich besonders interessiert, ist eine Sache, die es vor Jahren zwischen Ihnen und Ali Khedri gegeben hat.«

Suleimans Vater blieb einige Zeit stumm, eine lange Zeit. Owen nippte an seinem Kaffee und wartete. Er war klug genug, den alten Mann nicht unter Druck zu setzen. In Ägypten, wo alles Gegenwärtige tiefe Wurzeln in der Vergangenheit hatte, dauerten solche Gespräche lange.

»Es war ein Streit um Wasser«, begann Suleimans Vater schließlich. »Darum drehen sich in den Dörfern die meisten Auseinandersetzungen. Wir pflügten auf aneinander grenzenden Feldern. Dazwischen verlief ein alter Kanal, der kaum noch benutzt wurde, weil es einen neuen und besseren gab, der an meinem Feld vorbeifloss, aber nicht an seinem. Ich erlaubte ihm jedoch, einen Gadwal durch mein Land zu bauen und Wasser vom neuen Kanal abzuzweigen. Weil sich der alte auf meinem Land befand, habe ich eines Tages beschlossen, ihn aufzuschütten. Ali Khedri war das überhaupt nicht recht. ›Das kannst du nicht machen!‹, hat er gesagt. ›Hör doch‹, habe ich ihm geantwortet. ›Wir haben den neuen Kanal und ich überlasse dir Wasser. Der alte liegt brach, und er befindet sich auf meinem Land. Ich will dort Baumwolle anpflanzen.‹ Aber Ali Khedri hat gesagt: ›Der Kanal gehört nicht dir, sondern dem Dorf.‹ Ich entgegnete: ›Er ist auf meinem Land.‹

Nun, wir sind zum Scheich gegangen und zum Omda und zum Inspektor. Sie alle haben mir Recht gegeben. Also habe ich den Kanal aufgefüllt und Baumwolle angepflanzt. Doch Ali Khedri war entsetzlich wütend. Eines Tages ist er in der Nacht gekommen und hat die Baumwolle niedergewalzt. Da habe ich gesagt: ›Wenn du so mit mir umgehst, dann zahle ich es dir heim!‹ Und ich habe seinen Gadwal zerstört.«

»Dann hatte er also kein Wasser mehr?«

»Er musste es rübertragen. Nun, es ist auch so schon schwer genug, Wasser heranzuschaffen, wenn man Felder hat. Darum sind seine Früchte verdorrt, während die meinen gediehen. Ich wäre sofort bereit gewesen, ihn den Gadwal wieder herrichten zu lassen, wenn er ein freundliches Wort gesagt hätte, aber dazu war er nicht imstande. Darum hat sich mein Herz gegen ihn verhärtet.«

»Haben Ihre Nachbarn Sie nicht miteinander versöhnt?«

»Sie haben es versucht, aber er war nicht bereit, auf sie zu hören. ›Lieber trage ich das Wasser‹, hat er gesagt, ›bevor ich es mir von ihm geben lasse, selbst wenn ich dabei verarme.‹ Nun, er ist verarmt, und schließlich musste er alles aufgeben. Jetzt bin ich Eigentümer seiner Felder und noch vieler anderer.« Hannam sah Owen ins Gesicht. »Solche Dinge sind nicht gut, das weiß ich selbst, aber das Leben auf den Feldern ist hart. Wenn auch nicht so hart wie das Leben in der Stadt, wenn man Wasserträger ist.«

Bei dieser Hitze musste man häufig Flüssigkeit zu sich nehmen. Als Owen sich etwas später wieder ein Glas Wasser einschenkte und es an seine Lippen führte, musste er unwillkürlich an das Gespräch mit Yussef denken. Er stellte das Glas ab.

»Yussef?«, fragte er. »Wo ist das Wasser her?«

»Aus dem Fluss, Effendi. Direkt aus der Mitte. Dort ist es am besten.«

»Aber wie ist es hierher gekommen? Hierher, in die Bab-el-Khalk?«

Yussef schob seinen Turban nach hinten und kratzte sich am Kopf. »Wie es hierher gekommen ist? In einem Wasserkarren, denke ich.«

»Wasserkarren?«, rief der Mann vom Wasseramt empört. »Daraus kommt es bestimmt nicht! Ihr Gebäude ist ja schon an die Leitungen angeschlossen!«

»Ich habe aber noch nie eine gesehen.«

»Kein Wunder. Wie denn auch? Sie verlaufen unterirdisch. Verstehen Sie, es gibt zwei Sorten von Rohren, und durch die fließen zwei Sorten von Wasser.«

»Aus dem Fluss?«

»Von unseren Pumpwerken am Fluss. Die eine Sorte wird gefiltert, und die ist zum Trinken geeignet. Das ist hoffentlich auch das Wasser, das Yussef Ihnen gibt. Die andere ist ungefiltert – sie kommt direkt aus dem Fluss – und dient ausschließlich der Bewässerung. Das ist das

Zeug, das Sie an den Tagen, an denen geflutet wird, in den Parks und Gärten sehen. Wir drehen einfach die Sperrhähne auf. Es breitet sich überall aus, versickert und fließt unter der Erde wieder ab – zurück in den Fluss. Wasserkarren? Hören Sie, Wasserkarren sind ein Gesundheitsrisiko und ungefähr genauso gefährlich wie dieser verdammte alte Kanal, den sie jetzt endlich auffüllen. Es ist nichts dabei, wenn man dieses Wasser hernimmt, um die verstaubten Straßen zu befeuchten, aber wissen Sie, was ein paar von diesen Kerlen machen? Sie verkaufen die Brühe aus den Schläuchen auf ihren Karren als Trinkwasser. Und das ist noch nicht mal das Schlimmste!«

»Nein?«

»Nein. Sie zapfen sogar unsere Rohre an. Diejenigen, die wir für das ungefilterte Wasser für die Parks benutzen, und *das* verkaufen sie den Leuten zum Trinken!«

»Habe ich jemanden das Zauberwort sagen hören?« Mit einer Flasche in der Hand kam Macrae auf sie zugeschlurft.

»Wasser?«

»Nein. Trinken.«

Er schenkte ihnen großzügig Whiskey ein. Die Zusammenkunft, zu der Owen von Macrae neulich eingeladen worden war, diente als Probelauf für die Robbie-Burns-Nacht. Schotten waren in rauen Mengen gekommen. Und auch Leute, die Owen nie und nimmer für Schotten gehalten hätte. Paul beispielsweise.

»Mütterlicherseits bin ich Schotte«, behauptete er. Er unterhielt sich gerade mit dem Mann aus der Staatskanzlei des Khedive.

»Aber, Moment mal, dort ist er ja!«, rief der Politiker entgeistert.

Sie schauten zum anderen Ende des Raumes und erkannten den rosigen jungen Mann, der die Plünderung des Sommerpalasts des Khedive veranlasst hatte.

»Ich dachte, er wäre im Glashaus?« fragte der Mann des Khedive. »Wird er denn nicht gefoltert?«

»Oh, das wird er, das wird er!« versicherte ihm Paul. »Wir haben ihm nur für diesen besonderen Anlass Freigang gewährt.«

»Er sieht aber nicht aus wie einer, der gefoltert wird.«

»Das will ich auch sehr hoffen!« rief Paul entrüstet. »Wir Briten werden darauf gedrillt, die Zähne zusammenzubeißen!«

»Trotzdem ...«

»Außerdem«, fügte Paul hinzu, »ist der Sinn des Ganzen, dass es möglichst lange dauert.«

»Kann es sein, dass Sie vielleicht zu sanft vorgehen?« meinte der Vertreter des Khedive.

»Finden Sie?« Paul musterte den rosigen Mann kritisch. »Natürlich sieht man nicht, was unter seinem Kilt geschehen ist.«

»Sie meinen ...?«

Paul nickte.

»Nun, das ist in der Tat ein guter Anfang«, gab der andere beeindruckt zu. »Die Genitalien!«

»Er trägt es mit Würde, finden Sie nicht auch?« fragte Paul.

»Allerdings. Und, ja, vielleicht haben sie Recht. Man kann nicht wollen, dass sie allzu schnell sterben. Eine hervorragende Praktik. Nun, die Briten wissen wirklich sehr gut, was sie tun.«

Cairns-Grant war da, ebenfalls im Kilt. Owen fragte ihn, ob er statt des Dolches der früheren schottischen Krieger ein Stilett im Strumpf verberge.

»Ach nein«, antwortete Cairns-Grant. »Ich hab' aber 'ne kleine Flasche Islay drin. Für den Fall, dass der Whiskey hier ausgeht.«

»Was anderes«, sagte Owen. »Haben Sie neulich mit den Nationalisten gesprochen?«

»Unterstellen Sie mir etwa subversive Tätigkeiten?«

»Ich habe mich nur gefragt, woher auf einmal all diese Theorien über die Gesundheit kommen.«

»Nun, Sie sind nicht alle auf meinem Mist gewachsen, das kann ich Ihnen versichern. Dieses Mädchen zum Beispiel, Labiba ...«

»Bestimmt geht es um Beschneidung.«

»Na ja, da hat sie einen wichtigen Punkt angesprochen. Was die pharaonische Beschneidung betrifft – Sie wissen schon, wenn die Schamlippen eines Mädchens entfernt werden –, schätzen wir, dass in über fünfzig Prozent der Fälle Komplikationen auftreten. Und bei diesen wiederum schätzen wir, dass über fünfzig Prozent tödlich enden.«

»Na gut, so langsam überzeugt sie mich. Aber mir sind die Hände gebunden, verstehen Sie.«

»Ach ja, das ist typisch. Das sagen wir alle. Dabei ist der Tatbestand doch klar. Nicht nur, was die Beschneidung betrifft, sondern auch eine Menge anderer Todesfälle. Und nicht nur die Sterblichkeitsrate, sondern Krankheiten allgemein. Sehr viele davon könnten vermieden werden. Deswegen habe ich mit den Nationalisten gesprochen.«

»Das gilt also auch für durch das Wasser übertragene Krankheiten?«

»Und ob.« Cairns-Grants Blick wanderte zu Macrae und Ferguson hinüber, die, jeder einer Flasche in der Hand, Neuankömmlinge begrüßten. »Schauen Sie sich zum Beispiel die zwei Jungs dort an. Wenn jemand ihnen sagte, das, was sie tun, würde nicht dem allgemeinen Wohl dienen, würden sie ihm ins Gesicht lachen. Und mit vielem dienen sie ja auch der Allgemeinheit. Ohne sie wäre Ägypten beträchtlich schlimmer dran. Sie sind großartige Kerle. Aber so langsam frage ich mich, ob sie sich nicht doch getäuscht haben.«

Macrae wühlte sich zu ihnen durch. »Reden Sie etwa mit diesem notorischen Aufwiegler?«, fragte er Owen. »Jede Wette, dass er wieder ein Geschäft wittert. ›Bringen Sie mir Leichen, Owen! Solange Sie sie ranschaffen, tue ich jede Arbeit für Sie!‹«

Lachend warf Cairns-Grant den Kopf zurück. »Tja«, sagte er, »daran besteht kein Zweifel, dass ich mir dafür den richtigen Ort ausgewählt habe. Ägypten ist ein großartiges Land – für Pathologen.«

Später am Abend begannen die Reels. Es wurde getanzt, und wie! Auch Owen machte bei den Reels mit. Und je länger der Abend dauerte und je mehr Whiskey herangeschafft wurde, umso begeisterter sprang er herum.

Zwischendurch glaubte er mit Bestimmtheit, Cairns-Grant über Echsen reden zu hören.

»Aye«, sagte der Schotte zu dem rosigen jungen Mann, »sie werfen ihren Schwanz ab. Lassen ihn einfach fallen, wenn sie aufgeschreckt werden. Ich war mal im Krankenhaus von Alexandria im Einsatz. Und dort haben sie so ein Spiel getrieben. An den Wänden der Krankenzimmer sind immer Eidechsen hochgesaust, müssen Sie wissen. Na gut, bei dem Spiel ging es darum, in dem Moment in die Hände zu klatschen, in dem die Eidechse genau über dem Kopf des Patienten im Bett gegenüber war; dann fiel ihr Schwanz nämlich auf ihn.«

»Wirklich?«, fragte der rosige junge Mann.

»Was war denn das?«, wollte der Mann des Khedive wissen.

»Er hat ihm gerade die nächste Folter geschildert«, erklärte Paul. »Wir halten diese besonders gefährlichen Echsen, und ...«

»Wirklich?«, fragte der Mann vom Büro des Khedive. Er wirkte auf einmal sehr nachdenklich.

Ausgerechnet in diesem Moment kam ein Bote hereingestürzt, um Owen zu holen.

McPhee wartete draußen auf ihn.

»Owen, es hat einen Anschlag beim Durchstich gegeben!«

»Einen Anschlag worauf?«

»Auf den Damm, glaube ich.«

»Haben Sie schon eine Ahnung, wer es war?«

McPhee zögerte. »Der Echsenmensch, heißt es.«

Sofort machten sich er und Owen auf den Weg. Am Bab-el-Khalk-Platz trieben sie eine Arabeah auf, mussten aber erst den unter dem Gefährt schlafenden Kutscher wecken. Dann ließen sie sich durch die vom Mond beschienenen leeren Straßen fahren, deren Kuppeln und Minarette sich geheimnisvoll vom samtenen Himmel abhoben. Es war etwa drei Uhr in der Früh. Eine Stunde noch, dann würde die Stadt allmählich aufwachen. Oder zumindest ein Teil davon. Im Moment gab es jedoch noch nichts, das ihnen den Weg versperrte, während der Kutscher sein Pferd antrieb.

Beim Durchstich regten sich Männer in der Dunkelheit, doch zum Glück war der von Owen befürchtete Massenauflauf ausgeblieben.

Selim kam aufgeregt auf sie zugekeucht. »Effendi,

ich hab's geschafft! Ich habe den Echsenmenschen getötet!«

»Aber, Selim …«, begann einer der anderen Polizisten schüchtern.

»Während diese Schnarcher geschlafen haben!«, warf sich Selim in die Brust. »Aber ein Echsenmensch hat auch nur einen Rücken wie jeder andere. Das habe ich doch so gesagt, Abdul, oder etwa nicht?«

»Das stimmt, Selim, aber …«

»Dann ist sein Rücken genauso zerbrechlich wie jeder andere. Habe ich es nicht so gesagt?«

»Das stimmt schon, Selim, aber …«

»Und genau das habe ich getan. Ein mächtiger Schlag, Effendi, das hat gereicht. Aber was für einer das war!«

»Ganz gewiss.«

»Und dort liegt er jetzt, Effendi! Auf der anderen Seite des Damms. Ich habe es für das Klügste gehalten, ihn so liegen zu lassen, damit er mich nicht noch im Todeskampf mit dem Schwanz zu Boden schlägt und ihn dann über mir abwirft. Darauf muss man nämlich achten«, erklärte Selim herablassend, »auf den Schwanz. Es ist wie bei den Krokodilen. Der Schwanz ist das Gefährlichste. Ich weiß, dass das nur eine Echse ist, Effendi, aber es ist eine verdammt große!«

»Was ist geschehen?«, fragte Owen.

»Das war so, Effendi«, begann Selim mit vor Stolz geschwellter Brust. »Ich bin in der Nacht aufgewacht und habe gemerkt, dass ich mal wohin muss. Also habe ich mich aus Aminas Armen befreit … ich weiß selbst, dass sie eine schmutzige Schlampe und bloß eine Erdnussverkäuferin ist, Effendi, aber wenn man so weit weg von seinem Zuhause ist, muss man eben Trost finden, wo man kann. Also, ich bin zum Kanalbett runtergegangen, und als ich fertig war, habe ich mir gedacht: Jede Wette, dass diese Nichtsnutze jetzt tief und fest schlafen. Denn wenn sie als Wachtposten eingesetzt werden, Effendi, kann man denen einfach nicht trauen. Drum bin ich nachsehen gegangen. Bin ich schließlich nicht der Kommandant der Wache, Effendi?«

»Das bist du ganz gewiss.«

»Eben. Aber, Effendi, ich brauchte gar nicht nachzusehen, denn schon vom Ufer aus konnte ich Ibrahim schnarchen hören! Gut, habe ich mir gesagt, dann gehe ich rüber und gebe diesem faulen Hurensohn einen Tritt in den Hintern. Doch dann, Effendi, hatte ich eine noch bessere Idee. Eine ganz gute.«

»Wirklich?«

»Ich habe mir gedacht, ich schleiche von hinten heran wie ein Dieb in der Nacht, hebe seine Galabeya an und beiße ihn in den Hintern. Dann denkt er bestimmt, der Echsenmensch hätte ihn sich geschnappt, und er macht sich vor Angst in die Hose. Das wird den Kerl lehren, im Dienst einzuschlafen, wenn ich Kommandant der Wache bin!

Kurz und gut, Effendi, ich bin wie eine Echse auf dem Bauch zu ihm vorgekrochen. Und ich hatte ihn schon fast erreicht, als ich ein Geräusch hörte – wie von einer anderen Echse. Und dann habe ich mir gedacht: Es *ist* eine Echse! Und dann hat es mir gedämmert: Mein Gott, es ist der Echsenmensch selbst! Na gut, Effendi, im ersten Schreck bin ich wie ein Toter liegen geblieben! Aber dann, Effendi, habe ich mir gedacht: Von mir aus kann er diesen dummen Hurensohn von Ibrahim zum Frühstück verspeisen, wenn er will, und bin langsam weggekrochen.

Aber plötzlich, Effendi, habe ich angehalten. Bin ich nicht Kommandant der Wache? habe ich mich gefragt. Verlässt einer wie ich etwa seinen Posten? Und opfert diesen dummen Hurensohn von Ibrahim, auch wenn er im Dienst schläft? Also habe ich mich wieder rangeschlichen, Effendi, und habe meinen Knüppel rausgeholt.

Und da war er, Effendi, dieser dreiste Kerl, und hat am Damm gegraben! Na warte, Bürschchen, habe ich mir gesagt, das werden wir ja sehen! Und ich habe mächtig ausgeholt und ihm mit aller Kraft auf den Rücken gedroschen. Er ist hochgefahren, sag ich Ihnen, und hat furchtbar gestöhnt und ist dann wie ein Toter liegen geblieben. Aber danach, Effendi, bin ich lieber nicht näher rangegangen, weil ich mir dachte, er könnte vielleicht zucken. Das machen sie nämlich, wissen Sie, das heißt, die Krokodile. Drum …«

Sie erreichten den Damm.

»Bringt mir eine Lampe!«, befahl Owen.

»Selim …«, meldete sich wieder der andere Wachtposten schüchtern.

»Was ist, Abdul? Warum legst du dich nicht wieder schlafen? Nachdem die eigentliche Arbeit von anderen getan wurde.«

»Selim, er lebt noch!«

Owen hielt die Lampe hoch. In ihrem Lichtschein konnte er eine Gestalt zusammengekauert auf der Dammkrone liegen sehen.

»Ach, wirklich? Gehen Sie nicht zu nahe ran, Effendi. Abdul, Ibrahim, haltet euch bereit und macht ihm den Garaus, falls er …«

»Ich glaube nicht, dass das nötig sein wird«, sagte Owen. Er konnte jetzt sehen, dass die zusammengekrümmt liegende Gestalt ein Mann war, ging zu ihm hinüber und drehte ihn vorsichtig mit dem Fuß um. »Aber«, rief er, »das ist ja …!«

»Kennen Sie ihn?«, fragte McPhee.

»O ja«, bestätigte Owen. »Das ist einer der moslemischen Totengräber.«

»Er hat mir das Rückgrat gebrochen!«, ächzte der Totengräber.

»Das wird dich lehren, den Echsenmenschen zu spielen!«, schnaubte Selim.

»Echsenmensch?«, fragte der Gräber.

»Du hattest noch Glück«, beschied ihn Owen. »Es hätte schlimmer für dich ausgehen können.«

»Echsenmensch?«, wiederholte der Totengräber und versuchte, sich aufzusetzen. »Mit dem Echsenmenschen will ich nichts zu tun haben!«

»Lasst ihn liegen!«, forderte Owen die Polizisten auf. »Soll sich der Echsenmensch um die Seinen kümmern.«

»Aber, hören Sie …!«, begann der Totengräber flehentlich.

»Was wolltest du hier tun?«, fuhr ihn Owen an.

»Nichts!«

»Schön. Lasst ihn liegen!«

Owen setzte sich in Bewegung.

»He, warten Sie!«

Owen drehte sich um. »Nun?«

»Ich hab am Wall gegraben«, räumte der Totengräber verdrießlich ein. »Für den Fall, dass die Juden den Auftrag kriegen.«

»Wolltest du den Durchstich etwa allein machen?«

»Nein, nein, dazu wäre mehr als einer nötig. Nein,

ich hab ihn nur an einer Stelle ausgehöhlt. Damit er über den Juden einstürzt, wenn sie anfangen.«

»Das ist eine schlimme Sache!«, beschied ihn Owen streng. »Und nicht nur das, es ist eine Dummheit. Was wäre, wenn ihr den Auftrag bekämt?«

»Wir würden wissen, was zu tun ist.«

»Waren die anderen eingeweiht?«

Der Totengräber presste die Lippen fest aufeinander.

»Der Auftrag geht an die Juden«, sagte Owen. »Das habt ihr euch selbst zuzuschreiben.«

Mittlerweile hatte es keinen Sinn mehr, ins Bett zu gehen. Tagsüber hatte Owen noch nie schlafen können, stattdessen begab er sich in die Bab-el-Khalk. Obwohl er dort längst als Frühaufsteher galt, wunderten sich die Hausboten, dass er sich jetzt schon blicken ließ.

So früh am Morgen hing über dem Gebäude noch die Nachtfrische. Auf einen frisch aus England Eingetroffenen, den rosigen jungen Mann zum Beispiel, hätten diese Temperaturen angenehm warm gewirkt; wer schon länger an die Sonne gewöhnt war, dachte eher an Frost. Owen schlug den Kragen hoch und knöpfte seine Jacke zu.

Zum Glück dauerte es nicht lange, bis er das Trappeln nackter Füße hörte und ein köstliches Aroma roch. Dann erschien auch schon Yussef, der von anderen Dienern von der Ankunft seines Meisters gehört hatte, mit dem Kaffee im Büro.

»Soll ich nach einem Barbier für den Effendi schicken?«, schlug er vor, als er Owens Bartstoppeln bemerkte.

»Oh, gern!«, rief Owen.

»War der Effendi die ganze Nacht unterwegs?«

»Ja.«
»Beim Durchstich unten?«
»Ja. Größtenteils.«
»Hoffentlich hat der Zauber gewirkt.«
Owen richtete sich auf. »Äh ja, das hat er, Yussef«, sagte er überrascht. »Doch, ja, das hat er.«
Vom Kaffee aufgemuntert, fühlte sich Owen in der Lage, es mit dem Schreibtisch aufzunehmen. Unter den Nachrichten, von denen die meisten Schimpfkanonaden aus der Finanzabteilung zu sein schienen, befand sich auch eine Mitteilung von Georgiades. Nach reiflichem Überlegen und dem Besuch des Barbiers setzte Owen seinen Tropenhelm auf und fuhr zum Wehr.
Die Sonne erwärmte schnell die ganze Stadt, doch am Fluss draußen wehte eine leichte Brise. Wenigstens dort war die Hitze erträglich. Zur Linken türmten sich die im Dunst schemenhaften, lilafarbenen Formen der zwei großen Pyramiden von Gizeh über den Palmenhainen auf. Rechts zeichneten sich die luftigen Kuppeln und in die Höhe strebenden Minarette der über Saladins Zitadelle thronenden großen Moschee in den Strahlen der Morgensonne als Schattenrisse vor dem Horizont ab.
Bald tauchte vorne auch das von der Sonne in ein lila- und rosafarbenes Licht getauchte Wehr auf. Am Landesteg wartete eine Menschenmenge auf Boote, die sie in die Stadt bringen würden. Die Feluke glitt an den Wasserträgern vorbei, die bereits ihre Schläuche auffüllten, und legte an.
Vorbei an den Süßigkeiten- und Erdnusshändlern, die noch dabei waren, ihre Stände aufzubauen, vorbei an den ihre schweren, reich verzierten Urnen auf dem

Rücken schleppenden Limonadeverkäufern folgte Owen einem der Wasserträger in die Gärten und näherte sich durch die Bäume dem Regler.

Georgiades, der diesmal hellwach war, kam ihm entgegen und führte ihn durch die Bougainvilleen in die Nähe eines Rosenbeets, über dem der Gärtner kniete.

Dann ging Georgiades allein weiter und kauerte sich über den Rand eines Gadwals. Owen blieb unsichtbar hinter Bougainvilleen, jedoch in Hörweite.

»Du bist heute aber früh auf den Beinen!«, rief der Gärtner überrascht.

»Ich konnte nicht schlafen«, erklärte der Grieche.

»Nein?«, fragte der andere voller Mitleid. »Na ja, es war auch wirklich heiß in der …«

»Ich habe unentwegt an dich gedacht.«

»An mich?« Der Gärtner legte seine Schaufel verdattert auf den Boden.

»Ich habe mir gesagt: ›Er ist mein Freund. Kann ich ihn das wirklich tun lassen?‹«

»*Was* tun?« Der Gärtner wurde langsam nervös.

»Er ist mein Freund. Er hat Frau und Kinder. Was wird aus ihnen, wenn er im Gefängnis ist?«

»Im Gefängnis?«

»Dorthin kommst du. Ich habe sie reden hören.«

»Allah!«

»Sie haben es rausgefunden, verstehst du.«

»Rausgefunden?«, fragte der Gärtner in lauerndem Ton.

»Das mit dir und Ibrahim. Und was ihr neulich am Ufer getan habt.«

Der Gärtner setzte sich benommen auf den Boden. »Rausgefunden …«, flüsterte er.

»Ja. Dort war nie ein Echsenmensch, nicht wahr? Nur

du und der Ghaffir. Du hast die Pfosten aus der Erde gezogen. Du hast die Bänder des Effendi zerrissen. Und du hast das Ufer beschädigt, um den Eindruck zu erwecken, der Echsenmensch hätte im Kanal getrunken.«

»Es war doch nur ein Scherz!«, schrie der Gärtner.

»Tja, aber der Effendi fand das nicht so lustig.«

»Na ja, aber …«

»Warum hast du das getan, Abdullah? Warum hast du dich für so etwas hergegeben? Du, der du das Wasser so gut kennst?«

»Es war nur wegen den anderen, die einen neuen Kanal bauen wollten. Mitten durch meine Gärten!«

»Dachtest du etwa, du könntest sie aufhalten, Abdullah? Du, ein einfacher Gärtner?«

»Es war Ibrahims Idee! Er hat gesagt, dass sie bestimmt denken würden, es wäre der Echsenmensch gewesen, weil er hier doch jetzt sein Unwesen treibt. Das hat mir eingeleuchtet, weil doch neuerdings viel über Echsenmenschen gemunkelt wird, nicht nur hier, sondern auch am Durchstich. Deshalb dachte ich, der Effendi würde glauben, es wäre derselbe, und dass sie deswegen zunächst einmal die Arbeiten unterbrechen müssten, um nachzudenken …«

»Sie haben ihre Arbeit unterbrochen, Abdullah, und sie haben nachgedacht. Und sind auf dich gekommen.«

»Wie sind sie auf mich gekommen?«, flüsterte der Gärtner.

»Sie haben sich gefragt: Wer könnte nur so etwas tun wollen? Und dann ist ihnen deine Liebe zu den Gärten eingefallen. Sie haben sich gefragt: Wer hatte die Möglichkeit, das zu tun? Und da sind sie auf Ibrahim und dich gekommen. Dann haben sie sich die Stelle, wo die Böschung eingefurcht wurde, noch mal angeschaut und haben keine Spuren von Tatzen gesehen, sondern von einer Schaufel.«

»Was soll ich jetzt machen?«, ächzte der Gärtner.

»Nun«, riet Georgiades, »an deiner Stelle würde ich nach einem Weg suchen, die Gnade des Mamur Zapt zu erschleichen.

»Wie könnte ich das schaffen?«

Georgiades überlegte. »Es wäre ein guter Anfang, wenn du mir den Namen der Person verraten würdest, der Babikr die Blumen geschenkt hat.«

12

Tja, Babikr«, sagte Owen, »jetzt wissen wir, vor wem Sie Ihren Eid geleistet haben.«

»Es war ein schlimmer Eid«, murmelte Babikr mit gesenktem Blick. Als er zu Owen ins Büro gebracht worden war, hatte ihn nach über einer Woche in der Zelle das ungewohnte grelle Licht geblendet.

»Allerdings«, knurrte Owen. »Und Sie hätten ihn nicht leisten dürfen.«

»Ich war es ihm schuldig. Seine Familie hatte der meinen geholfen, als meine Frau krank war.«

»Es ist richtig, seinen Nachbarn zu helfen. Es ist falsch, von ihnen zu verlangen, das mit Unrecht zu vergelten.«

»Ich wusste nicht, dass er von mir verlangen würde, es auf diese Weise zu vergelten. Er und seine Familie hatten das Dorf schon verlassen. Bevor sie wegzogen, ist er noch mal zu mir gekommen und hat gesagt: ›Ich weiß, dass du mir deine Schuld jetzt nicht zurückzahlen kannst, und darum bitte ich dich jetzt auch um nichts; aber damit die Schuld, in der du bei mir stehst, im Hinblick auf deine Bemühungen, deine anderen Schulden zu begleichen, nicht in Vergessenheit gerät, bitte ich dich, mir vor dem Fiki einen Eid zu leisten.‹

Darauf habe ich ihm geantwortet: ›Es ist wahr, dass ich sie dir jetzt nicht zurückzahlen kann, denn alles, was ich verdient habe, musste ich für meine Frau und mein Kind ausgeben. Aber eines Tages gebe ich dir alles wieder.‹

Da hat er gesagt: ›Ich weiß, dass du das tun wirst. Aber lass uns trotzdem den Eid leisten.‹

So sind wir zum Fiki gegangen. Doch als der hörte, was ich da schwören sollte, hat er gesagt: ›Das ist kein guter Eid, weil niemand weiß, welche Bedeutung er mal haben kann.‹

›Das ist doch egal, ob es ein guter oder ein schlechter Eid ist‹, habe ich geantwortet, ›diesen und keinen anderen will er von mir haben.‹

Der Fiki hatte immer noch Bedenken, aber ich war fest entschlossen. ›Dieser Mann hat schließlich meiner Familie geholfen, als sie in Not war‹, habe ich gesagt. ›Soll ich mich dafür nicht dankbar zeigen?‹

›Zahl ihm die Schuld unbedingt zurück‹, hat der Fiki gemeint, ›aber mit Geld. Schließlich hat er dir doch auch nur Geld geliehen?‹

Na ja, ich will nicht behaupten, dass mir das nicht schwer auf dem Herzen gelegen hätte, trotzdem habe ich geantwortet: ›Ich werde den Eid so leisten, wie er es verlangt. Bin ich etwa nicht sein Schuldner? Außerdem sagt er, dass ein Schuldner vielleicht nie in der Lage sein könnte, seine Schuld mit Geld zu bezahlen, aber dass es ihm immer möglich wäre, sie mit Diensten zu begleichen. Selbst die Ärmsten können mit Diensten zurückzahlen.‹

›Hm, das ist wahr‹, hat der Fiki darauf gesagt, und ich habe den Eid so geleistet, wie es der Mann verlangt hatte.«

»Wie lautete der Eid?«

»Dass ich mich verpflichte, wenn die Zeit kommt, die Schuld zu begleichen, und dass ich, wenn er mich um einen Dienst bittet, ihm diesen Dienst erweise und alles tue, was er von mir verlangt.«

»Das war töricht!«

Babikr zuckte die Schultern. »So sehe ich es auch – heute.«

»Aber haben Sie das nicht auch gesagt, als Sie seine Forderung hörten?«

»Doch. Aber er hat geantwortet: ›Auch ich bin an einen Eid gebunden. An einen Racheeid. Ich habe geschworen, dass ich an jemandem für das, was er mir angetan hat, Rache üben werde. Verlangst du jetzt etwa, dass ich meinen Eid breche, so wie du den deinen brechen willst?‹ Da überkamen mich schlimme Gewissensqualen. Immerhin hatte er mir von sich aus in der Not geholfen, und ich hatte den Eid freiwillig geleistet. Trotzdem habe ich ihm gesagt: ›Du hast mir Geld geliehen, als ich welches brauchte. Lass es mich dir jetzt zurückgeben, weil du jetzt was brauchst.‹ Ich konnte ja sehen, in was für einer Not er lebte. Aber davon wollte er nichts wissen. ›Meine Not ist in meinem Inneren, und für mein Inneres musst du mir zurückzahlen.‹ Aber dazu, Effendi, war ich noch nicht bereit und so habe ich ihn verlassen.

Doch danach habe ich mir gesagt: ›Babikr, hast du nicht geschworen? Hat er dir nicht geholfen? Und willst du ihm jetzt deine Hilfe verweigern?‹ So bin ich zurückgegangen und habe versucht, mit ihm zu reden. Ich habe gesagt: ›Ich bin mit Freude im Herzen zu dir gekommen, weil ich endlich das, was ich dir schulde, zurückzahlen kann. Ich bin mit Blumen in der Hand gekommen, weil ich es gut mit dir und den Deinen meine. Aber jetzt hat sich meine Freude in Bitterkeit verwandelt.‹

›Na und?‹, hat er gesagt. ›Die lässt sich mit meiner vergleichen.‹

Ich habe gesagt: ›Das was du von mir verlangst, ist nicht nur töricht, sondern auch falsch. Denn es wird nicht Al-Sayyid Hannam allein treffen, sondern alle anderen genauso.‹

Doch er hat geantwortet: ›Ich werde mit Wasser rächen, was wegen Wasser geschehen ist. Ich werde den Fluss benutzen, um für das Rache zu üben, was durch den Fluss geschehen ist.‹«

»Ja«, sagte der Fiki, »ich erinnere mich an den Eid.«

»Neulich haben Sie sich aber nicht daran erinnert«, hielt ihm Owen vor.

»Ich höre viele Eide.«

»Von Babikr?«

Der Fiki blieb stumm.

»Nun«, räumte er schließlich ein, »vielleicht nicht von Babikr.«

»Hat Sie das nicht nachdenklich gemacht? Als Sie erfuhren, dass der Mann im Gefängnis ist?«

»Ich bin nachdenklich geworden«, sagte der Fiki, »aber ich konnte nicht glauben, was mir durch den Kopf ging.«

Als nächstes ging Owen zum Haus von Ali Khedri, doch er traf Leilas Vater dort nicht an. Zunächst überraschte ihn das nicht weiter, denn er nahm an, dass der Mann seine Runden mache. Als er aber die Wasserschläuche in einer Ecke auf dem Boden liegen sah, konnte er sich keinen Reim darauf machen. Er ging zu den Nachbarn und erkundigte sich dort nach Ali Khedris Verbleib, doch sie wussten es ebenso wenig. Er fragte sich, ob Ali Khedri vielleicht wieder in Omar Fayoums Stall wäre und dem Kutscher beim ›Ausschirren der Pferde‹ half. So lenkten er und Georgiades ihre Schritte in diese Richtung.

Das Gebäude, in dem Omar Fayoum seinen Wasserkarren stehen hatte, war verlassen. Von Menschen verlassen, genauer gesagt. Der Karren selbst befand sich dort und in einem Schuppen unmittelbar daneben, der als Stall diente, standen die Pferde. Auch das war rätselhaft, denn Omar Fayoum war keiner, der sein Kapital brachliegen ließ.

Sie gingen um das Gebäude herum und erreichten den hinteren Teil, wo Erde von der Uferböschung in den Kanal bröselte. Ein mit Tarbusch und Anzug gekleideter Mann tastete sich schwitzend durch das Kanalbett. Er war der Direktor des Wasseramtes. Und auch das war äußerst verwirrend, denn in Kairo zog ein Direktor normalerweise sein kühles Büro bei weitem der Hitze der Straßen vor. Als der Mann Owen und Georgiades sah, winkte er ihnen zu und kletterte sogleich ans Ufer, um sie zu begrüßen. Er wirkte von Hitze und Sorgen sehr mitgenommen.

»Sie haben Suleiman nicht gesehen?«, fragte er, der Verzweiflung nahe. »Ich suche ihn schon seit einer Stunde. Er hätte überhaupt nicht mehr hier sein dürfen. Ich habe nämlich Ihren Rat befolgt und ihn woandershin beordert. Er hätte heute in einem ganz anderen Viertel arbeiten sollen, und sie haben dort fest mit ihm gerechnet. Aber einer meiner Männer hat gemeldet, er wäre hier, in dieser Gegend gesehen worden.«

»Darum sind Sie persönlich hergekommen?«

»Na ja, ich mache mir Sorgen um ihn. Nach allem, was Sie gesagt haben. Und es hätte keinen Sinn gehabt, jemand anderen loszuschicken.«

»Er hat also Anweisungen nicht befolgt?«

»Nein. Ich hatte deutliche Worte mit ihm gesprochen. Gestern habe ich ihn zu mir bestellt und ihm gesagt, dass ich ihn vorübergehend ins Hilmiyaviertel versetze. Das war ihm überhaupt nicht recht. Ja, er hat mich angefleht, ihn bleiben zu lassen, es handle sich nur noch um ein, höchstens zwei Tage. Nun, ich dachte an Ihre Einschätzung, dass ein, zwei Tage wohl nichts ausmachen würden, aber dann habe ich mir gesagt, nein, wenn dem Jungen Gefahr droht, dann droht sie ihm auch jetzt, und was wird sein Vater denken, wenn ich das hinausschiebe? So habe ich ihm mit aller Strenge gesagt, dass er heute noch, und zwar sofort, woandershin muss. Er hat mich angefleht, ich solle ihm nur einen Tag geben, er hätte ein Problem, das uns schon seit Monaten Schwierigkeiten bereite, so gut wie gelöst, und wenn ich ihm nur noch vierundzwanzig Stunden gäbe …

Aber ich sagte nein; wenn er Informationen hätte und sie uns geben könnte, würde man ihn und keinen anderen belobigen, aber er müsse sofort bei der Zitadelle anfangen.«

»Und trotzdem, sagen Sie, ist er heute hier gesehen worden?«

»Ja.« Der Direktor wischte sich mit einem großen Seidentaschentuch das Gesicht ab. »Es macht mir nichts aus, Ihnen zu sagen, dass ich fürchterlich wütend bin«, fuhr er fort. »Das war dumm von ihm, schrecklich dumm. Und selbst wenn ich ein Freund seines Vaters bin …«

»Sie sprachen von einem Problem, das er seiner Meinung nach so gut wie gelöst hätte«, unterbrach ihn Owen. »Können Sie mir sagen, worum es dabei geht?«

»Ja. Es bereitet uns seit einiger Zeit Sorgen, dass wir hier am Rosetti Wasser verlieren. Nun, Wasser verliert man immer; ständig ist irgendwo ein Rohr leck. Aber dafür ist dieser Verlust zu groß und beständig. Wir waren uns sicher, dass jemand die Leitung anzapft, nur eins konnten wir nicht verstehen: dass er ungefiltertes Wasser nimmt. Na gut, wäre es die andere Leitung gewesen, diejenige mit dem gefilterten Wasser, das hätte ich noch begreifen können, denn dieses Wasser kostet sehr viel mehr. Aber das ungefilterte... Es kommt direkt aus dem Fluss. Wir filtern es nicht, darum ist es spottbillig. Eigentlich würde es sich überhaupt nicht lohnen...«

»Moment mal«, bat Owen. »Sie haben gesagt, dass Sie glauben, jemand würde es anzapfen? Und dass Suleiman drauf und dran sei, herauszufinden, wer das ist?«

»Das hat er so gesagt.«

»Und dass es hier im Gamaliya sei?«

»Irgendwo in diesem Viertel. Wahrscheinlich im Rosetti. Wir haben das Gamaliya noch nicht richtig erschlossen.«

»Dann«, sagte Owen, »glaube ich, dass mir etwas dämmert. Und ich glaube außerdem, daß wir alles tun sollten, um ihn möglichst schnell zu finden!«

Nachdem der Arbeiter berichtet hatte, Suleiman in der Nähe des Khan-el-Khalil gesehen zu haben, war der Direktor unverzüglich dorthin gegangen und hatte zum Glück jemanden gefunden, der sich erinnern konnte, Suleiman am Morgen über den Weg gelaufen zu sein. Sofort hatte er seine Spur durch die Sikkel-el-Gedida zum *Souk* am el-Kanto-Platz verfolgt, wo ihm von einem Zwiebelverkäufer der Khalig-Kanal genannt wurde. Dort hatte er zunächst gezögert, bis ihm einfiel, dass ab einer bestimmten Stelle die Leitungen des Wasseramts längs des Ufers verliefen, und hatte sich dann ehrenwerterweise ins Kanalbett begeben.

»Gut«, sagte Owen. »Jetzt gehen Sie so schnell Sie können zum Polizeirevier und melden, dass der Mamur Zapt Verstärkung braucht. Dringend!«

Der Direktor setzte sich in Bewegung. Unterdessen war Georgiades längs des Ufers zu einer Stelle gelaufen, wo ein Esel an einem bis ins Kanalbett hängenden Grasbüschel knabberte. Nicht weit davon entfernt hatte sich wie erwartet sein Eigentümer in den Schatten gelegt. Jetzt kam der Grieche zurückgeeilt.

»Der Junge ist hier vor weniger als einer Stunde vorbeigekommen. Er hätte sich ständig umgesehen und ist zum Ufer rauf, hat der Mann gesagt. Dann sei er an dieser Stelle nach oben geklettert und wäre in einem der Häuser verschwunden.«

Sie begannen, die Sharia Ben-es-Suren abzusuchen. Georgiades übernahm die Querstraßen auf der linken Seite, Owen die kleinen Sackgassen, die rechts zum Kanal führten. In einer davon sah er ein paar Frauen, die Krüge auf dem Kopf balancierten, an einem Brunnen plaudern.

»Ich suche einen Jungen«, sagte er in eindringlichem Ton. »Leilas Freund. Haben Sie ihn gesehen?«

»Suleiman?«

Der Name machte die Runde. Immer mehr Leute kamen und beteiligten sich an der Suche. Zwei brachten einen Streichholzverkäufer mit, der ihn angeblich beobachtet hatte.

»In welcher Richtung ging er?«

Der Mann deutete auf den Kanal. Owen rannte sofort los. Dieser Stadtteil, einer der ältesten, glich einem Kaninchenbau mit seinen ineinander verknäulten Straßen und Durchgängen, die enger und enger wurden und bald nur noch bloße Tunnels unter Hausmauern waren; alles so verwinkelt, dass jeder Weg irgendwann zu sich selbst zurückführte.

Als Owen zu seiner Überraschung in einer Straße herauskam, die er schon einmal abgesucht hatte, sah er mit großer Erleichterung den Direktor in Begleitung Mahmouds und zweier Polizisten zurückkehren.

»Ich war im Revier, als er kam«, erklärte Mahmoud, »und wollte selbst einen Beamten anfordern, aber Ihr Bedarf scheint dringender zu sein.«

Er verschwand mit den Polizisten im Gassengeflecht.

Owen hielt sich an den Kanal, der ihm wenigstens einen Anhalt bot. Dabei versuchte er, dem Ufer zu folgen, aber ein Teil der Straßen endete, bevor sie den Kanal erreichten, und ständig versperrten ihm unzählige Baracken, so winzig und verfallen sie auch sein mochten, den Weg. In diesem Labyrinth konnte man sich leicht verirren – vielleicht für immer.

In der Ferne glaubte er ein Kreischen zu hören.

Schon wieder eine Hüttensiedlung. Er stieg ins Kanalbett hinab, um sie zu umgehen. Als er auf der anderen Seite hinaufkletterte, sah er einen Mann aufgeregt winken.

»Effendi! Effendi!«

Am Ende der Straße erblickte er Georgiades. Der Grieche stand über eine Frau gebeugt, die auf dem Boden hockte und wie eine verzweifelt Trauernde mit um die Knie geschlungenen Armen in einem fort schaukelte. Er rannte auf sie zu.

Die Frau sah zu ihm auf. Das tränenverschmierte Gesicht war das von Um Fatima.

»Sie sind losgezogen, um ihn zu suchen!«, heulte sie.

»Ali Khedri?«

»Und Uthman!«

»Welche Richtung?«

»Ich weiß nicht. Er hat sein Messer gepackt und ist losgerannt. Ich habe noch versucht, ihn zurückzuhalten. ›Hast du denn nicht genug angerichtet?‹, habe ich gefragt, aber er hat mich einfach weggestoßen. ›Aus dem Weg, Frau!‹, hat er geschrien. ›Das betrifft uns alle!‹«

Sie begann heftiger zu schaukeln. Frauen stürzten auf sie zu und versuchten, sie zu trösten. Einige stimmten aus Mitgefühl in ihr Heulen ein.

Owen blickte sich verzweifelt um. Winzige Gassen führten überall vom Ufer fort.

Der Direktor des Wasseramtes stand hilflos daneben.

»Die Leitungen!«, rief Georgiades. »Wo sind sie?«

Der Direktor sah ihn stumm an, bis ihn Georgiades am Revers packte und schüttelte. »Die Rohre! Wo kommen sie raus?«

»Weiter oben«, flüsterte der Mann. »Im Kanal. Weiter oben.«

Georgiades sprang ins Bett hinunter und lief los.

Nun endlich erholte sich der Direktor von seinem Schock. »Durch die Gassen kommt man schneller hin.«

»Zeigen Sie's mir!«

Owen gab dem Mann einen Stoß; endlich setzte er sich in Bewegung. Am Anfang jagte er noch zuversichtlich durch die Häuser, stürmte ohne zu zögern in die Durchgänge, doch dann wurde er nach einer Sackgasse schließlich langsamer. Owen hetzte hinterher.

»Der hier!«, bestimmte der Direktor und steuerte auf einen Tunneleingang zu, der so eng war, dass man ihn im Halbdunkel kaum sah.

Sie rannten hinein und kamen am Kanalufer oben ins Freie. Links von ihnen lag ein Haufen von weggeworfenem und jetzt zerbröselndem Gitterwerk, die Überreste irgendwelcher alter Balkons, die mit Unkraut und Kletterpflanzen überwachsen waren, während die schweren Konsolen, die sie einmal gehalten hatten, noch aus der Mauer ragten; rechts von ihnen machte das Kanalbett einen Knick, und noch außer Sichtweite hörte Owen das aufgeregte Klappern von Schuhsohlen auf Geröll. Georgiades tauchte auf; er keuchte.

»Es muss weiter oben sein«, murmelte der Direktor verunsichert.

Fluchend sprang Owen, eine Steinlawine auslösend, ins Kanalbett. Georgiades rannte wortlos vorbei. Bei einem gut zwanzig Meter langen Unrathaufen, wo sie über zerbrochene Ziegel und gewaltige Holzbalken klettern mussten, holte Owen ihn wieder ein. Jetzt wusste er, wo sie waren. Vor ihnen standen die alten Mamelukenhäuser mit ihren malerischen Balkons und schachtelartigen Erkerfenstern, die man einst gebaut hatte, damit man von dort auf den zum Ruhm des alten Kairo angelegten Kanal hinabschauen konnte; jetzt hing das zerfallene Gemäuer mehr oder weniger an einem seidenen Faden.

Ein Stein fiel Owen vor die Füße. Er sah auf und erkannte den kleinen Steinewerfer vom Vortag. Diesmal hatte der Junge allerdings nicht in feindseliger Absicht geworfen, sondern um auf sich aufmerksam zu machen.

»Wo sind sie?«, schrie Owen.

Der Junge deutete hinter die Häuser.

»Ist er dort?«

»Sie haben ihn.«

Er versuchte, seine Schritte zu beschleunigen, doch gerade hier war der Unrat Schlamm gewichen, in dem die Füße versanken und stecken blieben.

»Du bist schneller als ich!«, rief Owen dem Jungen zu. »Renn hin und schrei, dass der Mamur Zapt kommt!«

Die Männer würden dann womöglich entwischen, aber vielleicht konnte so Suleimans Leben gerettet werden.

Der Kleine zögerte. »Sie bringen mich um!.«

»Sie werden dich belohnen. Und ich werde dich auch belohnen!«

Der Junge lief los. Flink kletterte er über den Unrat und fand mit seinen nackten Sohlen überall dort Halt, wo die Männer in ihren Schuhen ausrutschten.

Dann hörten sie ihn einen Ruf ausstoßen.

Owen jagte weiter. Jetzt rutschten seine Füße über schlammbedeckte Steinstücke, abgebröckelte Teile der Stufen, die von den verfallenden alten Herrenhäusern zum Kanalufer führen.

Der Kanal beschrieb einen Knick, und vor sich entdeckte Owen nun die Leitungen, die von hier an längs des Ufers verliefen.

Als Owen um die Biegung kam, sah er sie vor sich – insgesamt vier Gestalten; Suleiman auf einer Terrasse oben, verzweifelt gegen eine Tür hämmernd, und drei Männer: Ali Khedri, Ahmed Uthman und den Kutscher des Karrens. Sie erklommen die Stufen und näherten sich ihm bedrohlich.

Owen und Georgiades jagten auf sie zu. Der Kutscher zückte das Messer und stellte sich ihnen in den Weg.

»Hilf mir, Ali!« schrie er über die Schulter. »Überlass ihn Ahmed!«

Ali Khedri achtete nicht darauf.

»Ali!«

»Ich will es selbst machen«, knurrte Ali Khedri und kletterte weiter.

Fluchend baute sich der Kutscher am Fuß der Treppe auf. »Komm runter, du Narr!«, schrie er. »Wir müssen zu zweit sein! Für den da reicht einer!«

Ali Khedri zögerte und stieg wieder eine Stufe hinunter; dann blieb er unschlüssig stehen.

Ahmed Uthman zog unter seiner Galabeya ein Stück Seil hervor und stürmte auf die Terrasse.

Suleiman ließ von der Tür ab und lief zum anderen Ende der Terrasse. Über ihm befand sich einer der schachtelartigen Fensterbalkons, der sogar für den Baustil der Mameluken ungewöhnlich groß war, so dass man ihn mit zwei Pfosten hatte abstützen müssen.

Suleiman schaute sich gehetzt um, dann begann er, einen der Pfosten hinaufzuklettern.

Ahmed Uthman stürzte vor und versuchte, seinen Fuß zu fassen. Suleiman trat seine Hand weg und kletterte weiter, bis er nach dem Fenster greifen konnte. Doch von hier an ging es nicht mehr weiter. Jedes Mal, wenn er einen neuen Halt suchte, zerkrümelte das von Würmern zerfressene Holzgitterwerk unter seinen Fingern.

Ahmed Uthman begann ebenfalls den Pfosten zu erklimmen und näherte sich ihm.

Plötzlich flog die Terrassentür auf, und Mahmoud stürmte, gefolgt von zwei Polizisten, ins Freie.

»Es reicht!«, donnerte er und rannte auf die Pfosten zu. »Es reicht!«

Der Kutscher schaute unwillkürlich nach oben, wo der Schrei herkam. Das nutzte Georgiades sofort aus und traf ihn mit einem so harten Hieb hinter dem Ohr, dass der Mann die Stufen hinunterfiel und ihm das Messer aus der Hand flog.

Owen holte Ali Khedri ein, packte ihn an der Galabeya und riss ihn zu sich herum. Khedri taumelte auf die Treppe zu, wo ihn Georgiades mit einem Schlag außer Gefecht setzte.

Auf der Terrasse oben hatte Ahmed Uthman indes Suleiman fast erreicht.

In letzter Verzweiflung suchte Suleiman in dem Gitterwerk neuen Halt – da brach die ganze Verstrebung heraus. Pfosten und Balkon begannen zu schwanken; ein Knirschen über ihm, dann löste sich das gesamte Holzgebilde langsam von der Wand.

»Haltet die Pfosten!«, schrie Mahmoud. »Haltet die Pfosten!«

In einer gewaltigen Staubwolke stürzte der Balkon ein. Einen Moment lang war überhaupt nichts zu sehen, dann tauchte Suleiman aus dem Staub auf. Irgendwie hatte er sich an eine der Streben, die den Fensterbalkon gestützt hatten, klammern können.

Suleiman vermochte ihnen die Stelle zu zeigen. Sie befand sich etwas weiter kanalabwärts, wo die prächtigen Mamelukenhäuser niedrigeren, bescheideneren Gebäuden wichen, die teils verlassen, teils noch bewohnt waren und in seltenen Fällen als Werkstätten dienten. Omar Fayoum hatte eines davon gemietet, als Geräteschuppen für seine Pferde und den Karren, wie er sagte. Darüber hinaus bot es ihm den Vorteil, über einen Keller unmittelbar am Kanalufer zu verfügen.

An dieser Stelle verschwanden auch die Rohre des Wasseramtes, eigentlich noch nicht unter der Erde, sondern vielmehr in einem Haufen Schutt. Das meiste Geröll stammte aus den hier stehenden Häusern, die schon vor langem ins Kanalbett gestürzt waren, doch ein kleiner Teil sah neu aus, und genau dieser hatte Suleimans Interesse auf sich gelenkt. Als er über die Trümmer geklettert war, hatte er Spuren kürzlicher Manipulationen an den Rohren entdeckt. Misstrauisch geworden, hatte er vor und hinter der betreffenden Stelle Manometer angebracht und damit nachweisen können, dass beträchtliche Mengen Wasser unerlaubt abgezapft worden waren.

Irgendwie hatte er schon geahnt, dass ein Zusammenhang zwischen dem Wasserdiebstahl hier und dem Haus darüber bestehen musste, doch es hatte noch einige Zeit gedauert, bis er zwei weitere Dinge herausfand: dass das Haus nämlich einen Keller hatte, der Zugang zu den Rohren bot, und dass es Omar Fayoum gehörte.

Als er aber die Verbindung zu dem Wasserträger ermittelt hatte, fügte sich eins zum anderen. Durch Beobachtungen fand er heraus, dass der Wasserkarren regelmäßig vor dem Haus vorfuhr, und zwar so oft, dass sich das kaum noch mit der Ausrede rechtfertigen ließ, es müssten neue Wasserschläuche geholt werden. Mit eigenen Augen sah er, dass Wasser hineingepumpt wurde. Danach folgte er dem Karren unauffällig und bekam mit, wie man das Wasser an verschiedenen Stellen an örtliche Wasserträger verkaufte.

Trotzdem blieb ihm noch einiges unklar. So leuchtete

ihm überhaupt nicht ein, welchen wirtschaftlichen Nutzen das Ganze bringen sollte. Das gestohlene Wasser war doch ungefiltert. Gut, es wurde als Trinkwasser verkauft, dennoch musste die Gewinnspanne winzig sein. Erst nach und nach begriff er, dass für Männer wie diese selbst derart geringfügige Einkünfte einen erheblichen Wert darstellten. Wenn sich die Träume eines Mannes von Wohlstand um den Unterschied zwischen einem Dasein als Wasserträger oder als Eigentümer eines Karrens drehten, zählten Millime sehr wohl.

In Omar Fayoums Fall war die Gewinnspanne abgesehen davon weitaus bedeutender, weil der Großteil des Wassers in den Straßen des Gamaliya, die die Leitungen noch nicht erreicht hatten, an Geschäfte – beispielweise Cafés – verkauft wurde.

Das hatte Suleiman freilich nicht gewusst, ja, nicht einmal geahnt, als er sich im Gamaliya herumtrieb, in der verzweifelten Hoffnung, ein Lebenszeichen von Leila zu entdecken. Doch Omar Fayoum und die Männer um ihn herum, die schon gewusst hatten, für wen er im Gamaliya arbeitete, hatten ihn nur immer ›umherschleichen‹ sehen, wie sie das ausdrückten, und angenommen, dass er *ihnen* auf der Spur sei.

Als dann seine Beziehung zu Leila bekannt wurde, traf sie das wie ein Donnerschlag. Er würde ihr das Geheimnis bestimmt entlocken können; und wenn sie zu dem Zeitpunkt schon mit Omar Fayoum verheiratet wäre, hätte das katastrophale Folgen.

Die Hochzeit wurde sofort abgesagt. Und als ob das jähe Ende von Ali Khedris Träumen noch nicht genug wäre, kam auch noch die Sorge hinzu, dass ihren Machenschaften dasselbe Schicksal drohte.

Und das durch den Sohn seines alten Feindes! Ausgerechnet durch ihn! Das war für Ali Khedri das Unerträglichste. Auch konnte er sich nicht vorstellen, dass es zufällig so gekommen war. Für den von Hass zerfressenen Ali Khedri stand fest, dass sein Erzfeind ihn immer noch verfolgte, selbst hier in der Stadt, selbst jetzt noch, in der bittersten Armut.

Er musste zurückschlagen. Und das, bevor es zu spät war, bevor sie kamen und ihn an einen Ort brachten, wo er vielleicht noch von Rache träumen, sie aber nicht mehr würde ausüben können. Er musste zurückschlagen. Und für einen Mann, dessen Leben das Wasser war, dem man, wie er das sah, das Leben mit Wasser zerstört hatte, war Wasser das Mittel der Wahl, um Rache zu nehmen. Er würde den Fluss benutzen, wie Babikr es ausgedrückt hatte, um sich für das zu rächen, was mit dem Fluss getan worden war.

Babikr war ihm wie ein Geschenk Gottes erschienen – oder vielleicht auch des Shaitun, des Teufels, denn inzwischen war ihm dergleichen egal. Er hatte Ali Khedri seinen Besuch abgestattet, als er wie jedes Jahr zur Verrichtung der *Corvée* gekommen war. Babikr kannte das Stauwehr und, was Ali Khedri noch gelegener kam, er war an seinen Eid gebunden, an den er Ali Khedri selbst erinnert hatte.

Für den fügte sich – wie für Suleiman – eins zum anderen. Babikr mochte protestieren, doch er hatte keine Wahl. Nun dankte Ali Khedri Gott – oder dem Shaitun – für die Bedingungen des Eides, auf denen er bestanden hatte. Was es für andere bedeuten mochte, wenn er auf diese Weise Rache nahm, kümmerte ihn nicht. Von seinem abgrundtiefen Hass auf Al-Sayyid Hannam wurde alles andere verschlungen.

Aber dann klappte es trotzdem nicht. Babikr brachte

die Bombe an, der Manufiya-Regler flog in die Luft, aber Al-Sayyid Hannam wurde nur geschädigt, nicht ruiniert.

Er besaß sogar die Frechheit, zu ihm zu kommen, zu ihm, Ali Khedri, dem er so schlimmes Unrecht zugefügt hatte, und ihn – das war der Gipfel der Unverschämtheit und so dreist, dass es kein Zufall sein konnte, sondern nur pure Hinterlist – um Verzeihung zu bitten.

Der Triumph von damals reichte seinem alten Feind offenbar noch nicht, es sah ganz danach aus, als stünde er vor einem noch größeren Sieg. Denn daran konnte es jetzt keinen Zweifel mehr geben: Der Junge hatte es herausgefunden. Er hatte seine infernalischen Geräte an beiden Seiten des Hahns am Rohr angebracht und das bedeutete laut Omar Fayoum, dass er jeden Zweifel würde ausräumen können.

Es sei denn, man machte ihm einen Strich durch die Rechnung.

Und dann hörten sie, dass der Junge wieder im Gamaliya war, dort, an der bewussten Stelle!

Es war ihre letzte Chance, sich zu retten. Mehr noch: für Ali Khedri war es eine weitere Chance und wahrscheinlich die letzte, es seinem alten Widersacher heimzuzahlen. Denn Al-Sayyid Hannam liebte seinen Sohn. Der Mann vom *Parquet* hatte das gesagt. Er liebte ihn. Vielleicht war das und nicht das Wasser der richtige Weg, den Rachedurst zu finden.

»Sie haben danach getrachtet«, sagte Owen kalt, »durch die Ermordung eines Unschuldigen Rache zu üben.«

»Unschuldigen? Nennen Sie den Jungen etwa unschuldig?«

»Er hat nur seine Pflicht erfüllt.«

Ali Khedri ließ sich davon nicht überzeugen. »Er ist darauf angesetzt worden. Und zwar von seinem Vater.«

»Und was ist mit all den anderen, denen Sie zusammen mit Al-Sayyid Hannam hätten Schaden zufügen können?«

Der Wasserträger zuckte die Schultern.

»Einige von ihnen stammen aus Ihrem Dorf. Sie hatten Sie als Freund in Erinnerung. Damit ist es vorbei. Von jetzt an werden sie sich voller Zorn an Sie erinnern. An Sie als einen Menschen, der bereit war, seine Freunde zu verletzen; einen Menschen, der seine Tochter getötet hat.«

Ali Khedri sprang auf. »Ich habe sie nicht getötet!«, schrie er.

»Nein«, sagte Mahmoud, der sich zum ersten Mal einschaltete. Bisher hatte er stumm daneben gesessen, denn der Regler fiel in Owens Aufgabenbereich. Leilas Schicksal dagegen betraf ihn sehr wohl. »Nein, Sie haben sie nicht getötet, aber ich glaube, Sie wissen, wer es war.«

Ali Khedri setzte zu einer Erwiderung an, hielt jäh inne und senkte den Blick zu Boden.

»Sie müssen es geahnt haben«, fuhr Mahmoud fort. »Selbst wenn er es nicht erwähnte, als Sie die Versammlung gemeinsam verließen. Sie müssen es geahnt haben, als Sie erfuhren, dass Leila nicht zurückgekommen war.«

»Sie ging mich nichts an«, knurrte Ali Khedri trotzig.

»Sie war Ihre Tochter. Auch wenn andere sie bei sich aufgenommen hatten. Und es ist traurig, dass Um Fatima, die sich in der Güte ihres Herzens um sie kümmerte, es gerade dadurch ermöglichen sollte, dass sie umgebracht werden konnte. Leila wäre gewiss nicht Ahmed Utman gefolgt, wenn sie nicht aus seinem Haus gekommen wäre und ihm nicht vertraut hätte.«

»Sie wäre mit jedem Mann mitgegangen«, fauchte Ali Khedri.

»Nein. Denn sie hatte ein reines Herz. Sie wäre nicht einmal dem Jungen gefolgt. Es gab nur zwei Männer, mit denen sie mitgegangen wäre: ihren Vater und den Mann, von dem sie in ihrer Vertrauensseligkeit annahm, er würde an ihres Vaters Statt handeln. Er hatte sie in seinem Haus aufgenommen und hatte ein Recht, sie zum Mitkommen aufzufordern.«

Der Wasserträger schwieg.

»Lassen Sie sich von mir in die Vergangenheit zurückführen, Ali Khedri«, sagte Mahmoud, »zum Nachmittag des Tages, an dem Leila gestorben ist, als Sie, Ahmed Uthman und Omar Fayoum so lange an diesem Ort, an dem Omar Fayoum seinen Karren aufbewahrte, miteinander diskutiert hatten; als Sie wussten, dass der Junge womöglich kurz davor stand, Ihr Geheimnis hinsichtlich des Wassers aufzudecken, und dass er das Mädchen liebte; als es noch in Ihrem Herzen gärte, weil Sie sich einbildeteten, Ihr alter Widersacher Al-Sayyid Hannam hätte Ihnen neues Unrecht zugefügt – und als Sie über Ihrer Rache durch Wasser brüteten. Nun will ich Folgendes wissen: Ging es bei diesem Gespräch, als Sie, Ahmed Uthman und Omar Fayoum so lange miteinander redeten, ging es dabei auch darum, Ihre Tochter zu töten?«

Mahmoud wartete, doch der Wasserträger gab keine Antwort.

»Ich denke, Sie sprachen über den Jungen und das, was er herausgefunden hatte. Und ich habe den Verdacht, dass Sie auch über mögliche Maßnahmen redeten. Gehörte auch die Ermordung Ihrer Tochter dazu?«

Ali Khedri blieb stumm.

»Sie haben womöglich befürchtet, Sie könnte ihm sagen, was Sie wusste.«

»Sie wusste nichts«, erklärte Ali Khedri und brach damit sein Schweigen.

»Warum wurde dann die Hochzeit mit Omar Fayoum abgesagt?«

»Weil sie was hätte herausfinden können.«

»Und doch wusste sie von nichts, als sie bei Ihnen lebte?«

»Gehorsam ist die erste Pflicht einer Tochter«, verkündete Ali Khedri.

»Und Sie dachten, bei einer Ehefrau wäre das nicht so?«

»Ihr Herz gehörte dem Jungen.«

»Sie dachten, sie würde Sie verraten?«

»Ich weiß nicht«, murmelte Ali Khedri.

»Haben Sie darüber gesprochen?«

»Ich weiß nicht, worüber wir gesprochen haben.«

»Ich frage aus folgendem Grund«, erklärte Mahmoud. »Uthman wird sterben. Sie werden wahrscheinlich auch sterben. Soll Omar Fayoum davonkommen? Ist in dieser Welt immer nur den reichen Verbrechern die Freiheit vorbehalten?«

13

Eins blieb noch zu erledigen: dafür zu sorgen, dass es am großen Tag keine Auseinandersetzungen zwischen den Juden und den Totengräbern gab. Owen traf die moslemischen Totengräber auf dem Friedhof an, wo sie untröstlich im Schatten eines Grabmals hockten.

»Jetzt machen es die Juden«, klagten sie.

»Sie waren dran«, erwiderte Owen. »Außerdem habt ihr es euch selbst zuzuschreiben.«

»Das war ja nur seine Idee«, meinte einer auf gut Glück. »Warum wollen Sie dann auch uns bestrafen?«

»Ihr wusstet Bescheid.«

Der Widerspruch fiel äußerst zaghaft aus.

»Dennoch«, sagte Owen, »will ich Gnade üben.«

»Wirklich?«

Sie sahen hoffnungsvoll auf.

»Ja. Und auch wenn es dabei bleibt, dass es die Juden machen …«

Die Totengräber zogen lange Gesichter.

»… möchte ich ein Wörtchen für euch einlegen, damit ihr einen mehr als gleichwertigen Auftrag bekommt.«

»Was wäre das?«, fragten die Totengräber misstrauisch.

»Ihr wisst, dass das Kanalbett nach dem Durchstich aufgeschüttet werden muss. Dafür wird man Arbeiter benötigen. Es ist eine gute Arbeit, die viele Tage in Anspruch nehmen wird. Nun, ich werde dafür sorgen, dass ihr die Hälfte des Auftrags erhaltet, vorausgesetzt, ich habe keinen Ärger mehr mit euch.«

»Den halben Kanal? Das wird eine ganze Weile dauern. Zum üblichen Lohn?«

»Gewiss.«

»Na ja, schlecht ist das nicht!«, rief einer.

»Es ist sogar sehr gut«, meinte ein anderer.

Die Mienen der Totengräber hellten sich auf.

»Aber vergesst nicht: nur wenn ich keinen Ärger bekomme!«, warnte Owen.

»Wer übernimmt die andere Hälfte?«

»Die Juden.«

Langes Schweigen trat ein. Schließlich sagte einer der Männer: »Das wäre das entgegengesetzte Ende, richtig?«

»Ja.«

»Sie würden darauf achten, dass sie sich nicht auch einen Teil unserer Hälfte erschleichen?«

»Darauf würde ich achten«, versprach Owen. »Ich werde den Effendi vom Wehr damit beauftragen, den Kanal zu vermessen – er vermisst wie der Prophet selbst! –, und den Mittelpunkt zu bestimmen, so dass es keine Streitereien geben kann. Und dann werde ich mit Habichtsaugen darüber wachen, dass es auf keine Hälfte – auf keine Hälfte! – Übergriffe gibt.«

»Hmmm, gut ...«, brummten die Totengräber und sahen einander an.

»Wir werden darüber nachdenken müssen.«

»Aber nicht zu lange!«

»Werden Sie auch mit den Juden sprechen?«

Owen nickte.

»Dann sind wir dabei!«, riefen die Totengräber wie aus der Pistole geschossen.

»Aber wird nicht der Echsenmensch zuschlagen?«, fragte der Mann von der Staatskanzlei des Khedive.

»So etwas wie einen Echsenmenschen gibt es nicht«, entgegnete Owen müde, sehr müde, denn als ob die Aufregung der letzten Tage nicht gereicht hätte, war er auch noch fast die ganze Nacht auf den Beinen gewesen, um die in letzter Minute geleisteten Vorbereitungen für den Durchstich zu überprüfen, Boote herbeischaffen zu lassen, den Sicherheitskordon zu verstärken, dafür zu sorgen, dass das Kanalbett frei von fest zum Ertrinken entschlossenen Idioten blieb und alle möglichen Leute zu besänftigen: den Kadi, den Khedive, die Gattin des Generalkonsuls – und Zeinab, die nach mehrstündigem Überlegen zu dem Schluss gekommen war, dass man die Nacht mit Besserem verbringen konnte, als auf einem Damm herumzustehen, und von Owen verlangt hatte, eben dieses Bessere mit ihr zu tun.

»Es soll Zwischenfälle gegeben haben, wie ich hörte«, äußerte sich der Mann von der Staatskanzlei des Khedive beunruhigt.

»Da haben Sie sich verhört«, beschied ihn Owen knapp.

»Immerhin wurde doch dieser Anschlag auf den Regler des Manufiya-Kanals verübt ...«

»Die dafür Verantwortlichen sind im Gefängnis. Und es sind Menschen, keine Echsen.«

»Ach, das weiß ich doch. Aber hat es da nicht noch was anderes gegeben?«

»Den törichter Versuch eines Gärtners und eines Ghaffirs, den neuen Kanal durch die Gärten zu verhindern!«

»Wurde nicht auch versucht, den Durchstich selbst zu sabotieren?«

»Wir hatten es lediglich mit zwei kleineren Zwischenfällen zu tun. Und keiner wurde von eine Echse ausgelöst. Einmal handelte es sich vermutlich um einen streunenden Hund, der andere wurde erwiesenermaßen von einem in die Irre geleiteten Totengräber herbeigeführt, der jetzt im Gefängnis schmachtet.«

»Aber da war doch diese Sache mit dem Mädchen ...«

»Die steht in keinerlei Verbindung damit. Ein völlig unabhängig davon begangener Mord.«

»Wurde die Leiche nicht unter dem Erdhügel gefunden?«

»Der Mörder hat sie dorthin geschafft, um den Verdacht in eine andere Richtung zu lenken. Sie können Seiner Königlichen Hoheit versichern, dass keinerlei Gefahr besteht. Weder durch den Echsenmenschen noch durch sonst etwas.«

»Ich will es hoffen«, sagte der Mann von der Staatskanzlei des Khedive zweifelnd. Auch er hatte eine anstrengende Nacht hinter sich, in der er alle Hände voll damit zu tun gehabt hatte, das Gala-Boot seines Herrn in eine Position zu manövrieren, die den bestmöglichen Ausblick und zugleich Sicherheit bot, falls bei der heiklen Angelegenheit des Durchstichs irgendetwas misslingen sollte. Bei einem früheren Anlass hatte der Khedive unbedingt derjenige sein wollen, dessen Boot den Damm durchbrach, und man hatte ihm mühsam erklären müssen, dass es sich hierbei um ein traditionelles Vorrecht des Kadi handelte. Überzeugt hatte Seine Hoheit damals erst der Hinweis, dass das erste Boot tobenden Fluten ausgesetzt war.

Der Kadi selbst brauchte nicht an diesen Umstand erinnert zu werden. »Sorgen Sie nur dafür, dass das verdammte Ding nicht kentert!« wiederholte er ein ums andere Mal. Dabei war es gar nicht die große Barke, die den eigentlichen Durchbruch vollbringen würde. Geschickt unter ihrem Bug verborgen wartete vielmehr ein sehr viel kleineres Boot, das man vorausschicken würde und dessen Besatzung schon jetzt die Knie schlotterten.

Die dem Fluss zugewandte Seite des Damms glich inzwischen einem festen Konglomerat aus Booten, die ständig um die beste Lage kämpften. Sobald der Damm geborsten war, würden sie dem Kadi in einem fröhlich lärmenden Konvoi folgen. Einige würden mit Sicherheit sinken, hoffentlich an einer Stelle des Kanals, wünschte sich Owen, wo keine Störung der Zeremonie zu befürchten wäre. Zum Glück hatten ihre Lenker so etwas schon viele Male mitgemacht und wussten, was von ihnen erwartet wurde.

Zum letzten Mal überprüfte Owen den Erdwall. Die Juden hatten ihre Arbeit verrichtet und den Damm bis auf einen genau bemessenen Rest abgetragen, so dass ein Boot ihn mühelos durchbrechen konnte. Jetzt standen sie auf ihre Spaten gestützt daneben.

»Gut«, bestimmte Owen. »Bringt sie weg!«

Die Polizisten umkreisten sie und drängten sie zur Seite.

Es hatte keinen Ärger gegeben. Die muslimischen Totengräber hielten sich an die Abmachung.

Macrae stand mit einer Flasche in der Hand in der Nähe. Er streckte sie Owen entgegen. »Genehmigen Sie sich ein Schlückchen«, lud er ihn ein. »Ist ›n'e kalte Nacht.«

Nun, für ägyptische Verhältnisse war sie das tatsächlich. Owen nahm dankbar an.

Vom Ufer her näherte sich das Dröhnen von Dudelsäcken.

»Das sind die Camerons!«, rief Macrae.

Was nicht ganz stimmte. In Sicht kam eine ägyptische Kapelle mit Schlagzeug, Zymbeln, Schalmeien, Lauten, Flöten – und Dudelsäcken.

»Mann, erkennen Sie nicht mal die Camerons?«, rief Ferguson empört.

»Doch, aber ...«, stotterte Macrae verwirrt. Dann: »Schauen Sie sich nur die Dudelsäcke an!« Es waren authentische schottische Instrumente, die sogar noch mit den Tartans der Clans behangen waren, denen sie einmal gedient hatten.

»Alle Musikgeschäfte führen sie inzwischen«, erklärte Owen und genehmigte sich noch einen Schluck.

»Lass das Trinken!«, riet Zeinab, die in Begleitung Labiba Latifas auf ihn zutrat. »Du weißt, dass du danach nichts mehr taugst!«

»Ich muss Ihnen für Ihre Bemühungen um Suleiman danken, Captain Owen«, lächelte Labiba. »Was nun die Beschneidungsfrage betrifft ...«

»Ich habe mit Mahmoud darüber gesprochen«, versicherte Owen ihr hastig. »Er steht irgendwo dort drüben.«

»Wirklich?«

Labiba stürzte sich sofort in die Menge. Zeinab blieb zurück, um ihm einen Vortrag zu halten, ihren nachdrücklichen Gesten nach zu urteilen, einen ziemlich unverblümten. Doch Owen verstand kein Wort, weil in diesem Moment die Barke des Kadi ihre Kanone zündete. Sofort antworteten die anderen Boote um sie herum mit Salutschüssen und auf allen kleineren Barken setzte heftiges Trommeln ein. Leuchtraketen zischten in den Himmel, bescheidenere Feuerwerke prasselten längs der Kanalufer los und ihre Funken und

Sterne warfen Strahlenglanz auf die Gesichter der Zuschauer an.

Während einer kurzen Pause hörte Owen eine vertraute Stimme.

»Aber ich *habe* ihn gesehen«, klang es beharrlich.

Es war der Mann von der Staatskanzlei des Khedive, diesmal in Pauls Begleitung.

»Dessen bin ich mir sicher«, beschwichtigte ihn Paul.

»Sie sagten mir doch, er würde gefoltert!«

»O ja.«

»Sie sprachen von einem Glashaus!«

»Nun, in der Tat.«

»Und jetzt ist er hier!«

»Aber ja«, sagte Paul. »Das ist schließlich der Witz des Ganzen!«

»Was ist der Witz des Ganzen?«

Paul sah sich nach allen Seiten um, dann ergriff er den Mann verschwörerisch am Arm. »Sehen Sie den Erdhügel dort?«

»Die ›Braut des Nil‹? Ja.«

»Nun, damit wird's gemacht.«

»Sie wollen ihn dort hinbringen?«

»An Armen und Beinen davor angekettet. Damit er sieht, wie das Wasser auf ihn zuschießt.«

»Normalerweise werden die dafür bestimmten Delinquenten schon vorher getötet«, meinte der Mann des Khedive in zweifelndem Ton.

»Das stimmt, aber so ist es doch besser, finden Sie nicht auch?«

»Äh ... ja, wahrscheinlich. Aber hören Sie, normalerweise nimmt man eine Frau dafür. Frauen sind am besten für so was geeignet.«

»Ich bin ganz Ihrer Ansicht. Nur in diesem einen

Fall habe ich mir eben gedacht ... Verstehen Sie, wenn man die Schwere seiner Tat bedenkt – die Beleidigung des Khedive. Und dann die Verbindung mit dem Fluss ...«

»Sie benutzen den Fluss, um ihn für sein mit dem Fluss zusammenhängendes Verbrechen zu bestrafen?«, raunte der Mann des Khedive beeindruckt. »Nun ja, das ist sehr einfallsreich. Ich gehe gleich zu Seiner Königlichen Hoheit und fordere ihn auf, danach Ausschau zu halten, wenn sein Boot daran vorbeifährt. Wahrscheinlich wird er nichts sehen, aber ...« Er eilte davon.

Paul ergriff Macrae am Arm. »Haben Sie einen Whiskey?«

»Na klar, Mann«, erwiderte der Schotte mit einladender Geste und reichte ihm die Flasche.

»Nein, nein, sehen Sie diesen Burschen dort drüben?« Er deutete auf den rosigen jungen Mann.

»Ja, er ist mein Assistent.«

»Dann dürfte es ja leicht sein. Also, er soll die halbe Flasche austrinken ...«

»Die halbe Flasche? Aber ...«

»Das sind Anweisungen des Generalkonsuls«, sagte Paul mit wichtiger Miene. »Die Installation des neuen Reglertors für den Manufiya-Kanal hängt davon ab.«

»Wirklich?«

Macrae zuckte verwirrt die Schultern und trat entschlossen auf den rosigen jungen Mann zu.

Paul fing Owens Blick auf und zog spöttisch eine Braue hoch. »Wo zum Teufel ist auf einmal die Gattin des Generalkonsuls abgeblieben?«, seufzte er und schlüpfte davon.

Die Kapelle hatte jetzt den Damm erreicht, und ihre Trompeter ließen völlig unbeeindruckt von der Konkurrenz der Dudelsäcke letzte mächtige Fanfarentöne hören.

»Owen«, sagte McPhee, »denken Sie dran?«

»Woran?«

»Die Zügellosigkeit. Die Lasterhaftigkeit.«

»Nun …«

»Weil doch Ihre Durchlaucht, die liebliche Gattin des Generalkonsuls, gerade ankommt.«

»Ich denke, die ist zu früh dran. Es hat ja noch gar nicht angefangen.«

Ein ohrenbetäubender Trompetenstoß erklang schmetternd. Die Flotille hinter dem Damm setzte sich in Bewegung. Der Kadi kam!

Man konnte sein eigenes Wort nicht mehr verstehen. Leuchtraketen erhellten, gefolgt von unaufhörlichen Explosionen, den Himmel. Becken rasselten gegeneinander, Trommeln donnerten, die Dudelsackpfeifer am Damm tröteten, was das Zeug hielt.

Unter dem Bug der Barke des Kadi preschte ein Boot hervor und steuerte auf den Damm zu.

Der Kadi erhob sich, um seine Proklamation zu verlesen, die im Lärm völlig unterging.

Und dann konnte man ihn plötzlich hören. Mit einem Schlag verebbte der Tumult. Das kleine Boot näherte sich dem Damm. Der Kadi hielt inne.

Hart prallte es gegen die schmale Böschung und blieb einen Moment lang stecken. Die Menge schnappte besorgt nach Luft … Doch dann bahnte sich der eigens spitz gebaute Bug hinein, die Erde spritzte nach beiden Seiten, und eine gewaltige Welle stürzte in den Kanal.

Sie prallte gegen die ›Braut‹ und riss sie im Handumdrehen nieder. Die Leute auf den Ufern begannen ekstatisch zu hüpfen.

Im nächsten Moment war der Kanal randvoll, und das Wasser strömte talwärts. Die Prunkbarke des Kadi stieß gegen die Überreste des Erdwalls, schien ebenfalls kurz stecken zu bleiben und rauschte dann triumphierend hindurch.

Das Gala-Schiff des Khedive kam nach ihm. Dann begann eine ganze Prozession von Booten durch die Lücke zu stoßen; ihre Passagiere tanzten, winkten der Menge aufgeregt zu, schickten Raketen himmelwärts und hämmerten auf alles ein, was ihnen gerade unter die Augen kam.

Auf den Dämmen herrschte ein nicht enden wollendes Chaos. Musiker trommelten wie besessen auf ihre *Darboukhas*. Die Dudelsäcke dröhnten zum Zerbersten. Fast schlagartig tanzte alles, was Beine hatte.

Weiter rechts bemerkte Owen, dass Selim einer lange Reihe von Polizisten anführte, die sich von und zu den Ständen für Kuchen und Süßigkeiten schlängelte – oder vielleicht auch echste. Plötzlich sprang er in die Menge, um gleich wieder mit einer drallen Frau aufzutauchen und sie mit beiden Händen erst an den Hüften zu betatschen und dann überall.

»Owen!«, rief McPhee erregt. »Glauben Sie wirklich, dass das vollkommen angemessen ist?«

An den Ufern entledigten sich die Leute ihrer Kleider und sprangen ins Wasser. Frauen zeigten schamlos ihre Gesichter und … – war das dort nicht ein unzüchtig entblößter Arm? Schleier, Anstand, alles wurde abgeworfen. Nun ja, in manchen Fällen tatsächlich alles.

»Owen …«, begann McPhee.

Doch dann kam Zeinab herbeigetanzt und schnappte sich den Mamur Zapt.

»Owen«, versuchte es McPhee noch einmal und

folgte ihnen, »glauben Sie wirklich, dass das vollkommen angemessen ist?«

»O ja!«, rief Owen über Zeinabs Schulter hinweg. »Vollkommen!«

»Ich habe aber das Gefühl, dass Ihre Durchlaucht ...«

Doch in diesem Moment tanzte Ihre Durchlaucht, einen überraschten, aber wie immer anpassungsfähigen Paul fest im Griff, an ihnen vorbei.

»Tot?«, fragte eine vertraute Stimme.

»Nun, was hätten Sie gedacht?« Paul löste sich von Ihrer Durchlaucht und reichte sie galant an den Mann von der Staatskanzlei des Khedive weiter. Dann stellte er sich neben Owen, dem Zeinab vorübergehend abhanden gekommen war. Sie hatte Labiba und Mahmoud sehr ernst miteinander reden sehen und hatte beschlossen, ihr dabei zu helfen, den tödlichen Schlag zu führen.

Die zwei Männer standen da und schauten zu dem von Booten und Menschen wimmelnden Kanal hinunter, dessen Fluten nun auch Selim in ihre Umarmung mit einschlossen; er hatte sich seiner Uniform gänzlich entledigt und lieferte einer in ähnlicher Weise durch nichts mehr belasteten Frau eine heiße Verfolgungsjagd.

»Echsenmensch trifft Niljungfrau«, sagte Paul liebevoll.